CU00345667

HORIZONS LOINTAINS

Mes voyages avec les écrivains

Patrick Poivre d'Arvor est journaliste et auteur de nombreux romans, dont *Les Enfants de l'aube, La Mort de Don Juan, L'Irrésolu* (prix Interallié), d'essais (dont *Confessions, Aimer c'est agir*) ou de textes plus personnels, comme *Lettres à l'absente* et *Elle n'était pas d'ici.*

PATRICK POIVRE D'ARVOR

Horizons lointains

Mes voyages avec les écrivains

ÉDITIONS DU TOUCAN

Écrivains voyageurs,
écrivains du mouvement

Horizons lointains. Horizons perdus. De tout temps la littérature s'est nourrie de voyages. Ou d'espoirs de voyages. Voyages dans le passé, dans le futur. Voyages autour de sa chambre, de ses rêves, de ses chimères. Homère n'a pas été le premier – Hérodote l'avait précédé – mais son Ulysse a ouvert la voie à bien d'autres odyssées.

C'est au XIXe siècle que l'art du voyage se fit tout à fait littérature. Et c'est à Harrar, en Éthiopie, que m'est venue l'idée de ce livre. Arthur Rimbaud y a effectué trois longs séjours entre 1880 et 1891. J'ai retrouvé les trois lieux qu'il a fréquentés. Sa dernière demeure est de loin la plus belle… mais il n'y a jamais habité. Elle a été achevée cinq ans après sa mort et c'est en y séjournant, dans la sérénité de cette petite ville millénaire ceinte de murailles, que je me suis persuadé que les écrivains nous faisaient autant voyager qu'ils voyageaient eux-mêmes. Et sans doute davantage encore… Il y a une vingtaine d'années, j'ai emprunté le Moscou-Pékin en me récitant pendant huit jours la prose du Transsibérien et de la petite Jehanne de France que j'avais fini par connaître par cœur :

« Et tous les trains sont les bilboquets du diable
Basse-cour
Le monde moderne
La vitesse n'y peut mais
Le monde moderne
Les lointains sont par trop loin
Et au bout du voyage c'est terrible d'être un homme
avec une femme… ».

Mais à mon arrivée à Pékin, après un interminable
voyage de Moscou à Pékin, entre steppe, taïga, toundra,
lacs et désert, je m'aperçus que Blaise Cendras, contrairement à ce qu'il racontait, n'avait probablement jamais
pris le Transsibérien. Et, ma foi, peu importe, il nous l'a
fait prendre, et c'est bien là l'essentiel.

Tous ces voyages que nous allons accomplir dans ce
livre avec nos guides écrivains, sont par nature aléatoires.
À l'époque, on savait quand on partait, mais rarement
quand on revenait. Ni avec qui. Les choix que nous allons
faire tout au long de ces pages sont donc tout aussi sub-
jectifs. J'aurais pu vous faire cheminer avec Pierre Loti,
parce qu'il m'a fait découvrir Istanbul, Terre-Neuve ou la
mer d'Islande, avec Victor Segalen, parce que dans mes
lectures de Bretagne il m'a un jour déballé le contenu de
sa trousse de médecin : un peu de Polynésie et beaucoup
de Chine. J'aurais pu aussi suivre les pas d'André Gide en
Afrique Noire, de Fort-Archambault à l'Oubangui-Chari,
de Michel Leiris pendant deux ans de Dakar à Djibouti,
de Lucien Bodard en Asie, ou même d'Henri Michaux
en Équateur ou en Extrême-Orient, bien qu'il considère
dans « Les poètes voyagent » que poésie et voyage ne
riment pas si bien que cela. J'aurais pu tout autant vous
initier à la majesté de la Patagonie grâce à Bruce Chatwin,

à la Grande-Bretagne mystérieuse de Paul Théroux ou de Kenneth White mais il faut faire des choix et, des voyages, nous en referons ensemble, et avec eux.

Petit garçon, je me souviens avoir navigué en compagnie de Melville, Conrad, Stevenson et Monfreid. Avoir volé dans les avions de Saint-Ex et de Kessel. Avoir chassé le lion avec Hemingway et Karen Blixen, cheminé dans le désert derrière René Bazin, Théodore Monod, Nicolas Bouvier, Isabelle Eberhardt et Alexandra David Neel. M'être enfoncé dans les profondeurs océanes avec Jules Verne, avoir découvert le centre de la terre avec le même Jules Verne, emprunté les wagons de marchandises comme Jack Kerouac, les trains de luxe comme Valery Larbaud ou André Gide, et les secondes classes comme Albert Londres. Puis j'ai fumé de l'opium avec Théophile Gautier, André Malraux et Marguerite Duras. Aimé les mêmes femmes que Chateaubriand, Hugo, Stendhal, Flaubert et Baudelaire. Et rêvé en compagnie de Lewis Caroll et Gérard de Nerval. Je suis retourné au pays comme Giono, comme Pagnol. On est de son enfance comme on est d'un pays, disait Saint-Exupéry. Et ce sont toutes ces imprégnations d'enfance et d'adolescence qui m'ont donné envie de reparcourir avec vous les itinéraires de ces écrivains qui n'ont pas voulu rester collés à la glaise de leur terre natale et ont préféré sortir des sentiers battus. Ils ont eu le courage de se creuser d'autres sillons, d'autres veines qui s'écoulent vers la mer nourricière, celle de tous les refuges, de toutes les fuites, de tous les rêves. Ce sont ces sillons qu'à notre tour, nous allons emprunter. Grâce à eux.

Harrar, décembre 2007

La découverte du monde
chez les écrivains du XIXe siècle

Dans ses *Mémoires d'outre-tombe*, Chateaubriand raconte
l'épisode de son accident devant les chutes du Niagara.

Chateaubriand

Fin 1789. Les temps sont plus que troublés en France. La Bastille a été prise le 14 juillet, un décret a supprimé les titres de noblesse et les armoiries. Il ne fait pas bon porter une particule. Devenu simple citoyen, l'ancien vicomte François-René de Chateaubriand est décidé à quitter la France. Pas comme un émigré, ce serait banal par les temps qui courent, plutôt comme un aventurier. Le bain de sang qui commence lui fait horreur. Il trouve que les préjugés populaires, qui ont remplacé les préjugés aristocratiques, sont encore plus intolérants ; c'est d'un pays neuf qu'il a besoin. Le jeune homme s'en ouvre à celui dont il pille régulièrement la bibliothèque, son grand ami Malesherbes. Ce dernier a été ministre réformateur dans le gouvernement de Turgot, a protégé les encyclopédistes, correspond avec Rousseau. Si le « bon sauvage » existe, c'est en Amérique qu'il doit se trouver. C'est là qu'il faut aller. Depuis des mois, les deux amis se sont plongés ensemble dans les atlas et les récits de voyage, ont discuté avec passion du Nouveau Monde et en particulier du fameux passage du Nord-Ouest, que Chateaubriand voudrait découvrir pour se faire un nom parmi les géographes. Unis par une passion commune, la botanique, ils rêvent d'apporter en France des essences inconnues.

C'est un voyage d'exploration qu'ébauche le gentilhomme d'Armorique avec Malesherbes : il rêve de donner des noms français aux fleuves, aux montagnes, aux sites qu'il découvrira. La gloire, toujours la gloire. François-René ne pense qu'à ça. Sans songer un instant aux éventuels dangers de pareille entreprise, il trace un itinéraire qui le conduirait du lac Supérieur vers l'ouest, afin de découvrir la source du Mississipi, puis il redescendrait jusqu'en Louisiane avant de rejoindre le Pacifique. Remontant enfin vers le nord, il arriverait au détroit de Behring pour y déterminer si l'Alaska tient au Canada ou si, comme l'affirment les Indiens, il existe un océan Glacial Arctique – cet océan que Bougainville lui-même a cherché en vain en 1785. Devenir « le Christophe Colomb de l'Amérique polaire », comme il le clame : quelle belle revanche ce serait pour ce cadet d'une famille bretonne où la coutume veut que toute la fortune ou presque revienne au frère aîné ! Le jeune homme mélancolique et timide a de l'ambition.

Et puis, le destin a de ces ironies, il est de Saint-Malo – la ville de Jacques Cartier, de Duguay-Trouin, de Mahé de la Bourdonnais, de Surcouf. C'est Saint-Malo qui a donné naissance aux navigateurs qui découvrirent les îles Malouines. Ainsi qu'à un savant malouin, Maupertuis, qui a voyagé jusqu'à la Finlande et au cercle polaire. Lorsque l'on courtise la postérité, tous les signes du Ciel sont les bienvenus.

La naïveté de Chateaubriand est telle qu'il compte faire cet immense voyage à pied, seulement muni d'un léger bagage ! Il ne lui vient pas à l'esprit qu'une escorte lui serait utile pour le protéger en cas de mauvaise rencontre, ni que des chevaux permettraient d'acheminer vivres et matériel. Malesherbes tente en vain de lui obtenir une mission officielle – ce qui signifierait des fonds – mais, en cette période troublée, le Trésor public est à sec. C'est finalement grâce à Jean-Baptiste de Chateaubriand, son frère aîné, qui a épousé la petite-fille de Malesherbes, qu'il pourra accomplir ce voyage.

L'Amérique, c'est loin. Mélancolique pèlerinage à Combourg, sur les lieux de son adolescence – on ne sait jamais si l'on va revenir de ces contrées lointaines. Puis il embarque à Saint-Malo sur le *Saint-Pierre*, un brigantin de cent cinquante tonneaux, le 7 avril 1791. La promiscuité est difficile à supporter pour le vicomte. Mais la gloire est à ce prix ; il supporte vaillamment le trajet. Le 23 mai, Terre-Neuve est en vue. L'île, une fois qu'il est descendu à quai, se révèle décevante. Le 6 juin, Chateaubriand embarque à nouveau sur le *Saint-Pierre* et aperçoit enfin les côtes américaines. On est le 2 juillet. Il est salué par une jeune Négresse légèrement vêtue, vision qui lui inspirera ce constat paradoxal : « Ce fut une esclave qui me reçut sur la terre de la Liberté. » Débarqué à Baltimore, Chateaubriand se rend à Philadelphie : il veut rencontrer George Washington, alors à l'apogée de sa gloire. Hélas, la servante qui lui ouvre lui explique que le Président, malade, ne reçoit personne. Il repart déçu, non sans avoir laissé une lettre. Cet épisode sera transformé dans les *Mémoires d'outre-tombe* : Chateau-

L'Amérique offre des paysages idylliques à l'explorateur
parti à la recherche des « bons sauvages ».

briand y racontera sa rencontre – vraisemblablement imaginaire – avec le président américain en affirmant que ni l'homme ni sa situation ne l'avaient impressionné. Premier d'une longue liste de petits mensonges et de grands accommodements avec la réalité historique.

Faute d'avoir pu saluer le grand homme, François-René quitte Philadelphie, part pour New York puis Boston, berceau de l'indépendance américaine. Il se procure des chevaux et surtout un guide hollandais parlant plusieurs dialectes indiens, et se met en route vers les chutes du Niagara. Vêtu d'une peau d'ours, coiffé de la calotte rouge des trappeurs et ceint d'une cartouchière, il traverse des régions sauvages, découvre une nature superbe, semblable à la nature primitive qu'il imaginait avant son départ. Mais *Robinson Crusoé* a induit toute une génération en erreur : la forêt n'est pas vierge. Très vite, il rencontre des Indiens tatoués et couverts de plumes. À leur contact, le mythe du « bon sauvage » véhiculé par les livres de Daniel Defoe puis par ceux de Jean-Jacques Rousseau s'effondre : Chateaubriand, qui accompagne les Indiens à la chasse et dort dans leurs villages, s'aperçoit qu'ils ont les mêmes défauts que les Européens. Ils sont corrompus et leurs mœurs rappellent parfois celles des Jacobins aux pires moments de la Terreur. Ethnologue avant l'heure, il décrira ces observations dans son roman *Atala*.

Le voici enfin arrivé devant la cataracte du Niagara. Quel spectacle, quel bruit, quelle vision ahurissante pour un gentilhomme breton ! Il met pied à terre pour observer de plus près cette merveille de la nature. Mais il emprunte une échelle de liane en mauvais état et, à quelques mètres à peine des chutes, il perd l'équilibre, s'accroche à une racine et finit par atterrir sur un rocher. Conséquence de cette chute spectaculaire : une fracture du bras gauche qui l'immobilise de longues journées. Excès d'enthousiasme ou crise suicidaire ? Chateaubriand doit renoncer au passage du Nord-Ouest. Son guide l'a quitté, sans doute découragé par ses sautes d'humeur et ses maigres ressources. Notre voyageur rejoint un groupe d'immigrants qui se rend à Saint Louis, au confluent du Mississipi et du Missouri. Il projette une incursion chez les Natchez, une tribu indienne qui vit non loin de La Nouvelle-Orléans. Mais sa bourse est vide, il faut songer au retour. Ce n'est pas parce que l'on n'a rien vu que l'on ne sait pas le raconter : il consacrera des pages savantes à cette tribu. *Les Natchez* décrit avec précision les mœurs et les coutumes d'un peuple que l'auteur n'a jamais rencontré !

La réalité, l'illusion, quelle importance ? Il n'y a pas d'affabulation, il n'y a que de bons ou de mauvais livres. Voyez l'épisode, qu'il racontera à maintes reprises, de sa journée passée avec deux beautés métisses rencontrées sur les rives de l'Ohio. Profitant de l'absence des hommes partis chasser, il leur tient compagnie dans le campement, tente de les séduire en les accablant de compliments. Un bain et une sieste forment l'apogée de cette journée de rêve, sorte de scène mythologique ancrée dans le coin le plus précieux de sa mémoire. En fait, les deux Floridiennes étaient des « filles peintes », c'est-à-dire des prostituées, attachées aux trafiquants qu'elles suivaient de camp en camp. Jamais François-René ne l'avouera, la réalité blesserait trop son amour-propre.

Rien de bien marquant après cette scène fameuse. Chateaubriand poursuit son voyage jusqu'à Philadelphie : il traverse Nashville, Knoxville, Salem, Harper's Ferry. Il a dépassé le petit bourg d'Abingdon lorsqu'un soir, cherchant un abri pour la nuit, il frappe à la porte d'une modeste ferme. La maîtresse des lieux lui offre une chambre, d'où l'on voit un paysage ravissant : un ruisseau, bordé de tamarins, de saules et de peupliers de Caroline. La machine hydraulique, située sous sa chambre, accompagne de son bruit régulier le chant des oiseaux. Il repensera souvent plus tard à ce cadre idyllique lorsque, lassé des passions politiques et amoureuses, il se demandera si le bonheur ne réside pas, tout simplement, dans cette vie calme et champêtre.

Le soir venu, il descend dîner dans la salle commune, éclairée seulement par les feux dansants de l'âtre. La fermière prépare le repas, tandis qu'un chat vient jouer sur ses genoux. Distraitement, il jette un regard sur un vieux journal qui traîne et sursaute en lisant le titre : *Flight of the King* (« La fuite du roi »). En quelques secondes, il apprend des événements vieux de quatre mois : l'évasion de la famille royale, le 20 juin 1791, son arrestation à Varennes et son humiliant retour à Paris. Il apprend aussi, et c'est le plus important pour lui, que des gentilhommes français rejoignent les frères du roi de l'autre côté du Rhin pour préparer avec eux la libération du monarque emprisonné.

Sa décision est prise : il lui faut d'urgence rentrer en France pour mettre ses forces au service des monarchistes. Il faut dire que sa situation financière catastrophique plaide aussi pour un retour anticipé. À Philadelphie, il doit cependant trouver de l'argent pour financer son voyage de retour en France. Il se débrouille pour négocier un billet à crédit, payable à l'arrivée ; c'est encore une fois son frère qui réglera la note. Moyen usuel chez Chateaubriand, puisqu'en 1797, soit six ans après son retour, une Américaine exigera le remboursement d'un prêt de 6 000 livres consenti à l'époque de son séjour dans le Nouveau Monde.

Un grand mystère enveloppe tout le séjour de Chateaubriand aux États-Unis, plongeant dans l'embarras biographes et géographes. Si l'on se fie à ses livres (parmi lesquels *Le Voyage en Amérique*, publié bien après son retour, en 1826), on compte au moins neuf itinéraires différents empruntés par le voyageur. Certains scientifiques, parmi lesquels Eugène Ney (le fils du maréchal) n'hésitent pas à qualifier de « conte à dormir debout » ses descriptions du Mississipi ou du Grand Nord. Chateaubriand finira par admettre les libertés qu'il a prises avec la vérité scientifique. « J'ai mêlé bien des fictions à des choses réelles, et malheureusement les fictions prennent avec le temps un caractère de réalité qui les métamorphose. »

Le 10 décembre 1791, Chateaubriand quitte donc Philadelphie avec quelques compatriotes obligés eux aussi de regagner la France. Les vents sont favorables, le navire avance rapidement. Hélas, la brise se transforme peu à peu en ouragan. La traversée dure quinze jours, sans que la tempête faiblisse. Pour conjurer la catastrophe, les marins ne cessent de chanter un cantique à Notre-Dame de Bon-Secours. À défaut de bons souvenirs, cela fera de bonnes pages dans ses *Mémoires*. Le

2 janvier 1792, le navire accoste enfin au Havre. Chateaubriand peut s'acheminer vers Saint-Malo.

Mais loin de se précipiter au secours de l'armée des Princes, Chateaubriand s'attarde en France. Il n'a plus un sou. Il demeure à Saint-Malo, auprès de sa mère et de sa sœur Lucile. Cette dernière s'est mise en tête de marier son frère à une riche héritière : si elle se trompe sur le montant de la dot de Céleste de Lavigne, elle a choisi en revanche une épouse qui saura affronter vaillamment les aléas de sa vie conjugale. Ni Juliette Récamier, ni Hortense Allard, ni Cordélia de Castellane, ni aucune autre n'entraveront le cours de l'affection constante qu'elle vouera à son mari.

Parti en voyage d'exploration, Chateaubriand n'a pas découvert grand-chose. Sa gloire n'empruntera finalement pas le sentier de la géographie mais celui de l'écriture. En ce sens, son voyage en Amérique fait partie de ces échecs fertiles que recèlent toutes les existences : François-René rentre la mémoire emplie d'impressions, d'idées, de sensations neuves. Sa vocation d'écrivain est née quelque part au bord des Grands Lacs, ou peut-être devant le vertigineux spectacle des chutes du Niagara.

Stendhal

1800. Gratte-papier au ministère de la Guerre, Henri Beyle enrage. Il rédige des rapports que personne ne lira. Il s'ennuie. Se morfondre dans une soupente de la rue de Varenne alors que l'époque est à la conquête, c'est exaspérant. Le siècle jette ses premiers feux sans lui. Il le sent, ce n'est pas dans ce Paris sans ciel, sans arbres et sans cœur qu'il aura le destin qu'il mérite. Il a dix-sept ans. Refuse de croupir plus longtemps dans ces fonctions subalternes. Veut participer à cette fièvre passionnée qui s'est emparée d'un pays en train de se donner à un général corse. La guerre lui fournit l'occasion de s'échapper.

Son cousin Pierre Daru fait partie de l'entourage de Bonaparte, où il occupe un poste de secrétaire général à la guerre. Il lui propose de l'accompagner en Italie, où le Premier consul espère renouveler ses exploits de 1796. Évidemment, Henri accepte. Le 7 mai, les deux cousins se jettent sur la route des Alpes. Beyle part avec l'inconscience du gamin qu'il est encore. Porter un uniforme, tenir son cheval, affronter le canon, ne pas provoquer en duel qui-

Dès qu'il l'aperçoit, Henri Beyle est subjugué
par Angela Pietragrua.

conque ose le regarder avec condescendance : il ne sait rien. Qu'importe, il se lance dans l'aventure. Une armée en marche, voilà le genre de situation romanesque qu'il aime.

La beauté des Alpes, entre Genève et Milan, lui fait oublier ce rude apprentissage. Il est transporté par la grandeur des paysages qui défilent devant cette troupe d'arrière-garde. Le gros de l'armée, emmené par le Premier consul lui-même, a plus d'une semaine d'avance sur eux. Le danger, ce n'est donc pas l'armée autrichienne, mais plutôt les précipices devant lesquels se cabre parfois son cheval. Il aborde la célèbre traversée du col du mont Saint-Bernard « en poule mouillée complète ». On a les ennemis qu'on peut. Six heures de montée, puis deux heures de descente à l'aveuglette, l'expérience est éprouvante pour celui qui ne savait pas se tenir à cheval quelques jours plus tôt. Comme Fabrice del Dongo à Waterloo, il entend le bruit de la cannonade au loin. C'est sa seule expérience de la guerre. L'héroïsme attendra.

Le 10 juin, ils font enfin leur entrée dans Milan. Henri y restera six mois. Dès le premier jour, il tombe amoureux, et de la ville, et du pays. Il faut bien trouver une raison sociale à ce séjour. Les Daru l'affectent à l'intendance de l'armée consulaire. Les combles, la paperasse, la routine. Encore une fois, la gloire n'est pas au rendez-vous. Quelle humiliation ! Vite, il lui faut endosser à nouveau un uniforme et le prestige qui va avec. À la fin du mois d'octobre, il est promu sous-lieutenant au 6e dragons grâce à l'entregent de son cousin. Pour justifier cette promotion spectaculaire, Daru a produit une attestation mensongère et affirmé qu'Henri avait déjà servi comme maréchal des logis. Peu importe à Henri, qui a enfin ce qu'il voulait : l'uniforme vert épinard aux revers écarlates, le long manteau blanc et le casque doré hérissé d'une crinière noire. Voilà de quoi se montrer enfin dans les salons sous un jour fringant. Ce n'est pas un hasard si Julien Sorel admirera les beaux uniformes de dragons défilant dans les rues de Verrières.

À Milan, une fièvre de plaisir s'est emparée de l'armée. Les Milanaises font les yeux doux à ces soldats très jeunes qui réveillent en elles des sentiments oubliés. Que l'occupation est douce quand les envahisseurs ont vingt ans à peine ! Les bonapartistes ont conquis la ville, ses habitantes ne demandent qu'à l'être aussi. Henri, comme les autres, est victime de cette fièvre. Mais il n'a pas l'audace des autres. Toute l'armée fait l'amour, sauf lui. Le puceau manque de légèreté et d'indifférence. Lui, il a le cœur qui bat. De plus en plus fort. Elle s'appelle Angela Borroni. La « ragazza » absolue. Une femme sublime, ou du moins l'idée qu'il s'en fait. Dotée d'un mari peu encombrant, un certain Pietragrua, modeste employé des poids et mesures, elle brise des cœurs et n'est pas avare de ses charmes. Elle collectionne les hommes comme d'autres les robes. Louis Joinville, le patron d'Henri à l'intendance de l'armée, est devenu son amant après le peintre Gros. Le jeune homme est pétrifié. Brûle d'une passion d'autant plus vive qu'elle est silencieuse. Ne sait comment attirer son regard. Évidemment, elle ne le remarque même pas. Henri n'est pas vraiment beau, ses amis le surnomment « le Chinois » à cause de ses boucles noires et de ses yeux très fendus. Surtout, il ne connaît rien de l'habileté amoureuse. Le nigaud n'a jamais encore de sa vie effleuré une femme. Sa seule expérience amoureuse, c'est l'adoration muette qu'il a vouée à l'âge de quinze ans à Virginie Kubly, une étoile du théâtre de Grenoble. Autant dire rien.

Une seule solution pour assouvir le désir pressant du jeune Français : les maisons closes. La capitale lombarde en regorge. Il faut en passer par là. À défaut de lui livrer des souvenirs agréables, l'expérience lui laisse des séquelles durables. C'est là qu'il attrape une maladie vénérienne, sans doute la syphilis. Quelques jours à peine après son dépucelage, il faut d'urgence quérir un médecin. On lui administre de fortes doses de mercure et d'iodure de potassium. Tout au long de sa vie, il connaîtra des rechutes. Il aura cher payé la perte de son innocence.

Promu aide de camp du général Michaud, un chef bienveillant et peu pressé d'aller au combat, Henri a du temps. Il en profite pour explorer les environs de Milan, visite Mantoue et Vérone, s'aventure jusqu'en Toscane. Décidément, il aime ce pays. Il en aime aussi la musique. Il ne manque pas une représentation à la Scala, se met en tête d'apprendre à jouer de la clarinette. De temps à autre, son chef, le colonel Le Breton, par des lettres sévères lui signale – au cas où il l'aurait oublié – qu'il est tout de même incorporé au 6ᵉ dragons. Insupportable rappel à l'ordre. De toute façon, la bataille de Marengo a eu lieu en son absence. Il n'a droit qu'à un pis-aller, le combat de Castelfranco en janvier 1801. L'Histoire se fait sans lui. Henri prend prétexte du fait que ce régiment est stationné dans le Piémont et qu'il déteste cette région boueuse pour démissionner de l'armée. Il a dû

Passionné de musique, le jeune homme ne rate pas une représentation à la Scala de Milan.

faire ses classes dans une bourgade misérable, au sein d'une population très remontée contre les Français, par un temps brumeux et froid. Réclamé par son régiment, il doit ensuite le suivre de garnison en garnison. Corvées d'écurie, manœuvres à l'aube, billets de logement dans des palais délabrés – il déteste tout. Cette brève expérience de la vie militaire lui a suffi. La vie de garnison n'est pas pour lui. Et puis il le sait : piètre cavalier, médiocre sabreur, rétif à toute forme de discipline, jamais son génie ne prendra sa mesure dans l'armée. Il sait tirer à temps les leçons de l'expérience. Il décide de rentrer en France. Daru est furieux. Il s'est donné beaucoup de mal pour pistonner son cousin et voilà comment on le remercie.

La vérole, l'insuccès auprès de la belle Angela, la guerre vue depuis un bureau, rien de tout cela n'empêchera Stendhal de se souvenir de ce premier séjour milanais comme d'une période heureuse, un âge d'or auquel il se référera toute sa vie.

En 1811, Henri retourne en Italie. Les dix années qui viennent de s'écouler l'ont transformé. Comme il est loin, le soupirant transi qui faisait une cour maladroite à la splendide Angela ! Il est devenu un jeune notable, affiche un embonpoint rassurant sous des costumes cintrés et des chapeaux conquérants. Depuis 1809, sa carrière a emprunté les sentiers balisés des échelons administratifs. Il a été nommé auditeur au Conseil d'État puis inspecteur du mobilier impérial. Il s'est frotté à la vie. À Paris, il laisse une maîtresse en titre, Angelina Bereyter. Il a gagné en assurance ce qu'il a perdu en innocence. Il n'est plus le chérubin timide du début du siècle.

Mais il n'a pas oublié le Milan de sa jeunesse ni l'amour qu'il vouait en secret à Angela. Il retourne la voir. À son Journal, il raconte : « J'ai vu une grande et superbe femme. J'ai trouvé plus d'esprit, plus de majesté et moins de cette grâce pleine de volupté ». Façon de dire que le charme de la belle Italienne opère toujours, n'en déplaise à toutes ces liaisons qu'elle a nouées en son absence, épisodes auxquels il préfère ne pas trop songer pour que le mythe demeure. Angela, tout le monde le sait à Milan, a la cuisse accueillante. Elle ne reconnaît pas Henri, tout d'abord. Il dit son nom, cite les amis communs d'autrefois. « Il Cinese ! Le Chinois ! » s'exclame-t-elle. Il lui raconte en souriant de quels feux il a brûlé en silence pour elle. Aucune femme ne résiste à ce genre d'aveux. Angela lui fait comprendre que tout est encore possible. Le passé peut se rattraper. Henri tombe dans le piège. Il a mûri sans s'aguerrir.

Commence alors une liaison intermittente, qui se traînera jusqu'en 1815, à deux cents francs par mois. Car Angela n'a rien contre les relations parallèles, pourvu qu'elles soient dotées. Elle manipule son amant, alterne déclarations fougueuses et brouilles hautaines. Elle fait partie de ces femmes fidèles, mais successivement. En avril 1814, elle tire argument du meurtre du ministre des Finances, le comte Prina, pour justifier sa froideur. Le ministre est une émanation du pouvoir français, le crime a été perpétré par le peuple milanais. À chacun son nationalisme. Un peu plus tard, elle lui fait valoir qu'un vainqueur de Moscou ne doit pas craindre le froid… et que l'amant encombrant ferait bien de retourner à Grenoble pour quelque temps. L'amant ne se décourage pas. Il encaisse, obéit, puis se désespère. « Ce détroit de malheur », il faut le faire passer par un surcroît de travail. L'écriture console de bien des maux. Dans son Journal ou dans ses lettres à sa sœur Pauline, il la surnomme « Lady Simonetta », en souvenir d'une visite qu'ils firent ensemble à la villa Simonetta, célèbre pour son écho répétant cinquante fois un coup de pistolet. C'est la manie d'Henri : dissimuler tous et toutes sous des pseudonymes compris de lui seul. Il part explorer Rome, Naples et Florence. Quand il pense la retrouver à Milan, où il arrive « plein d'un transport d'amour », elle n'est plus là, partie, ou plutôt enfuie, pour Varèse. Elle sait comment le rendre fou.

La liaison s'achève en vaudeville. « L'amour est tué le 15 octobre 1815 » : ainsi Henri résume-t-il sèchement la fin de cette liaison à épisodes. Angela le confirme dans la lettre de rupture qu'il reçoit le 1er décembre. En 1811, il la qualifie de « sybille sublime »; en 1815, elle est devenue « une catin sublime ». Tout est dit dans ce glissement de vocabulaire, le désamour est souvent amer. Catin sublime ? Il y a une explication. C'est Prosper Mérimée qui racontera l'affaire. Henri arrivait chez Angela à la nuit tombée, il passait par une porte dérobée pour entrer chez sa maîtresse, conduit par une femme de chambre discrète. C'est qu'on craignait les foudres d'un mari jaloux ! Un jour, la femme de chambre, en froid avec la belle Angela, livre à l'amant prudent le fin mot de l'histoire : qu'il n'y a pas plus de mari jaloux que de Bourbons à Paris; que la raison de tous ces mystères réside plutôt dans la vie agitée de Madame; qu'on veut à tout prix éviter que cet amant-ci rencontre cet amant-là. La femme de chambre propose d'apporter la preuve de ses propos. Et voilà notre Henri, dissimulé dans un placard un jour qu'il n'est pas attendu, qui assiste à un rendez-vous galant donné par cette Angela au cœur bien large. Loin de vouloir se venger, tenter de poignarder son rival, ridiculiser sa maîtresse ou noyer son chagrin dans un quelconque fleuve italien, Henri prend l'affaire avec philosophie. Il en rit, plutôt que d'en pleurer.

Rome, Naples et Florence, publié en 1817 sous la signature de « M. de Stendhal, officier de cavalerie », dira les curiosités du touriste beylien. Ce nouveau nom montre assez combien la page Angela est tournée, une nouvelle identité pour une nouvelle existence. Dans ces pages enthousiastes, il décrit le charme de l'Italie, son climat, sa musique, ses décors. On ne trouve pas en France, pays de la vanité et des conventions glaçantes, une telle joie de vivre. Jamais il ne reviendra sur ce jugement définitif. Milan restera à jamais la fleur de sa vie.

Touriste des intermittences du cœur, Stendhal mérite de figurer en première place des écrivains voyageurs du XIXe sciècle.

Au cours de leur séjour au Caire, Gustave et Maxime
s'instruisent sur les mœurs orientales.

Gustave Flaubert

« Je vais faire un voyage dans tout l'Orient. Je serai parti de quinze à dix-huit mois. Nous remonterons le Nil jusqu'à Thèbes, de là en Palestine ; puis la Syrie, Bagdad, Bassora, la Perse jusqu'à la mer Caspienne, le Caucase, la Géorgie, l'Asie Mineure par les côtes, Constantinople et la Grèce s'il nous reste du temps et de l'argent. ». Si Gustave Flaubert peut annoncer ce programme ambitieux à l'un de ses amis à l'orée de l'année 1849, c'est à Maxime Du Camp qu'il le doit. Sans lui, le grand rêve de sa vie – le voyage en Orient – ne se serait jamais réalisé.

Maxime, l'ami intime, comme on n'en a qu'un seul à vingt ans. Plus qu'un ami, un frère. C'est lui qui l'aide à réviser son droit. Lui qui est venu lui tenir compagnie à Croisset quand sa première crise d'épilepsie l'a obligé, hélas, à abandonner ses études. Lui qui l'a aidé à affronter la colère sourde d'une famille provinciale qui destinait le cadet à une carrière de juriste et voit d'un très mauvais œil sa vocation d'écrivain. Les deux camarades parlent des heures, échangent livres, idées, projets littéraires. La

famille de Gustave juge ses ambitions dérisoires ; seul
Maxime parvient à le réconforter. Une amitié d'une
rare intensité, idéale, presque amoureuse. Or, dès 1844,
Maxime s'est offert un voyage dans le Levant. Orphelin,
disposant d'une solide fortune, il avoue avoir un faible
pour les poètes persans ; il est même devenu membre de
la Société orientale. Il s'est donc rendu à Smyrne, s'est
arrêté deux mois à Constantinople, a voyagé longuement
en Italie et fini son périple à Alger. À son retour, ses
récits enthousiasment tellement Flaubert que les deux
amis se promettent de repartir, le jour venu, ensemble.

Pour qui a toujours vécu à Rouen et n'a jamais été
plus loin que l'Italie, une « période d'essai » se révèle
nécessaire. Le premier voyage de Gustave avec Maxime
se borne à des horizons modestes : en 1847, ils partent
pour la Bretagne, la Normandie et l'Anjou. Mais, deux
ans plus tard, voilà que Maxime Du Camp prépare un
nouveau voyage en Orient, un voyage qu'il veut – et c'est
très nouveau pour l'époque – consacrer à un reportage
photographique. Flaubert s'écrie : « C'est odieux de ne
pouvoir aller avec toi ! » Maxime Du Camp interprète
comme il faut ce cri de rage. Comprend combien la vie
cloîtrée de Flaubert lui est pénible. Décide de l'aider,
quitte à mentir. La fraternité, encore. Seul problème,
la terrible madame Flaubert, mère de Gustave : elle
s'oppose au voyage. Veuve depuis peu, elle est devenue
une mère abusive. Il faut dire qu'elle a perdu quatre
enfants en bas âge avant la naissance d'Achille, puis de
Gustave, et que la cadette de la fratrie, Caroline, vient
de mourir en couches. On comprend qu'elle choie
Gustave comme un nourrisson encore fragile. Génie

de l'amitié : Maxime s'arrange habilement pour qu'un médecin complaisant explique à madame Flaubert que le piètre état de santé de son fils (sa « maladie de nerfs », comme on dit à l'époque, est sans doute la conséquence d'une syphilis ancienne) exige un séjour dans les pays chauds. À contrecœur, elle se laisse convaincre, non sans avoir d'abord essayé de troquer l'Orient contre Malaga. Pour la réconforter, son fils lui écrit qu'il rentrera « avec quelques cheveux de moins sur la tête et beaucoup de paysages de plus dedans ». Maigre consolation pour une mère inquiète.

Enthousiasme des départs. Gustave échafaude des itinéraires immenses, veut tout voir, tout découvrir, ne rien rater. Cette frénésie trahit le soulagement d'un jeune homme qui étouffe dans le cocon familial normand tout en ne faisant rien pour s'en échapper. Sa maîtresse du moment, Louise Colet, fait les frais de cette extrême faiblesse : Gustave est persuadé que sa mère mourra s'il la laisse seule. Trois jours après leur première nuit d'amour, ce fils qui ne se décide pas à couper le cordon ombilical a fait ses adieux à la belle. La moustache est altière, le caractère l'est moins.

La fraternité n'exclut pas la lucidité. Maxime Du Camp appréhende la cohabitation avec cet ami à l'humeur fantasque, souvent sujet à des attaques de nerfs. Il exige la présence d'un troisième larron dans cette expédition : c'est leur domestique, Sassetti, qui se révélera un précieux auxiliaire pour les travaux photographiques.

Reste à trouver un motif « officiel » à ce voyage. Des ordres de mission faciliteraient l'obtention d'autorisations diverses ainsi qu'une protection militaire en cas de

L'ascension de la Grande Pyramide est une étape
incontournable du voyage en Orient.

besoin. C'est encore Maxime Du Camp qui se charge de régler ces tracasseries administratives : les deux compères sont chargés d'une vague mission par les ministres de l'Instruction publique, pour Du Camp, et du Commerce et de l'Agriculture, pour Flaubert. Six cents kilos de bagages attestent du sérieux avec lequel ils comptent remplir cette mission.

Et les voici en route pour l'Orient, ces deux amis inséparables. Arrivés à Alexandrie en novembre 1849, ils gagnent Le Caire à la fin du mois. L'Égypte pharaonique réserve aux deux Français un choc violent : les Pyramides, le Sphinx, Memphis qu'ils visitent dans le courant du mois de décembre produisent sur eux un effet inoubliable. Tandis que Gustave se laisse emporter par l'émotion et pousse des cris violents – après tout, la campagne d'Égypte ne remonte pas à si loin, Bonaparte est passé par là il y a à peine un demi-siècle – Maxime reste maître de lui et photographie les monuments avec l'appareil transportable qu'il a bricolé. Entre douze et quinze minutes de pose, un délai ridicule au regard de la postérité pour laquelle il travaille. Le pionnier qu'il est compte bien, au retour, vendre très cher ces clichés de lieux où bien peu d'Européens ont mis les pieds jusqu'à présent. Cette passion énerve Gustave, il trouve que les photographies ne rendent jamais une image exacte de ce qu'a vu le touriste. Emballés par l'Égypte, stupéfaits par la beauté monumentale et presque inhumaine des temples et des nécropoles qu'ils visitent, éblouis par la splendeur des paysages, les deux amis passeront plus de quatre mois en croisière sur le Nil. Ils ont loué une « cange » (un voilier) pour remonter le Nil jusqu'au point sud le plus extrême, là où il n'est plus navigable. L'expérience les transporte.

Le gros problème, ce sont les déplacements. En Égypte, le chemin de fer est inexistant – la première ligne, Le Caire-Alexandrie, ne sera inaugurée qu'en 1856. Il faut donc utiliser des voitures de location pour les trajets courts ; pour les longs déplacements, on prend le bateau. Quand il faut quitter la mer ou le Nil, c'est au cheval que recourent nos trois voyageurs français, tandis que l'escorte arabe voyage à pied ou à dos de mulet.

Second problème, l'hébergement. Il faut s'adapter à l'offre locale, une nuit dans un hôtel de luxe au Caire et le lendemain dans un couvent délabré. Parfois, ils sont logés par des bourgeois accueillants, parfois ils doivent se contenter de loger chez l'habitant – donc chez les puces – de l'unique pièce d'une maison paysanne. C'est l'aventure, la vraie. Autre problème majeur, celui de la nourriture. Si l'on ajoute la mauvaise qualité de l'eau à la difficulté qu'il y a à se procurer des denrées essentielles telles que des œufs ou de la viande (la chaleur fait très vite pourrir le gibier), on se dit que c'est un miracle que Flaubert soit rentré sans dommage majeur de ce périple. Et l'on excuse alors madame Flaubert d'avoir tant hésité à envoyer son fils visiter ces lointaines contrées.

D'autant que la situation des pays visités n'est ni simple ni calme. En Égypte, Méhémet Ali vient de mourir en août 1849 ; son petit-fils prend comme principale ligne de politique étrangère l'hostilité envers les Européens. En Syrie, c'est encore pire : le pays, administré par les Turcs, est en proie à de graves conflits religieux. Comme à Constantinople, Flaubert et Du Camp sont mal vus, il leur arrive même d'être pris pour cible par des hommes armés à cheval. Ils n'oublient jamais d'être en permanence munis d'argent liquide, au cas où il faudrait amadouer des gendarmes par quelque pourboire.

Ces péripéties n'atténuent en rien l'enthousiasme de Flaubert. À son maître, Théophile Gautier, il écrit de Jérusalem le 13 août 1850 : « Quittez donc Paris, volez n'importe qui ou n'importe quoi, – si les fonds sont bas –, et venez avec nous. Quel soleil ! Quel ciel, quels terrains, quel *tout* ! Si vous saviez ! » Plus loin dans cette lettre, il résume ainsi son voyage : « Nous passons le jour à cheval, la nuit nous couchons sous des sycomores, à la clarté des lampes du Bon Dieu, rongés de puces, et réveillés par les sonnettes de nos mulets. »

En tant que touristes, les deux amis s'intéressent bien sûr aux monuments antiques. Mais ce qui les fascine par-dessus tout, c'est l'observation des mœurs. Cérémonies, cortèges, fêtes locales : ils ne ratent rien – Maxime Du Camp projette d'en tirer un livre intitulé *Les Mœurs musulmanes*. Quatre heures par jour, alors qu'ils séjournent au Caire, ils reçoivent les leçons d'un Arabe lettré qui les instruit sur les grandes étapes de la vie orientale.

On peut être pionnier de la photographie ou écrivain en herbe, on n'en demeure pas moins homme. Quand on a moins de trente ans, comment résister aux plaisirs de la chair, surtout quand ils s'offrent sans détours à tous les coins de rue ? Louise Colet est loin. Pendant ces dix-huit mois, les deux jeunes gens vont s'instruire avec enthousiasme dans le domaine de la sexualité orientale. Tout est bon pour profiter des occasions qu'offre une Égypte délurée, où des centaines de danseuses et de prostituées ont été envoyées en exil : filles douteuses dans des taudis, adolescentes vénales, masseurs des bains publics. Que diable ! Gustave a vingt-huit ans et, après tant d'années à se morfondre en province, il saisit frénétiquement cette occasion de s'amuser ! Hélas, ici comme en Europe, le plaisir comporte des risques. À Jaffa, Flaubert passe la nuit avec deux créatures de rêve, plus entreprenantes l'une que l'autre. Pas de chance, il attrape une maladie vénérienne sans savoir laquelle lui en a fait cadeau, la Turque ou la chrétienne : voilà à quoi se résume la « question d'Orient », plaisante-t-il. Rien de bien étrange à ce comportement. Dès 1841, le jeune Gustave menait à Paris une vie sexuelle débridée. Les maisons closes de la capitale lui ont ouvert l'esprit depuis longtemps déjà.

Mais au fond à quoi sert ce voyage ? Flaubert, contrairement à son compagnon (qui, dès son retour du voyage au Levant en 1844, a publié un ouvrage intitulé *Souvenirs et Paysages d'Orient*), est réticent à l'idée de produire de la littérature de voyage. Le voyage lui apparaît comme un genre mineur, réduit qu'il est à la seule description. Or, les mots, il en est persuadé, sont impuissants à restituer la beauté. Pendant le voyage, dit Flaubert, « on doit se borner à regarder sans songer à aucun livre » : source majeure d'inspiration, le dépaysement sert donc à emmagasiner de nouvelles sensations, des couleurs et des odeurs inédites. Rien n'empêche d'envisager un roman, mais *après* le retour. Le voyage, alors, devient cette réminiscence précieuse qui imprègne l'imaginaire de l'écrivain, quoi qu'il raconte. Le meilleur exemple en est ce passage – sans doute le plus célèbre – de *L'Édu-cation sentimentale* qui condense en trois lignes l'expé-rience du voyage de 1849 : « Il voyagea. Il connut la mélancolie des paquebots, les froids réveils sous la tente, l'étourdissement des paysages et des ruines, l'amertume des sympathies interrompues. »

Après Jérusalem et Damas, c'est la sublime Constan-tinople où ils séjournent un mois. Puis, comme un terme logique à ce voyage classique par excellence, la Grèce, berceau de la civilisation, comme un hommage à toute la littérature classique dévorée lors de sa jeunesse stu-dieuse au collège de Rouen. Après quoi les deux amis remontent vers l'Italie où leurs routes se séparent : Maxime s'arrête à Rome tandis que Gustave va jusqu'à Venise en compagnie de sa mère venue le rejoindre. Au total, le voyage de Flaubert aura duré dix-neuf mois.

Toutes ces sensations neuves – « Je me vautre dans les formes et les couleurs » a dit Gustave – aboutiront, des années plus tard, à deux textes inspirés par ce long séjour en Orient : *Salammbô*, qu'il publie en 1862 (et pour la préparation duquel il retourne séjourner en Tunisie et en Algérie), et *Hérodias*, le dernier des trois contes publiés en 1877, consacré à la légende de saint Jean-Baptiste.

L'amitié avec Maxime Du Camp, en revanche, ne résis-tera pas au retour à la vie parisienne. En 1856, Flaubert fait paraître en feuilleton *Madame Bovary* dans la *Revue de Paris* que dirige son ancien compagnon de voyage ; celui-ci opère des coupures massives dans le texte, qu'il juge licencieux, ce que le romancier prendra naturelle-ment très mal. Malgré cette censure prudente, Flaubert n'échappe pas au procès correctionnel pour outrage aux bonnes mœurs. Après l'acquittement de l'auteur (Baudelaire, six mois plus tard, devant la même cour, n'aura pas autant de chance avec *Les Fleurs du Mal*), le roman paraît en librairie dans sa version intégrale, mais Flaubert ne pardonnera pas à Du Camp de s'être ainsi désolidarisé de son œuvre. Le succès que connaît *Madame Bovary* après la publicité apportée par son procès procure à son auteur une notoriété nouvelle. Il est devenu un écrivain à la mode. Désormais, il cesse sa vie solitaire de Croisset, se met à fréquenter les salons parisiens, est reçu chez la princesse Mathilde. Sans doute jaloux de cet itinéraire, Maxime Du Camp s'éloigne définitivement. Comme si le retour d'Orient signifiait que la page était définitivement tournée, et sur leur jeunesse, et sur leur complicité.

Les Grands Ailleurs :
la mer, le Grand Nord, l'Afrique

Les vingt années que Joseph Conrad passa en mer nourrirent son imaginaire.

Conrad et Stevenson

La mer. Depuis qu'il l'a vue pour la première fois, à Odessa, à l'âge de neuf ans, le jeune Józef Korzeniowski veut lui consacrer son existence. Drôle de vocation pour un Polonais. Pourtant confirmée par un séjour à Venise, à l'adolescence. En regardant l'eau qui s'agite autour du Lido, Józef sait que l'horizon de ses rêves sera maritime. En 1874, à peine âgé de dix-sept ans, il débarque à Marseille. De toute façon, il avait en horreur la vie de pensionnat. Au contact des marins du port, il commence son apprentissage de la navigation. Son premier voyage, il l'entreprend deux mois après son arrivée : comme simple homme d'équipage sur un trois-mâts, le Mont-Blanc, *qui fait la liaison entre Marseille et Saint-Pierre de la Martinique. Sa vie est là, il le sait maintenant.*

Les voyages suivants le conduisent de nouveau vers les Antilles, puis l'Amérique du Sud. Mais cette existence ne le comble pas tout à fait. Au bout de trois ans, il fait part à son oncle maternel, devenu son tuteur à la mort de son père, de son désir de s'engager dans la marine marchande anglaise. Stupeur de la famille, qui lui répond qu'il ferait mieux de commencer par apprendre l'anglais avant de s'engager dans cette voie. Mais Józef a une bonne raison de vouloir quitter Marseille. C'est que, pour naviguer légalement sous pavillon français, il doit en demander l'autorisation au consul de son pays, c'est-à-dire la Russie, depuis l'échec de l'insurrection polonaise. Or cette démarche le signalerait aux autorités russes, qui exigeraient immédiatement qu'il fasse son service militaire. Obligation à laquelle il veut à tout prix échapper. C'est une impasse, Józef est désespéré. À tel point que, en mars 1877, il se saisit d'un revolver et tente de mettre fin à ses jours. Son oncle dissimule le geste à la famille, parle d'une blessure survenue pendant un duel. Mais il comprend l'urgence de la situation. Bien que déçu par les choix de son neveu – les Polonais ont une sympathie innée pour la France et la république, ils se méfient de l'impérialisme du Royaume-Uni –, il donne son accord pour le départ. Dès l'année suivante, le jeune marin débarque pour la première fois sur le sol anglais, dans un petit port du Kent.

Le jeune marin polonais de vingt-deux ans embarque à bord du plus prestigieux de tous les grands voiliers, le *Duke of Sutherland*, un clipper qui assure le transport des laines entre les contrées des antipodes, l'Australie et la Nouvelle-Zélande, et la métropole. Il a signé un contrat de trois ans. Traversée éprouvante qui dure cent neuf jours, dans un inconfort total, avec des rations de vivres largement insuffisantes pour des hommes qui effectuent douze heures de manœuvres quotidiennes. Mais l'éblouissement de la vie en mer lui fait oublier ces

désagréments. La Méditerranée n'est qu'un grand lac,
l'avait prévenu son oncle. Pour un marin aussi fervent
que lui, seul l'océan est un horizon raisonnable. Et puis
il y a les livres, ces livres qu'il dévore depuis l'âge de
cinq ans, quand il a appris à lire tout seul, « sans s'en
apercevoir ». Flaubert et Shakespeare accompagnent
sa traversée. En leur compagnie, il oublie le froid, la
promiscuité, le manque d'hygiène.

Józef a décidé de passer son brevet de lieutenant.
Il espère que son obtention accélérera sa procédure
de naturalisation. De retour en Angleterre, il suit des
cours de navigation et reçoit enfin son diplôme de
lieutenant. Dès lors, les navigations s'enchaînent à un
rythme soutenu : l'Australie, encore, puis Bangkok,
Sumatra, l'Afrique du Sud, l'Inde, Singapour. Au fil
de ses voyages, le marin perfectionne son anglais. En
1886, il écrit ses premières lettres dans cette langue et
surtout adopte sa signature définitive : Joseph Conrad.
La même année, il obtient la nationalité britannique.
Il s'installe provisoirement en Malaisie, ayant signé un
contrat de second sur le *Vidar*, un vapeur qui assure
un service régulier le long des côtes de Bornéo, depuis
Singapour. Chaque voyage dure un mois, permettant
au futur romancier de s'imprégner de l'ambiance de
l'Extrême-Orient, d'y accumuler des souvenirs précieux. Au bout de quatre voyages, il est nommé capitaine d'un voilier qui doit relier Bangkok à Melbourne,
via Singapour. L'épidémie de malaria qui sévit à bord
n'entache pas son enthousiasme : « Pour ce qui est de
la joie de voir un petit bâtiment faire route bravement
parmi les grandes lames, elle ne fait aucun doute pour

celui dont l'âme n'est pas confinée à terre. » Puis c'est l'île Maurice, où il demeure huit semaines.

L'année suivante, en 1890, Joseph Conrad fait un voyage déterminant. L'un des capitaines de la Société belge du Congo, commandant du vapeur *Florida*, vient d'être tué par des indigènes. C'est Conrad qui va lui succéder. À bord du vapeur *Roi des Belges*, il a pour mission de remonter le fleuve Congo et de venir en aide à un agent de la Compagnie tombé gravement malade. Mais le bateau n'est qu'un rafiot miteux, lourd, bruyant. Sur le navire, un jeune Français atteint de dysenterie n'aura pas le temps de regagner l'Europe : il meurt pendant le voyage. Conrad en gardera une sérieuse aversion pour le colonialisme. Au retour, il doit payer le prix de cette expédition : atteint de malaria, il est hospitalisé à Londres. En convalescence sur les bords du lac Léman, il reprend l'écriture de son premier roman, commencé avant son départ pour l'Afrique.

Après deux derniers voyages, l'un comme officier en second sur un clipper qui part pour l'Australie, via Le Cap et Sainte-Hélène, l'autre comme lieutenant sur un vapeur transportant des émigrants vers le Canada, Conrad regagne définitivement Londres, mettant un terme à ses « années de mer ». Vingt années à explorer la planète en tous sens, avant d'entamer une seconde existence : celle de romancier.

Or, lors de son avant-dernier voyage, alors qu'il rentrait d'Australie, Joseph Conrad a fait la connaissance de deux jeunes passagers anglais, partis sur les traces de l'écrivain Robert Louis Stevenson. Expédition manquée, puisqu'ils n'ont pas réussi à le rencontrer. On est en

1892, l'écrivain écossais s'est définitivement établi aux îles Samoa où il mourra deux ans plus tard. Sa vie exerce une immense fascination sur ses contemporains. À bord du navire qui les ramène vers l'Europe, John Galsworthy et Edward Lancelot Sanderson décrivent à Conrad les épisodes de cette existence si romanesque.

Stevenson, l'homme persécuté par la maladie. La sienne, c'est la tuberculose. Qui ne l'empêche pas de rouler des cigarettes avec délectation. Terribles crises de toux qui l'épuisent depuis l'enfance. Alors, il lui faut voyager et marcher. Toujours plus au sud. C'est le remède infaillible. Au bout de quelques heures, il va déjà mieux. L'Angleterre, « ce trou nauséabond, froid et boueux, où la lumière n'est pas suffisante pour lire », est exclue depuis longtemps de ses buts de voyage. Il a quitté la Lozère pour la Californie. Il a traversé l'Atlantique sur le *Devonia*, en seconde classe, humble parmi les humbles. Le fils de bonne famille d'Édimbourg, qui possède en outre son diplôme d'avocat, a décidé de changer d'horizon. Donc de vie. Souvenir sans doute de deux ancêtres baroudeurs qui ont péri aux Antilles en 1744, alors qu'ils poursuivaient un associé véreux. Puis il a fallu franchir le continent américain. Il le fait avec joie : quelle belle façon de refuser le corset odieux de la société victorienne ! Le voyage, quel qu'il soit, est un répertoire inépuisable d'anecdotes, de personnages, de situations – la matière d'une œuvre.

Quand l'éditeur Mac Clure lui propose 15 000 dollars, une petite fortune, pour un reportage dans les mers du Sud, il saute sur l'occasion. La tuberculose est un prétexte, bien sûr. Seule compte l'envie de voir le monde.

Il est l'auteur déjà renommé de *L'Île au trésor* et de *Docteur Jekyll et Mister Hyde*. De surcroît, un récent héritage lui a donné une aisance certaine. Il appareille en 1888 sur le yacht *Casco*, un navire luxueux de soixante-quatorze tonneaux. Bibliothèques lambrissées, épaisses moquettes, champagnes et vins fins. C'est une croisière raffinée. Partout où il passe, ce personnage excentrique, le teint pâle, le regard fiévreux, les cheveux longs, suscite un mouvement de curiosité. Les îles Marquises lui déplaisent, le contact avec des populations « qui n'ont jamais lu Virgile, jamais été conquises par Jules César » est trop rude. Tahiti, où il tombe malade, ne lui plaît pas davantage. Après une étape à Hawaï, une visite aux îles Guilbert et un étrange pèlerinage sur l'île des Lépreux, Stevenson trouve enfin son port d'attache : dans l'archipel des Samoa, l'île d'Upolu l'accueille pour qu'il puisse enfin y accomplir son destin. Le climat, sec et chaud, l'enchante. C'est sur les hauteurs d'Apia, sous le mont Vaea, à Vailima (les cinq rivières) qu'il achète une propriété de vingt hectares. Il s'y installe avec sa femme Fanny, sa mère Margaret et son beau-fils Lloyd Osbourne. Il n'a que trente-huit ans, mais son état de santé est si faible qu'il n'espère plus, dans sa vie, que l'arrivée d'abord du garde-malade, puis du croque-mort. Et pourtant, le bourgeois qui exècre la bourgeoisie, le brillant orateur du barreau qui méprise les avocats, le romancier qui ne demande qu'à prendre sa plume a trouvé sa voie : en quelques mois, il devient matai, c'est-à-dire chef de clan.

Et ce nouveau rôle lui va bien. Les villageois l'adorent, parce qu'il ne fait pas de différence entre les gens et les races, entre les importants et les subalternes. On le surnomme « Tusitala », littéralement « celui qui raconte des histoires ». Avec la précision d'un ethnologue, il prend des notes sur cette civilisation qu'il admire et qu'il sait menacée. Les coutumes locales n'ont plus de secrets pour lui. Et puis, à longueur de journée, il écrit des romans. Entouré de ses drogues et de ses livres, il travaille énormément. Voyager pour écrire, écrire en voyageant : personne plus que Stevenson n'a illustré cette nécessité.

Par sympathie pour les indigènes, il prend leur parti contre les Anglais qui colonisent l'île. Lorsque la guerre civile éclate aux îles Samoa en 1893, Fanny et Robert Louis Stevenson sont prêts à tout pour défendre ce peuple hospitalier auquel les Blancs veulent imposer un gouvernement fantoche. Le *Times* de Londres est bombardé d'articles, le Foreign Office et les chancelleries de lettres qui dénoncent le scandale politique en cours. Le roi Mataafa, adoré de son peuple, est emprisonné avec vingt-huit de ses chefs, puis déporté aux îles Marshall, à deux mille kilomètres de là. Stevenson n'écoute que son cœur : il organise une expédition destinée à libérer le souverain par les armes. Un de ses amis va lui prêter un yacht pour exécuter son projet. C'est compter sans le destin, qui décide que la vie terrestre de Robert Louis Stevenson devait s'arrêter un certain 3 décembre 1894. Il a quarante-quatre ans. Une rupture d'anévrisme condamne l'expédition. Sans atténuer la légende du romancier qui deviendra plus célèbre encore que Kipling. Et dont tant d'amoureux de la littérature ont cherché les traces, du côté des mers du Sud.

La reconnaissance des Samoans est telle qu'ils bâtiront une route menant à sa maison, baptisée « Route de la gratitude ». Stevenson les aimait tant que, conformément à ses dernières volontés, il est enterré au sommet du mont Vaea, à deux pas de l'endroit où il fut si heureux à la fin de sa vie. Et il n'est pas rare de croiser devant cette sépulture un visiteur admiratif d'une existence qui a su conjuguer, chez un seul homme, l'élan du nomade et la gloire du patriarche.

Jack London

Gold! Le mot est magique. 17 août 1896. Un trappeur, George Carmack, alors qu'il chasse le caribou et l'élan, découvre au fond de sa poêle à frire des pépites d'or à Rabbit Creek, dans le Grand Nord. Sept cent mille dollars en poudre et en pépites d'or. La fortune. Le Grand Nord? C'est loin, c'est le bout du monde, aux confins de l'Alaska et du Canada. L'argent n'a pas d'odeur mais il fait du bruit : dix minutes après l'annonce de la découverte, la folie de l'or enflamme l'Amérique. Cela fait presque cinquante ans que l'on n'a pas découvert de nouveau filon en Amérique. En quelques jours, vingt-deux mille hommes se précipitent à Dawson City, autant dire un trou. La ville, située au confluent du Yukon et du Klondike, n'a jamais vu tant d'affluence. En quelques mois, cette ville-champignon a poussé pour accueillir les prospecteurs sans cesse plus nombreux. Cette fièvre, les journaux la baptisent « klondikite ». Pas un homme qui ne veuille aller tenter sa chance là-bas, au bout du bout du pays. Quitte à tout lâcher, femme et enfants, prudence aussi. Il faut bien que le rêve se déplace, maintenant que la conquête de l'Ouest est terminée. Pour des milliers d'Américains, le Grand Nord sera le nouvel Eldorado.

Jack London pose devant la cabane où il est resté bloqué six mois.

Jack London, lui aussi, veut y aller. Aucune attache ne l'empêche d'aller remplir ses poches de pépites. Vingt et un ans, aucune peur du danger physique qu'il a si souvent côtoyé. Il a déjà pas mal bourlingué, il est allé jusqu'au Japon et à la mer de Behring. Cet ailleurs-là ne lui semble pas si terrible. Mais il faut trouver de l'argent pour financer cette expédition. Hélas, aucun journal n'accepte de l'envoyer comme reporter dans le Yukon. Son beau-frère James Shepard accepte de fournir la somme nécessaire à la condition de pouvoir l'accompagner. London hésite : emmener un sexagénaire cardiaque dans une telle expédition, ce n'est pas très raisonnable. Le calendrier des bateaux décide pour lui. Le prochain part dans quatre jours, à peine le temps qu'il faut pour réunir les outils, les vêtements et surtout la nourriture pour un an – au total, une tonne d'équipement obligatoire par personne. Dont 350 kg de vivres – des céréales, du sucre, du café, de la viande en conserve. Là où ils vont, il n'y a rien. Il faut pouvoir survivre en campant dans ce désert de glace. Le 25 juillet 1897, c'est le grand départ. Le navire *Umatilla* accueille 471 passagers alors qu'il est prévu pour 290. Mais comment refuser un voyage – et son prix – à ces fous qui ne pensent qu'à la fortune qu'ils vont rapporter du Grand Nord ? Sur le bateau, l'excitation des futurs mineurs est à son comble. Juneau est en vue le 2 août.

Commence alors une course contre l'hiver, ce redoutable hiver boréal qui s'abat brutalement sur la nature, gelant les rivières, recouvrant tout de neige, condamnant les hommes à l'immobilité forcée des mois durant. Le voyage est un calvaire. Le col de Chilkoot, qui mène à

Dawson City, est si glissant que les chevaux s'y brisent les jambes. Il faut souvent les achever à coups de feu. Du 12 au 21 août, la caravane de Jack chemine sur cette route effroyable où les aventuriers assistent à des spectacles d'horreur. La pluie n'arrête pas de tomber. Beaucoup de ces pionniers partis dans l'inconscience, rendus fous par la fatigue, se tirent une balle dans la tête. D'autres, les plus fous sans doute, persévèrent. James Shepard, justement, accuse le coup. Il comprend qu'il ne pourra pas poursuivre plus longtemps ce voyage. Il doit se résigner à rebrousser chemin. Il confie ses économies à Jack et le laisse continuer seul.

Jack London arrive le 31 août au pied du col de Chilkoot. Une pente glacée de trente kilomètres, à pic, qui oblige à faire plusieurs allers et retours pour passer le matériel de l'autre côté. Au pied du col, des Indiens proposent aux Blancs de porter leur équipement, moyennant finance. Les prix sont indécents. Jack refuse. Pendant vingt jours, vingt longs jours de torture physique, il acheminera seul tout son attirail. C'est le chemin de croix des pionniers en mal de fortune rapide. Au sommet, la police vérifie que chacun possède les vivres nécessaires à sa survie ultérieure. Si ce n'est pas le cas, les malheureux ne peuvent pas continuer leur aventure.

La seconde partie du voyage se fait en bateau : huit cents kilomètres de rivières et de rapides qu'il faut descendre pour parvenir au fleuve Yukon. L'automne s'annonce, le vent est chaque jour un peu plus froid, il faut se dépêcher avant que tout ne soit gelé. Pas question de dormir plus de deux ou trois heures chaque jour. Le bateau construit à partir des forêts de sapins de la région file vite. Le 13 octobre, l'hiver arctique paraît avoir remporté la lutte. Impossible de continuer ni de commencer à dénicher ces fameux filons aurifères. Comment creuser profondément un sol gelé ? Jack décide de passer l'hiver dans une cabane abandonnée, à cent trente kilomètres de Dawson. À l'embouchure de la rivière Stewart et du Henderson Creek, sur une petite île où il n'y a pas âme qui vive. Pour le moment, il préfère éviter la grande ville où, à cause du gel qui empêche tout ravitaillement, la famine rend les hommes fous.

Mais il lui faut pourtant s'y rendre dès le 16 octobre, pour faire enregistrer sa concession – au cas où il découvrirait un gisement d'or à Split-Up Island. Il y reste six semaines, séduit par l'agitation frénétique de cette ville où la quantité de casinos et de saloons est telle qu'on la surnomme le « Paris du Nord ». Il a presque oublié pourquoi il était venu dans le Grand Nord. Tous les soirs, dans un des innombrables bars de la ville, il écoute les histoires des vétérans de la ruée vers l'or. Rien ne lui échappe de ces épisodes terrifiants où les hommes sont dévorés par des loups, meurent de froid ou s'entretuent. La fin de leur course à la fortune est la plupart du temps tragique. Il écoute et il boit. L'alcool, il connaît. Il avait seize ans lors de son premier coma éthylique. Et puis il parle, à son tour. Du socialisme, auquel il tente de convertir ses compagnons de beuverie. De cette armée de chômeurs qu'il a vue, lors de la grande marche vers Washington en 1894, se faire tabasser par la police et lapider par les bourgeois. De la désespérance d'une classe ouvrière dont il a partagé les souffrances quotidiennes en travaillant dix-huit heures par jour dans une centrale électrique à l'âge de quatorze ans. Il a lu le *Manifeste du Parti communiste* et en a épousé les idées.

Le 7 décembre, il est de retour dans sa cabane de rondins. Pas question de passer l'hiver à Dawson où règnent la maladie et la famine. Les hommes y sont affamés et armés : donc dangereux. Là, plus moyen de bouger. Les déplacements sont risqués, car, par endroits, la couche de glace est trop fine sur le fleuve. C'est l'hiver polaire. Il fait quarante degrés en dessous de zéro. Pour connaître la température, les mineurs ont une méthode infaillible : si, quand on crache, la salive claque au moment où elle touche le sol, c'est qu'il fait cinquante degrés en dessous de zéro ! Pas un oiseau ou un insecte dans le ciel, pas un animal en vue, le silence polaire est impressionnant. « Il n'y a pas de drame, pas de comédie, pas de chaleur. La vie est aussi pâle et aussi froide que la neige… » De quoi devenir fou, si l'on n'a pas un moral solide. Jack partage sa cabane avec six autres hommes. La promiscuité est tellement oppressante qu'un éclat de voix a tôt fait de s'achever en rixe. On tue le temps comme on peut : en coupant du bois, en faisant fondre la glace pour obtenir de l'eau, en préparant des repas invariablement composés de pain, de haricots blancs et de lard. Noël se passe sans alcool : la bouteille de whisky que Jack avait emportée a depuis longtemps été vidée, elle a servi à anesthésier un prospecteur blessé à la cheville. Heureusement, Jack avait emporté quelques livres dans son attirail de mineur. Les livres, sa passion qui remonte à l'enfance. Depuis ses interminables haltes à la bibliothèque municipale d'Oakland, entre deux virées alcoolisées dans les bouges du port. Il aime les mots autant qu'il aime l'alcool. Kipling et Darwin lui tiennent compagnie pendant l'interminable hiver polaire. De temps en temps, pendant que ses compagnons partent chasser l'élan en forêt, Jack fait de courts voyages d'un campement à un autre pour renouveler sa provision de livres et de tabac.

Au printemps, Jack doit payer le prix de cet hiver « dans un réfrigérateur ». Noircissement des gencives, déchaussement des dents, gonflement de la peau, articulations douloureuses : il observe sur lui-même tous les symptômes du scorbut. C'est la peste du Klondike. Presque tous les chercheurs d'or finissent par en être victimes, à force de se nourrir de lard pendant des mois. Leur organisme, manquant de vitamine C, se dégrade. Jack connaît la maladie, il en connaît aussi le remède : des légumes frais, en particulier des pommes de terre crues. Impossible d'en trouver dans ce campement du bout du monde. Il lui faut retourner en ville. Au plus vite.

Mais impossible aussi de bouger tant que n'a pas commencé le dégel. À la fin de la première semaine de mai, le Yukon est redevenu navigable. Jack démantèle sa cabane pour en faire un radeau, qu'il pourra revendre à son arrivée à Dawson afin de s'acheter les médicaments dont il a un besoin urgent. La ville offre un spectacle effarant au mineur qui vient de passer six mois dans les glaces : la boue avale chiens et traîneaux, les poux et les moustiques y dévorent les habitants. L'hiver rendait fous les mineurs désœuvrés, il semble que le printemps ne leur réussit pas mieux. À l'hôpital Sainte-Marie, on lui donne des pommes de terre crues et du citron qui atténuent un peu les effets du scorbut. Mais ce n'est pas assez.

L'hôpital ne possède pas les vitamines qui le guériraient complètement. Sa jambe droite est quasiment paralysée, le scorbut l'atteint maintenant jusqu'à la taille. Les médecins sont formels : il faut qu'il rentre à San Francisco.

Le 8 juin, il se résigne à abandonner sa concession, où de toute façon les fouilles n'ont pas donné de résultats. Quand il vendra les quelques pépites rapportées de son hiver arctique, il en tirera 4,50 dollars. Une misère. Il sait à présent ce qu'il veut faire de sa vie : écrire. Jamais il ne retournera dans le Grand Nord. Pour quoi faire, d'ailleurs ? À défaut d'y avoir trouvé la fortune, il y a rencontré sa vocation. Dès son retour, il publie une nouvelle, puis une autre. Tous ces personnages extraordinaires qu'il a croisés en Alaska, toutes ces histoires qu'il a entendues, tous ces paysages sublimes qu'il a admirés des semaines durant, il en fait la matière de ses livres. Le succès arrive vite. Il est célébré comme le « Kipling du froid ». Il gagne enfin sa vie. « C'est au Klondike que je me suis trouvé. Là-bas, personne ne parle. Tout le monde est replié sur ses pensées. On prend la perspective des choses. J'ai trouvé la mienne. »

Blaise Cendrars

6 juillet 1904. Freddy Sausser n'a pas tout à fait seize ans. Comme il ne manifestait pas beaucoup de goût pour les études, son père l'a inscrit dans une école de commerce à Neuchâtel – de celle qui, croit-il, forme une jeunesse forte et armée pour la vie. La Suisse est belle, mais pas très excitante. Freddy rêve, s'ennuie en classe, passe plus de temps en bateau à voile sur le lac que dans les salles de classe. Il sèche les cours. Quand le bulletin scolaire de fin d'année arrive sur le bureau paternel, impossible de nier : 374 heures d'absence non justifiées, 20 heures de consigne et d'arrêt, ce qu'on appellerait aujourd'hui des heures de colle. Dans toutes les matières, les observations sont désastreuses : indiscipline, insolence, insubordination. Ce n'est pas le bulletin d'un cancre, c'est celui d'un mauvais sujet.

On imagine la scène qui s'ensuit. Terrible colère du père, qui enferme le fils dans sa chambre. Freddy sait ce qui lui reste à faire : s'enfuir. « Je partirai. Loin. Je n'ai plus qu'à m'en aller. Ici je suis de trop. » La fugue comme seule solution. D'autant plus qu'à ses ennuis scolaires

Bourlinguer de l'Occident à l'Orient, le rêve de tous les voyageurs.

s'ajoute une autre ombre : il a mille francs de dettes chez le pâtissier du coin de la rue, résultat d'une consommation effrénée d'un gâteau appelé le Tokyo. Ce n'est pas tant le goût de ce dessert qu'il aimait, c'était son nom évocateur de contrées inconnues. Mais voilà, le commerçant réclame son dû au jeune homme. Qui n'a évidemment pas de quoi régler cette énorme ardoise.

Partir, donc. Il empoche quelques couverts en argent, quelques billets qui traînent, des cigarettes, enjambe la fenêtre, se retrouve dans la rue, court à la gare et monte dans le premier train international qui part. Pas de billet, bien sûr. Direction l'Allemagne puis la Russie. L'aventure commence sur ce quai obscur pour celui qui s'est nourri jusqu'à l'insomnie, à l'adolescence, de récits de voyages. Les romans de Jules Verne, *Les Voyages de Thomas Cook*, la *Géographie universelle* d'Élisée Reclus, *l'Astronomie populaire* de Camille Flammarion. Les départs coulent dans ses veines.

Il rencontre un homme d'affaires un peu louche, Rogovine, qui se fait fort de lui apprendre le négoce. Ce dernier l'embarque sur le Transsibérien, ce train fabuleux dont la construction a commencé treize ans plus tôt et qui relie en une dizaine de jours Moscou à la Chine. Pour la première fois, des rails mènent de l'Europe à l'Asie. Freddy y vend ce qu'il appellera de la « camelote », c'est-à-dire tout et n'importe quoi : des couteaux de poche, des tire-bouchons et même des cercueils. Voyage prodigieux qui lui permet d'apercevoir, à chaque halte dans les gares de villages peuplées d'émigrants, le vrai visage de la Russie. Huit ans plus tard, devenu Blaise Cendrars, il s'en souviendra pour écrire un long poème, *La Prose du Transsibérien* et de *la petite Jehanne de France*. Être loin, c'est déjà être un autre : « En ce temps-là j'étais en mon adolescence/J'avais à peine seize ans et je ne me souvenais déjà plus de mon enfance/J'étais à 16 000 lieues du lieu de ma naissance » : ainsi débute le premier poème moderne du XXe siècle.

Surtout, c'est l'Histoire qu'il va rencontrer au bout du voyage. Le 1er janvier 1905, il est engagé par un horloger-joaillier de Saint-Pétersbourg. Il apprend à trier et à peser les pierres précieuses qui sertiront les bijoux des femmes de l'aristocratie. Ses premiers amis, il se les fait dans les milieux anarchistes. Dans les rues, l'atmosphère est électrique. Ce sont les premiers signes de la Révolution. Le dimanche 9 janvier, la révolte qui gronde tourne au drame. Les manifestants qui marchent vers le palais d'Hiver pour présenter leurs revendications au tsar sont massacrés par la cavalerie des cosaques. Le « dimanche rouge » laisse sur le pavé trois cents morts et au moins deux mille blessés. Le pouvoir impérial, menacé, se durcit. Barricadé dans une chambre blindée de la joaillerie, le jeune homme a peur. Il n'a pas tort, la répression qui suit les émeutes sera sévère : l'une des camarades de Freddy est arrêtée et pendue.

Peu à peu la vie reprend son cours. Il passe des heures à la bibliothèque impériale, apprend le russe, bavarde longtemps avec le bibliothécaire. Grâce à lui, il commence à écrire. Un cahier, puis un autre. Le journal intime se transforme en prose poétique. L'adolescent rebelle est en train de devenir un écrivain. À son insu, un recueil confidentiel (quatorze exemplaires seulement !) est publié : il s'intitule *La Légende de Novgorod, de l'or gris et du silence*. Il voyage aussi, visite Moscou, la ville des mille et trois clochers, qu'il décrira plus tard dans *Moravagine*. Et puis son cœur bat comme bat celui d'un jeune homme qui n'a pas vingt ans. Il tombe amoureux. Elle s'appelle Hélène Kleinmann, elle a son âge. Pour elle, Freddy prolonge son séjour à Saint-Pétersbourg alors que son contrat de travail vient de se terminer.

Pourtant, il doit rentrer en Suisse. Il a reçu de mauvaises nouvelles, sa mère est très malade. Il promet à Hélène de revenir très vite, lui écrit des lettres passionnées. Alors qu'il est au chevet de sa mère, il reçoit de Russie une lettre terrible. Un drame vient de survenir. Hélène est morte, brûlée vive dans son lit par la faute d'une lampe à pétrole maladroitement renversée. Il se sent coupable de l'avoir laissée derrière lui. Jamais il n'arrivera à surmonter cette douleur. On est en 1907, il a tout juste vingt ans et déjà plus de souvenirs que s'il avait vécu plusieurs vies.

À Berne, il s'éprend d'une jeune polonaise, Féla Poznanska. Il la rejoint à New York où elle est devenue enseignante dans une école Montessori. Lui s'essaie à divers petits boulots, il est successivement pianiste dans un cinéma, employé aux abattoirs, assistant d'un tailleur. Il est renvoyé de partout. Chaque fois, on le juge incapable. C'est la misère. Il se réfugie à la bibliothèque municipale pour se réchauffer et s'adonner à la seule chose qu'il aime, écrire, en tentant d'oublier les vertiges nés de la faim. Dans le froid et la solitude, il écrit *Pâques à New York* et change de nom : désormais, il s'appellera Blaise Cendrars.

En 1912, il découvre Paris. Écrivain, il veut être, écrivain, il sera. L'amitié avec Guillaume Apollinaire comme avec Sonia et Robert Delaunay le confirmera dans le choix de sa vocation. Il a failli devenir peintre. Mais, tout bien réfléchi, c'est la littérature qu'il préfère. Hélas, la Grande Guerre vient interrompre ces rêves naissants. Il s'engage dans la Légion étrangère. Le 28 septembre 1915, en Champagne, les mitrailleuses allemandes concentrent leurs tirs sur son régiment. C'est un massacre. Le caporal Sausser est atteint par un obus. Son bras droit est arraché. Le retour à la vie civile est terriblement difficile. Il lui faut l'amitié de Modigliani et l'alcool pour supporter l'amputation. Vie d'ivrogne, vie de désespéré. Le désir d'écrire est si fort qu'il dompte sa main gauche pour en faire son esclave.

Bourlinguer, encore. Féla est partie s'installer en Italie avec leurs trois enfants. Il a rencontré une jeune comédienne, Raymone : sa vie prendra avec elle son cours définitif. C'est un voyage au Brésil qui va le sauver. En janvier 1924, invité par des amis, il s'embarque pour l'Amérique du Sud « heureux comme un roi, riche comme un milliardaire, libre comme un homme ! ». Des projets de manuscrits emplissent ses valises. Surtout, il a là-bas l'idée d'un roman. Ce sera *L'Or*, l'histoire de l'aventurier suisse Johann August Suter ruiné par la découverte de l'or sur ses terres californiennes. Ce roman, il y pensait depuis dix ans. Dès sa parution, le livre est un succès phénoménal. Il en profite pour publier dans la foulée *Moravagine* et devient, pour toujours, le poète de l'aventure au bout du monde.

C'est le Paris des années folles. On danse le charleston, Joséphine Baker fait valser une ceinture de bananes sur ses hanches, l'exotisme est à la mode. Les livres de Blaise

Cendrars rencontrent un public friand de dépaysement, avide de voyages au loin. La terre est ronde, on vient de s'en apercevoir. On écoute avec passion les récits de ceux qui ont connu une autre planète. Mais le succès ne saurait consoler une âme toujours en soif d'ailleurs. Le grand reportage lui offre cette occasion de partir à nouveau. Il crée une collection, « Les têtes brûlées », publie un feuilleton qui s'intitule *Rhum, l'aventure de Jean Galmot*. Faute de voyager, il fait voyager ses lecteurs. Car le conflit qui éclate en 1939 le prive du tour du monde en voilier qu'il était sur le point d'entreprendre. Le temps des expéditions au long cours est révolu.

C'est alors, pour le voyageur d'autrefois, le temps du travail. À défaut de pouvoir s'évader aux antipodes, il peut au moins écrire. En 1947, âgé de soixante ans, il a commencé à rédiger *Bourlinguer*, un titre qui claque comme le symbole de toute une vie. C'est le livre du voyage dans un infini qui ne commence ni ne s'achève nulle part, du voyage qui vous transporte de port en port, Venise, Naples, La Corogne, Bordeaux, Brest, Toulon, Anvers, Gênes, Rotterdam. Il y évoque enfin Naples, la ville mythique de son enfance, celle où il a passé dix-huit mois de sept ans à huit ans et demi. Son père, toujours en quête d'une bonne affaire, avait décidé d'exporter la bière allemande sur les rives de la Méditerranée. L'affaire s'était révélée désastreuse : au bout d'un voyage de plusieurs semaines en plein été, la boisson s'avérait imbuvable une fois arrivée à Naples. Échec commercial pour le père, mais lit de souvenirs enchanteurs pour le fils. Comme toujours chez les vrais écrivains, la mémoire aura mis des années à effectuer son travail.

Blaise, pour la première fois, participe activement au lancement de son livre. Interviews, séances de signatures, cocktails dans le Saint-Germain des Prés effervescent de l'après-guerre. Il revient épuisé de ce séjour parisien, bien décidé à ne plus jouer le jeu des mondanités. Il accepte néanmoins d'enregistrer une série d'entretiens pour la radio. L'émission, intitulée *Bourlinguer avec Blaise Cendrars*, consacre sa légende. Lui qui a exploré la planète en ses moindres recoins s'établit définitivement dans le Midi de la France. Sa machine à écrire crépite toute la journée. Jusqu'à l'attaque qui, en 1956, le laisse hémiplégique, il se consacre à l'écriture et à sa femme, cultivant l'éternelle nostalgie de ces fenêtres qu'il n'enjambera plus jamais pour rejoindre le bout du monde. Il meurt cinq ans plus tard, comme un voyageur immobile.

Arthur Rimbaud

L'hiver 1879 est glacial dans les Ardennes. Arthur Rimbaud, revenu d'un séjour à Chypre, ne supporte plus le froid de Charleville, ni le froid tout court, d'ailleurs. Il lui faut changer d'hémisphère. Pour mieux changer de vie. Sa liaison avec Verlaine s'est terminée dans le sang, ses poèmes rencontrent peu d'écho. Il a fait partie du « Cercle des vilains bonshommes ». Mauvais souvenirs. Qu'on ne lui parle plus de ce passé-là ! Son ami Ernest Delahaye se risque un soir à lui demander : « Penses-tu toujours à la littérature ? » et se souvient de sa réaction : « Il eut alors, en secouant la tête, un petit rire mi-amusé, mi-agacé, comme si je lui eusse dit : "Est-ce que tu joues encore au cerceau ?" et répondit simplement : "Je ne m'occupe plus de ça." » Arthur a vingt-cinq ans. Désormais, il veut se taire.

Dès le printemps suivant, il met son projet à exécution. Nouveau continent, nouvelle vie. Arthur est enthousiaste. En mars 1880, il arrive à Chypre. Pendant trois mois, engagé par l'administration britannique qui occupe l'île depuis deux ans, il y surveille la construction de la résidence du gouverneur. Pourtant, il doit fuir encore : on murmure qu'il aurait tué un ouvrier, au cours d'une rixe, d'un jet de pierres. Au début du mois d'août, il est sur la mer Rouge. De l'autre côté du canal de Suez, ouvert douze ans plus tôt, l'attend la fortune, il en est sûr : tout le trafic d'Asie, des Indes, de l'Arabie et de l'Afrique de l'Ouest emprunte désormais ce passage. Le voilà parti le long des ports de la mer Rouge. Mais, à Djeddah, il ne trouve pas de travail. Il décide de rejoindre la côte d'en face, l'Afrique. À Massouah, nouvelle déception : le thermomètre franchit les cinquante degrés, il refuse de s'attarder dans cette chaleur insupportable, au milieu des moustiques et des nuées de mouches qui vous collent à la peau. C'est finalement à Aden qu'il termine son voyage. Depuis le pont du navire, il aperçoit la somptueuse façade du Grand Hôtel de l'Univers. Heureux présage : c'est dans un estaminet du même nom qu'à Charleville, dans sa jeunesse, il venait commettre ses premières frasques. Pour Arthur, qui aime les clins d'œil du destin, pas de doute, c'est là qu'il doit achever son voyage.

À Aden, le travail ne manque pas. Chez Alfred Bardey, qui vient d'ouvrir un comptoir pour une société lyonnaise d'importation du moka d'Arabie (la ville de Moka a été dévastée, quarante ans plus tôt, par une invasion de Bédouins de l'intérieur), il signe tout de suite un contrat d'import-export. Il est nommé chef de l'atelier du tri du café de l'agence Bardey et Cie, au salaire de 80 roupies par mois. Lui qui veut entamer une nouvelle vie s'invente un nouvel état civil. Lieu de naissance ? Dole, prétend-il. La raison de son départ précipité de Chypre ?

La faillite de la société pour laquelle il travaillait. Pas un mot sur sa vie antérieure, sur ces milliers de vers rédigés depuis l'âge de quinze ans. De toute façon, il ne compte pas s'attarder : son rêve, c'est de mettre quelques centaines de francs de côté et de partir pour Zanzibar. Fuir, toujours fuir. Ailleurs est une promesse. Bardey, pourtant, a trouvé en Rimbaud un collaborateur de premier ordre. Au bout de trois mois, il est affecté à la nouvelle succursale de Bardey, à Harar, en Abyssinie, aujourd'hui l'Éthiopie. C'est la quatrième ville sainte de l'Islam, inaccessible aux infidèles – seul l'Anglais Burton a réussi à braver l'interdit, en se déguisant en Arabe. Les Égyptiens l'ont conquise en 1875. Alfred Bardey, l'un des premiers Blancs à entrer dans la ville, y a fait une mission exploratoire. Il juge que la sécurité y est suffisante pour garantir son commerce. Arthur voit son salaire doubler.

Harar, c'est, à 1 700 mètres d'altitude, un enchevêtrement de maisons en terre brune que surplombent quatre-vingt-dix mosquées, une ville austère où l'eau et la végétation sont rares. Les femmes y sont très belles, vêtues de rouge quand elles sont encore filles, de bleu sombre quand elles sont mariées, et toujours couvertes de bijoux. Au terme d'une équipée de vingt jours à dos de mulet, suivi par une caravane impressionnante – chameaux portant les marchandises, chameliers hirsutes munis de lances et de sabres pour faire face à tout danger – Arthur arrive enfin à destination. Le 13 décembre, il écrit à sa famille pour la prévenir de son installation à Harar. Le style est sec, il ne dit rien des paysages grandioses qu'il a vus, ni des émotions nouvelles qui, en peu de temps, ont transformé sa vision du monde. Surtout, éviter une rechute. Pas de lyrisme, pas de poésie, pas de mots qui feraient surgir couleurs, odeurs ou sensations neuves. Les lettres d'Arthur ont désormais la platitude d'un rapport de fonctionnaire.

Il se met aussitôt au travail. Il achète du café aux douanes et au Trésor. De l'ivoire pour fabriquer des bijoux. De la civette, ce chat musqué dont une glande produit une pommade qui sert pour le musc des parfumeurs. Du wars, une poudre récoltée dans le pistil des fleurs qu'on utilise aux Indes pour le maquillage et les teintures. En échange de ces matières premières, il compte offrir des marchandises venues d'Europe, cotonnades et autres verreries. Il est devenu un authentique commerçant. Cela va durer dix ans. Il a plusieurs projets en même temps, commande un appareil photographique, justifiant cette folle dépense par la perspective de faire fortune rapidement avec ses clichés. Envisage de se lancer dans la taxidermie. Sillonne le pays à pied ou à cheval. Apprend l'arabe et même d'autres langues locales comme l'amarigna et l'oromo. À sa famille, il commande un *Manuel théorique et pratique de l'explorateur*, pour rédiger un livre sur Harar et les Gallas qu'il soumettrait à la société de géographie. Autant de projets pour dissoudre l'ennui qui, déjà, pèse sur lui.

Car à l'enthousiasme des débuts succède vite le désenchantement. S'il tient des comptes précis de ses finances, il ne se fait pas d'illusions. Il ne faut pas espérer devenir riche dans ces contrées lointaines, « sinon milliardaire en poux ». Ce qu'il gagne, il l'envoie à sa mère, avec une générosité désinvolte. Il se lasse du pays. Il envisage encore d'autres ailleurs, parle d'aller jusqu'à Panamá.

« Je n'ai pas trouvé ce que je présumais, et je vis d'une façon fort ennuyeuse et sans profits. » La déception est à la mesure de l'espérance du départ. Toutes les occasions de fuite sont bonnes à prendre. Lorsqu'une troupe de missionnaires français arrive à Harar, Arthur envisage de les suivre vers « des pays jusqu'ici inaccessibles aux Blancs ». Ailleurs, encore. Il le répète à sa mère : « Je compte quitter prochainement cette ville-ci pour aller trafiquer dans l'inconnu. » Alfred Bardey, qui commence à bien connaître le caractère de son employé, ne voit qu'une seule solution au mal de vivre d'Arthur : l'aventure. Il accepte qu'il monte une expédition dans le sud, jusqu'à Boubassa, là où personne ne se risque plus, pas même les garnisons égyptiennes. Parti pour six semaines, Rimbaud revient au bout de quinze jours, seul, épuisé et malade. Le découragement est total. Sa mère reçoit une lettre encore plus amère que les précédentes : « Que voulez-vous que je vous raconte de mon travail d'ici, qui me répugne déjà tellement, et du pays, que j'ai en horreur ? »

Voici qu'un nouveau projet se profile à l'horizon. Arthur, qui cherche toujours à s'échapper, écoute toutes les rumeurs, accueille toutes les suggestions. Le directeur de la Compagnie Franco-Éthiopienne lui a parlé de son idée d'ouvrir une route directe entre Obock et le Choa, chose rendue possible par les bonnes relations qu'il a su nouer avec Ménélik, roi du Choa. Ce petit royaume recèle des trésors : ivoire, écaille, café, musc, plumes d'autruche, peaux de toutes sortes, bois rares… pour qui est prêt à affronter un territoire peuplé en grande partie d'indigènes très violents. En échange des marchandises de son pays, Ménélik réclame des armes, afin de se prémunir d'une éventuelle invasion de l'Égypte. Or ces armes ne peuvent pas transiter par Aden : les Anglais, puissance amie de l'Égypte, les saisiraient aussitôt. Pour Arthur, qui s'ennuie tellement à Harar et rêve éternellement de faire fortune, quelle aubaine ! L'aventurier caresse au fond des rêves très bourgeois : « Je voudrais faire rapidement, en quatre ou cinq ans, une cinquantaine de mille francs ; et je me marierai ensuite. » Il sait déjà qu'il ne résistera pas très longtemps à ce nouveau mirage.

D'autant plus que ses sautes d'humeur lui créent des ennuis à Aden. Exaspéré par les tâches bureaucratiques auxquelles le cantonne Bardey, il est devenu de plus en plus nerveux. Un jour, il gifle un magasinier arabe qu'il a jugé insolent. L'employé le gifle à son tour, déchire ses vêtements et s'apprête à lui donner des coups de bâton quand ses collègues le retiennent. Grâce à l'intervention de Bardey, la plainte déposée contre Rimbaud est retirée. L'expulsion est évitée de justesse. Au cours de ces journées pesantes, sa seule distraction, c'est la photographie. L'appareil acheté à Lyon à un prix jugé indécent par madame Rimbaud mère est enfin arrivé. Il photographie sans relâche paysages et gens, réussit même à envoyer son propre portrait à sa famille. Le cliché est saisissant. Il n'a pas trente ans et pourtant tout dans sa mine – ses cheveux gris, son regard épuisé, son corps ravagé par la vie africaine – évoque déjà un vieillard.

En février 1884, la société Bardey fait faillite. Alfred Bardey doit revenir en catastrophe de Vichy, où il suivait une cure. Sur le bateau qui le ramène à Aden, il bavarde avec le correspondant de guerre du *Temps*, Paul Bourde, qui lui dit avoir été au collège avec Rimbaud et l'avoir perdu de vue depuis qu'il a quitté l'Europe. Le journaliste lui raconte le Rimbaud poète et le Rimbaud bohème. Bardey tombe des nues. Quoi ? Cet excellent comptable, cet employé hypocondriaque serait aussi ce poète que tout Paris encense en ce moment, grâce à la publication des *Poètes maudits* par Verlaine ? Quelques jeunes gens, lui dit Bourde, viennent même de fonder un système littéraire à partir de son sonnet sur la couleur des lettres. Arthur Rimbaud, dans un très petit cénacle, est devenu un personnage légendaire, sa mort a été annoncée vingt fois mais ses fidèles ont refusé d'y croire et attendent son retour. Rimbaud, à qui Bardey a raconté ces nouvelles parisiennes, refuse d'entendre parler de ce qui le ramène à un passé honni. « Absurde, ridicule, dégoûtant », ce sont ses mots pour accueillir la nouvelle de sa gloire naissante.

Rimbaud est chargé de liquider l'agence de Harar ; il a été licencié, moyennant quelques indemnités. Il revient donc vivre à Aden. Mais il n'est pas seul. Encouragé par un ami italien, il a pris femme. Une Abyssinienne l'accompagne. Elle s'appelle Mariam. Comme ses compatriotes, elle est d'une grande beauté. Il vit avec elle à l'étage de l'agence Bardey, s'efforce de l'instruire, lui apprend le français. Il envisage même de l'épouser. L'expérience tourne au vinaigre, il finit par la renvoyer sur le boutre d'Aden après six mois de « drôle de ménage ». Cet éternel insatisfait est incapable de se fixer. Toujours le même rêve : s'évader. Il le sait, l'écrit à sa famille : « En tout cas, ne comptez pas que mon humeur deviendrait moins

Inauguration du canal de Suez : dans cette région du monde
qui s'ouvre au commerce, Rimbaud espère faire fortune.

vagabonde, au contraire, si j'avais le moyen de voyager sans être forcé de séjourner pour travailler et gagner l'existence, on ne me verrait pas deux mois à la même place. Le monde est très grand et plein de contrées magnifiques que l'existence de mille hommes ne suffirait pas à visiter. »

En juin 1885, un cyclone d'une rare violence traverse Aden, dévastant la ville, notamment le quartier anglais. Le commerce est en péril, de nombreux bateaux ayant coulé corps et biens. Arthur bout de rage et d'impatience, il a besoin d'action. Comme toujours, il a besoin de partir. Il se souvient alors que le roi du Choa voulait négocier des armes auprès de ceux qui étaient prêts à prendre le risque de les acheminer jusqu'à son royaume du bout du monde. Voilà une belle occasion de trafiquer dans l'inconnu !

Tous les trafiquants d'armes transitaient un jour ou l'autre par Aden. Les troubles politiques étaient si fréquents dans la Corne de l'Afrique qu'ils savaient qu'on aurait besoin d'eux. Un Français implanté depuis longtemps dans la région, Pierre Labatut, propose à Arthur de s'associer pour accompagner une caravane vers le Choa. Sa précédente expédition ayant mal tourné (Labatut a tué un des assaillants et traîne avec lui une dette de sang), il fallait envoyer quelqu'un de neuf. Pour 5 000 dollars Marie-Thérèse, soit 22 500 francs, Arthur est prêt à courir bien des risques. Même celui de sacrifier ses économies, puisqu'il accepte de participer à l'achat de marchandises, de fusils vieux de quarante ans, récupérés en France et en Belgique. Il les achète 7 francs et compte les revendre 40. Comment refuser une telle affaire ? Bardey, non sans avoir mis en garde son employé contre les risques d'une telle opération, accepte de lui rendre sa liberté. Rimbaud, tout à l'enthousiasme de cette nouvelle aventure, parle de ces « ignobles pignoufs qui prétendaient m'abrutir à perpétuité ». Il faut bien justifier, auprès d'une famille horrifiée, cette vocation de marchand d'armes. Il fait miroiter des gains substantiels et même des voyages fréquents en France pour y acheter des fusils, l'année prochaine si tout va bien. Il est prêt à dire n'importe quoi pour rassurer sa mère.

Le voilà libre, enfin. Il déménage à l'hôtel de l'Univers. Mais une nouvelle catastrophique lui parvient alors qu'il n'est pas encore parti pour le Choa : le gouvernement français vient de publier un décret qui déclare strictement interdite l'exportation des armes à feu. Rimbaud sauve *in extremis* sa cargaison prête à partir, en faisant valoir que l'application d'un décret ne peut pas être rétroactive. Mais il sait que l'avenir de ce trafic qui devait lui apporter la fortune tant espérée est compromis. Contretemps supplémentaire, son associé, Labatut, tombe malade. Les médecins diagnostiquent un cancer et recommandent son rapatriement vers la France. Le poète sera donc le seul Blanc à diriger cette longue caravane d'une centaine de chameaux aux marchandises très convoitées, plus de deux mille fusils, dans une région très dangereuse. De ce voyage, plus d'une caravane n'est jamais revenue. Sans parler de la nature hostile, des tempêtes de sable qui bloquent la respiration et gênent la visibilité des voyageurs, de ces hyènes qui hurlent la nuit tandis que les chameliers tentent de prendre quelques heures de repos. Au terme de cet éprouvant périple, c'est la ruine, et non la fortune, qui l'attend. Le rusé Ménélik confisque aussitôt toutes les marchandises et essaie de forcer Rimbaud à les lui vendre en bloc, à un prix très bas. Il porte l'estocade en déduisant de ce prix plus de 5 000 thalers, au motif que la location des chameaux n'est pas entièrement réglée et qu'en outre Labatut lui doit de l'argent. Pour Arthur, c'est un désastre. De bout en bout, il a été volé. Il retourne à Harar, où il ouvre une quincaillerie. On est en mars 1888, il écrit à sa famille pour se plaindre de son existence abrutissante, encore, et maudire ces contrées, toujours.

Le moral est au plus bas. Le physique n'est pas plus brillant. Ce corps auquel il a fait supporter les plus grands excès, la faim, les marches immenses à travers l'Europe, la balle de revolver tirée par Verlaine, ce corps autrefois si solide regimbe à présent. Arthur se plaint de rhumatismes dans les reins et dans les épaules, et surtout d'une douleur persistante au genou. Au fil des mois, son existence tourne au martyre. Il n'a pas besoin d'explication, il connaît le nom de ce mal héréditaire chez les enfants Rimbaud. Sa sœur Vitalie est, autrefois, morte à dix-sept ans d'un épanchement de synovie au genou. Il ne peut même plus se tenir debout. À Harar, pas de médecin, pas d'hôpital. Il faut partir pour Aden s'il veut être soigné. On lui fabrique une civière en toile, il loue seize porteurs pour la mouvoir. Le 7 avril 1891, il se met en route pour un calvaire de trois cents kilomètres à travers les montagnes et le désert, onze jours à souffrir la mort à chaque aspérité de la route. À Aden, le docteur anglais diagnostique, comme prévu, une synovite parvenue à un stade très dangereux, ce qui signifie qu'elle a dégénéré en tumeur cancéreuse. Ajoute aussitôt qu'on ne pourra éviter l'amputation. Arthur, qui ne cesse jamais de faire ses comptes, veut venir se faire soigner en France, les soins médicaux y sont meilleur marché qu'en Afrique. Le 7 mai, il embarque sur un navire des Messageries maritimes, destination Marseille. Dix ans qu'il n'a plus mis les pieds en Europe. Et déjà la nostalgie du pays perdu, dès que le bateau s'éloigne de l'Afrique tant conspuée dans ses lettres, le prend. Il s'est attaché à ce continent, presque à son insu. Il ne sait pas qu'il ne le reverra jamais.

Le 27 mai, on l'ampute de la jambe droite. Les béquilles ne servent de rien, il n'arrive toujours pas à marcher. Et puis l'idée qu'à vie, il est, il sera unijambiste ! Cette existence de cul-de-jatte, comme il dit, lui fait horreur. Son moignon le torture. Il se fait fabriquer une jambe de bois, mais cela ne sert à rien. Après un bref séjour auprès de sa sœur Isabelle, dans ses Ardennes natales, il retourne à Marseille. Il a l'idée fixe de retourner à Harar. À Marseille au moins, s'il se sent mieux, il peut monter dans le premier bateau en partance pour Aden. Il veut croire qu'un nouveau départ, une nouvelle fuite, sont encore possibles. Mais il ne partira jamais plus. Il meurt le 10 novembre 1891. Il venait d'avoir trente-sept ans. Avant d'expirer, il avait tenu à rédiger un testament en faveur du fidèle Djami, son serviteur à Harar. L'Afrique, encore l'Afrique. Jusqu'à son dernier souffle, il aura pensé à elle.

Quand, après quelques années de recherche, on retrouva la trace de Djami pour lui remettre sa part de l'héritage d'Arthur Rimbaud, on apprit qu'il était mort dans une épidémie. Les 750 thalers furent remis à ses descendants.

En 1901, la municipalité de Charleville inaugure un buste d'Arthur Rimbaud face au Café de l'Univers. Il s'agit de célébrer l'explorateur, mort dix ans auparavant, plutôt que l'artiste. La province met du temps à se débarrasser de ses œillères. Il faudra attendre encore soixante ans pour que sa ville natale voit en lui plus qu'un grand voyageur. Un poète, tout simplement.

Karen Blixen

2 décembre 1913. Karen Dinesen quitte le Danemark pour traverser l'Europe jusqu'à Naples, d'où part un paquebot de la Compagnie allemande de l'Afrique orientale. Un an plus tôt, cette jeune Danoise de vingt-sept ans s'est fiancée avec le baron suédois Bror Blixen, son cousin issu de germain. Très impressionnés par les perspectives économiques qu'on leur brosse de l'Afrique orientale, les nouveaux fiancés ont décidé d'aller s'établir dans cette colonie de la Couronne britannique qui prendra par la suite le nom de Kenya.

La famille de la jeune fille, en l'occurrence sa mère et son oncle, a mis à la disposition de Bror Blixen un capital substantiel qui lui permet d'acheter une plantation de café baptisée aussitôt « Swedo-African Coffee Co. ». Sur le bateau qui la conduit à sa nouvelle existence, la jeune femme ne s'ennuie pas. Les passagers sont nombreux : son arrivée coïncide avec celle de la dernière vague de colons, essentiellement d'origine anglaise. L'Afrique est un horizon convoité par tous ceux qui veulent faire fortune rapidement.

Au Kenya, Karen Blixen participe à des safaris qui l'enchantent.

Elle débarque le 14 janvier 1914 à Mombasa où son fiancé l'attend sur le quai ; leur mariage est célébré le jour même, en présence de deux témoins. Dès la semaine suivante, la jeune mariée écrit à sa mère pour dépeindre son éblouissement devant la beauté des paysages africains : « Je suis entourée de tous côtés par la nature la plus magnifique, la plus merveilleuse que l'on puisse imaginer : de grandes montagnes bleues dans le lointain et, devant, la grande savane pleine de zèbres et de gazelles, et, la nuit, j'entends les lions pousser des rugissements semblables à des coups de feu dans l'obscurité. » Son arrivée à la ferme où elle va désormais habiter la stupéfie ; elle se souviendra longtemps du spectacle des mille « boys » en rang pour saluer les nouveaux maîtres du domaine. L'Afrique et le mariage, elle découvre tout avec enchantement.

Le génie de Karen, c'est son don d'empathie. Très vite, elle sympathise avec la population locale ; elle la juge même plus intelligente et souvent plus civilisée que les colons occidentaux. Tout aussi vite, elle s'aperçoit que les Anglais ne sont même pas capables d'apprendre des rudiments de swahili alors que les indigènes, au contraire, se familiarisent rapidement avec les habitudes des Européens. Ce qui lui permet de devenir très populaire auprès des Africains : les Somalis la surnomment « Arda Volaja », ce qui signifie « la grande et sage ». La seule femme qui par le passé avait mérité ce qualificatif était la reine Victoria – c'est dire l'estime que lui portent les indigènes ! Modernité de ceux qui récusent le lien colonial s'apparentant, trop souvent, à un lien féodal : les relations personnelles très profondes que Karen Blixen réussit à établir avec la population indigène, si rares pour l'époque, expliquent sa popularité.

Admirer la nature est une chose. Tenter de la dompter en est une autre. Le vrai plaisir est là. Karen s'adonne à la chasse, cette occupation qui lui fait découvrir « une vie digne du commencement des temps, semblable aujourd'hui à ce qu'elle était il y a mille ans », rythmée par le face-à-face avec de grands fauves captivants, ceux qui « vous obsèdent au point de vous laisser l'impression que rien d'autre que les lions ne peut donner un sens à votre vie ». C'est décidé, plus jamais elle n'accablera de son mépris les chasseurs, dont elle comprend à présent l'enthousiasme et la frénésie.

Malheureusement, deux ombres majeures vont venir ternir cette existence idyllique. D'abord, la guerre, qui a éclaté en Europe en août 1914, ternit très vite l'ambiance de la vie coloniale. Les Anglais en particulier commencent à tourner le dos aux membres de la colonie suédoise dont font partie les Blixen, les suspectant de sympathies pro-allemandes comme le reste de leurs concitoyens. Ensuite, et c'est le plus grave, Bror Blixen a transmis la syphilis à sa femme. Dès 1914, Karen va consulter un médecin à Nairobi et suit un traitement à base de comprimés de mercure. Fièvres si fortes qu'elles la conduisent souvent au délire, douleurs insupportables à la moelle épinière. Le mal est sérieux. Son médecin lui conseille de rentrer au Danemark : elle y retourne en avril 1915, désolée de quitter cette Afrique sauvage à laquelle elle est déjà très attachée.

L'année suivante, la société familiale, pleine de confiance en la Karen Coffee Co., fait l'acquisition, pour le compte du jeune ménage, d'une exploitation beaucoup plus vaste et d'aspect plus flatteur, située aux portes de Nairobi. Car la guerre en Europe avait eu, entre autres conséquences, de faire vendre les produits du Kenya à des prix bien plus élevés. Les Danois flairent la bonne affaire et obtiennent même un prêt d'un million pour financer cette nouvelle entreprise. En novembre 1916, les jeunes époux prennent possession des lieux. Ce sera la « ferme africaine » qui inspirera le décor du roman le plus célèbre de Karen Blixen, *Out of Africa*.

Hélas, Bror Blixen se révèle être un piètre gestionnaire. Personne, au moment de l'acquisition des différentes propriétés du ménage, n'a tenu compte de son ignorance absolue en matière d'agriculture et de comptabilité. Les soucis financiers du couple engendrent des disputes de plus en plus violentes. Leur mariage s'effrite peu à peu. Quand on s'ennuie en ménage, on garde les yeux grands ouverts sur l'extérieur. Karen n'est pas insensible au charme d'un pilote de l'armée de l'air anglaise, Denys Finch-Hatton, qu'elle a rencontré lors d'un dîner à Nairobi. Mais son piètre état de santé l'oblige à retourner fréquemment en Europe : à la syphilis se sont ajoutées, en à peine deux ans, la grippe espagnole et une septicémie.

Les nouvelles de la ferme africaine sont mauvaises. En quelques mois, la situation économique de l'exploitation s'est considérablement détériorée. Le président de la société par actions, l'oncle de Karen, décide à la suite de sa visite d'inspection de vendre l'entreprise ; la jeune femme réussit à le convaincre de renoncer à ce projet, mais il pose comme condition que son mari soit démis de ses fonctions. Pour ne pas abandonner la ferme, et malgré l'amertume qu'elle ressent à humilier son époux, elle accepte le marché : en juin 1921, Karen Blixen devient administrateur de la Karen Coffee Co. Elle en veut beaucoup à sa famille d'avoir ainsi orchestré l'humiliation d'un être à qui la relient encore tant de sentiments tendres : « Il y a trop de choses, ici, qui nous attachent l'un à l'autre et il m'est impossible de ne plus avoir foi en ce qu'il y a de bon en lui, et de me dire que son comportement parfois totalement inexplicable, irréfléchi et cruel, est le fait d'un dérangement passager et que cela finira bien par se calmer. Il se peut aussi que je l'aime trop… » Avec ces parents devenus au fil des années des actionnaires sévères et impatients, la brouille sera durable.

Les deux époux se séparent, contre la volonté de Karen Blixen. Malgré lui, malgré elle, il reste un point de repère qu'elle ne veut pas perdre de vue. Hélas, les avocats s'agitent, la justice fait son travail : leur divorce est prononcé en 1925. Loi des séries malheureuses, son ancienne maladie provoque chez elle de très graves accès de douleur. Elle commence à nouer des contacts avec les milieux littéraires de son pays, malheureusement en vain. L'épisode Denys Finch-Hatton est terminé, il s'est tué dans un accident d'avion en mai 1931. La situation sociale de Karen Blixen dans cette colonie anglaise s'est compliquée : son ex-époux s'est remarié, c'est désormais une nouvelle baronne Blixen qui reçoit les personnalités, tel le prince de Galles qui participe à des safaris au Kenya en 1928. C'est l'humiliation suprême, elle n'en peut plus.

En 1931, après plusieurs années de crise, la société anonyme se voit contrainte de mettre la ferme en vente.

Karen Blixen se charge de liquider l'entreprise, de rentrer la dernière récolte de café et d'assurer l'avenir de ses « boys » avant de rentrer au Danemark. C'est un crève-cœur : « J'aime bien plus que je ne saurais le dire ma maison, mon jardin et toute la ferme ; j'ai ici le sentiment, que l'on ressent bien peu fréquemment chez nous, d'avoir créé cela moi-même et que cela fait partie de moi… Je suis devenue ici ce à quoi j'étais destinée et certainement quelque chose de plus grand que vous ne le croyez, à la maison », écrit-elle à sa mère avec amertume. Le bilan est affligeant. Elle a quarante-six ans et est totalement ruinée. Il lui faut commencer une nouvelle vie. Vaillamment, elle choisit, sans appuis ni expérience, la voie littéraire.

Après la perte de la grande plantation de café au Kenya, qui l'a privée du défi dont elle rêvait depuis sa jeunesse, qui s'était ensuite concrétisé dans sa vie à la ferme, il ne lui reste plus qu'à devenir un « imprimé » comme elle le dit à ses amis dans les moments de désespoir. Elle se donne six mois pour voir si elle est capable de réussir cette reconversion – sans exclure la possibilité de mettre fin à ses jours en cas d'insuccès.

En 1932, Karen Blixen – sous le pseudonyme d'Isak Dinesen – parvient enfin à faire publier ses *Sept contes gothiques*. Le succès est au rendez-vous, y compris dans les pays étrangers où le livre est traduit (Grande-Bretagne et États-Unis en particulier). Cela signifie de substantiels revenus pour Karen, qui peut enfin envisager de vivre de sa plume. Le projet d'écrire un livre sur les années qu'elle a passées en Afrique commence enfin à prendre forme. Le texte paraît au Danemark en 1937 : c'est

Jamais Karen Blixen ne se lassera de la beauté
des paysages africains.

La Ferme africaine, rebaptisé *Out of Africa* dans l'édition anglo-saxonne. Le livre consacre définitivement la réputation de Karen Blixen comme un auteur classique.

À côté de ces succès littéraires, la vie de Karen Blixen recèle des aspects bien plus noirs. Au cours des dernières années, ses douleurs n'ont fait qu'empirer ; une opération du dos se révèle nécessaire en 1946. Une autre opération, comportant l'ablation d'un certain nombre de voies sensitives de la moelle épinière, sera pratiquée en 1955. À partir de cette date, Karen Blixen sera quasiment invalide jusqu'à la fin de ses jours. Elle aura tant de mal à s'alimenter que, à certains moments, elle pèsera à peine trente-cinq kilos.

Mais elle a une volonté de fer : ces terribles ennuis de santé ne l'empêchent pas de continuer à écrire et d'inaugurer une série de causeries à la radio danoise. Son talent oratoire, sa faconde, sa science du récit sont si grands qu'ils rendent enfin populaire un écrivain jusque-là très discret. La première de ces causeries est d'ailleurs consacrée à un portrait de Farah, son ancien serviteur somali – réminiscence attendrie des années africaines. Elle entame aussi une collaboration avec un magazine féminin pour lequel elle rédige des nouvelles, parmi lesquelles le célèbre *Festin de Babette*. Enfin, cette femme à l'énergie peu commune trouve encore le courage de voyager : à Amsterdam et aux États-Unis en 1959, en France en 1961. Mais plusieurs fois au cours de ses déplacements, il faudra l'hospitaliser.

Son second livre de souvenirs sur l'Afrique *Ombres sur la prairie* paraît en 1960. Preuve, s'il en était besoin, que ce continent, où elle n'est jamais retournée depuis les années trente, reste à jamais le noyau de son imaginaire. Mais son état général se dégrade peu à peu. Elle sombre dans le coma et meurt en 1962, à l'âge de soixante-dix-sept ans.

C'est le cinéma qui fera de Karen Blixen un auteur mondialement connu : l'adaptation de *Out of Africa* en 1986 (avec notamment Meryl Streep et Robert Redford) puis celle du *Festin de Babette* en 1987 par Gabriel Axel feront beaucoup pour la légende de l'écrivain danois le plus connu du XXᵉ siècle.

Le voyage imaginaire

La drogue décuple les sensations : Baudelaire se dessine
trois fois plus grand que la colonne Vendôme.

Charles Baudelaire

9 avril 1842. Charles Baudelaire fête sa majorité. Des années passées à attendre ce cap. Il a perdu son père à l'âge de six ans. C'est aujourd'hui qu'il peut enfin toucher l'héritage paternel : 100 000 francs-or de l'époque, une jolie fortune. La liberté, enfin ! Dès le mois de juin, il s'installe dans l'île Saint-Louis, quai de Béthune d'abord, puis dans une demeure historique, l'hôtel Pimodan. Il y habite sous les combles un logement plutôt exigu, composé de plusieurs petites pièces dont les fenêtres donnent sur la Seine. Choix insolite pour l'époque : c'est un quartier difficile d'accès – il faut encore franchir un péage pour s'y rendre –, habité par des artisans, des artistes, toute une population instable et sans avenir assuré. Les loyers y sont bas, ce qui attire une foule bohème et mélangée. Ce n'est pas un quartier mal famé, ce n'est pas non plus le quartier peuplé de respectables bourgeois dont rêve la mère de Charles pour lui.

Ce choix n'est pas innocent : Charles a l'excentricité des dandys. Il en a l'élégance nonchalante, arbore des cra-

vates rouge sang sur des chemises blanches, n'hésite pas
à choisir des gants roses, tient à ce que le pommeau de sa
canne soit en ivoire. Dans cet accoutrement, il ne passe
pas inaperçu. C'est son but, justement. Il a lu avec passion l'éloge que Barbey d'Aurevilly a consacré au célèbre
dandy anglais George Brummel. Chaque ligne de ce livre
semble avoir été écrite pour lui. Comme Brummel, il fait
couper par son tailleur des costumes qu'il a lui-même des-
sinés. Il meuble son intérieur comme il soigne sa mise :
avec goût et originalité. Chez un brocanteur, il achète
des copies de toiles de maîtres. Tintoret, le Corrège,
Poussin, Vélasquez ornent ses murs. Opération facilitée
par le fait que l'antiquaire, un certain Arondel, loge au
rez-de-chaussée de l'immeuble.

À l'hôtel Pimodan, l'esprit souffle à tous les étages.
Les locataires sont peintres, écrivains, dessinateurs. Ils
se reçoivent les uns les autres dans une ambiance très
amicale. Il y a notamment Joseph-Fernand Boissard,
un peintre qui a été l'élève de Gros et de Delacroix.
Il accueille souvent ses voisins à l'improviste, joue du
violon, offre à quiconque frappe à sa porte un verre
et même plusieurs. On boit, on cause… et on sert à
chaque convive du haschisch, la « confiture verte » que
Baudelaire découvre. Chaque invité doit en payer sa
part. On le délaie dans du café turc très chaud. Surtout,
il faut le prendre à jeun pour éviter de vomir : drogue et
nourriture solide ne font pas bon ménage. Ainsi naît le
club des Haschischins, où se côtoient Gérard de Nerval,
Théophile Gautier, Delacroix, le dessinateur Daumier.
C'est toute une génération brillante qui prend ses aises
sous les lambris accueillants de Boissard.

Le premier effet de la drogue, c'est la « multiplication de l'individualité ». Sur une aquarelle de 1844, Baudelaire se dessine trois fois plus grand que la colonne Vendôme. Après un moment de gaieté langoureuse, on a la tête pleine de tourbillons. Soudain, on découvre que les sons ont une couleur et que les couleurs ont, elles, une musique. Quelle expérience ! Un médecin, le docteur Moreau, vient parfois assister aux réunions du club des Haschischins. Il observe les réactions des convives, trop heureux de pouvoir confirmer ses théories sur le sujet. En 1845, il publie *Du haschisch et de l'aliénation mentale*, fruit de ces observations. Autre expérience courante dans cette bande de jeunes gens téméraires : l'opium. Si ses amis en consomment beaucoup, Baudelaire le pratique surtout sous la forme du laudanum, qu'on lui prescrit pour ses douleurs d'estomac. Jamais il ne sera un véritable opiomane.

À quoi rêve-t-il, Charles, tandis que les ensorcelantes fumées viennent lui égayer l'âme ? À ce voyage extraordinaire dont il revient à peine, sur l'île Maurice et sur l'île de La Réunion ? Son beau-père, le sévère général Aupick, l'a envoyé dans ces contrées lointaines par peur que les éclats répétés de son gendre n'écornent le nom de la famille. À Paris, il avait de mauvaises fréquentations. Il allait assidûment voir les petites prostituées du Quartier latin. Rien de tel qu'un séjour à l'étranger pour les oublier. Le redoutable beau-père a été intraitable. Le navire sur lequel il s'est embarqué devait se rendre à Calcutta, en Inde. Mais le bateau ayant démâté, le voyage s'est arrêté à Port Louis, la capitale de l'île Maurice. Sans mesurer l'importance de ces sensations nouvelles, Baudelaire a enregistré de nouvelles odeurs : ambre, musc, havane, myrrhe… Surtout, il a été reçu par un ménage de colons français, Gustave et Emmeline Autard de Bragard, dans leur propriété du quartier de Pamplemousses. Là où Bernardin de Saint-Pierre a situé l'action de son roman *Paul et Virginie* – comme le monde est petit ! Baudelaire sympathise vite avec ces hôtes merveilleux, leur confie ses rêves intimes : qu'il n'arrête pas d'écrire des vers, que sa vie entière est dédiée à la poésie, qu'il rêve au destin d'un Victor Hugo. Et puis, il ne peut cacher son attirance pour la séduisante maîtresse des lieux, à qui il dédie des vers sans ambiguïté : « Au pays parfumé que le soleil caresse, J'ai connu, sous un dais d'arbres tout empourprés/Et de palmiers d'où pleut sur les yeux la paresse,/Une dame créole aux charmes ignorés. »

À quoi rêve-t-il, Charles, devenu l'amant de Jeanne Duval ? Il a rencontré cette actrice mulâtresse en 1838 alors qu'elle se produisait dans une saynète écrite par un des collaborateurs de Labiche. Il a tôt fait de la conquérir et de la présenter à tous ses amis. Il ne peut résister à son charme, à ses larges hanches, à sa poitrine menue, à sa peau brune et à ses allures félines. Il en est fou. Pour elle, il écrira ses plus beaux poèmes : « La très-chère était nue, et, connaissant mon cœur,/Elle n'avait gardé que ses bijoux sonores… » Les tropiques resurgissent sous sa plume grâce à cette muse ordinaire mais nécessaire.

Jeanne connaît son pouvoir sur Charles. Sait qu'elle a assez d'expérience en amour pour répondre à tous ses fantasmes. Aucune manie de cet homme exalté ne lui fait peur, fût-ce la plus triviale. À condition bien sûr qu'il soit prêt à la prendre en charge. On ne vit pas d'amour et d'eau fraîche. Pas question pour autant de se mettre en ménage avec lui. Comment partager la vie d'un homme qui passe le plus clair de son temps à noircir des pages blanches ?

Une seule solution : trouver un logement à Jeanne pas trop loin de l'hôtel Pimodan. Pour que Charles puisse la rejoindre facilement, la nuit venue. Il déniche un appartement rue de la Femme-Sans-Tête et y installe sa dulcinée. Il est généreux, dépense sans compter pour lui acheter meubles, bibelots, vaisselle. Liaison tumultueuse, ponctuée de douloureuses ruptures et de raccommodements sincères. Elle le tient. Jeanne est comme tant d'autres femmes avant elle, après elle. De tout temps, cela s'est appelé une cocotte.

Pour faire ses emplettes, Charles ne va pas bien loin : Arondel, le précieux antiquaire du rez-de-chaussée, lui vient de nouveau en aide. On lui a dit que son voisin disposait d'une solide fortune. Il se dit qu'il faut plumer ce client naïf. Pauvre Charles, contraint de dépenser de plus en plus pour offrir à sa belle des antiquités rares. Cercle infernal. Charles doit s'endetter. Il emprunte de l'argent à Arondel, signe des reconnaissances de dettes à l'aveuglette. Il ne veut pas savoir où il va.

Bien sûr, la famille s'inquiète. Ces mœurs dépravées, ces mauvaises fréquentations, tout cela peut nuire à la carrière du général Aupick qui convoite de lointaines ambassades, des postes officiels, des décorations. La mère de Charles engage une procédure en vue de la dation d'un conseil judiciaire. Charles, dit-elle, vit sur un trop grand pied. Ces dépenses alarment une famille honorable. Pour que Charles ne mange pas la dernière moitié de son capi-

La volupté procurée par le haschisch a un prix :
Baudelaire y laisse sa santé.

tal, on en confie la gestion à un notaire intègre, maître
Ancelle. Baudelaire, devant la loi, redevient mineur.
Quelle humiliation ! C'est son conseil judiciaire qui, désormais, lui verse une rente de 200 francs par mois. Bien
juste pour vivre comme il l'entend. Mesure blessante
pour un jeune homme épris d'indépendance.

Et puis le toxicomane connaît d'inquiétants accès de
désespoir. Fin juin 1845, Charles écrit au fidèle maître
Ancelle : « Je me tue parce que je ne peux plus vivre, que
la fatigue de m'endormir et la fatigue de me réveiller me
sont insupportables. Je me tue parce que je suis inutile
aux autres – et dangereux à moi-même. Je me tue parce
que je me crois immortel, et que je l'espère. » Pas de
quoi rassurer des parents inquiets, en effet.

Heureusement, il y a le travail. L'écriture reste le
dernier garde-fou contre la désespérance. Dès 1851,
Baudelaire publie un étrange essai pour défendre l'idée
que le vin est une meilleure source d'oubli pour le tra-
vailleur que le chanvre. Il l'intitule *Du vin et du haschisch,
comparés comme moyens de multiplication de l'individualité.* Expression d'un socialisme mal assimilé, son
texte rencontre peu d'échos. Il faut attendre 1860 pour
que Baudelaire publie enfin, en poète, un recueil sur le
même sujet : ce sera *Les Paradis artificiels.* Le livre est de
toute évidence inspiré des *Confessions d'un Anglais man-
geur d'opium* de Thomas De Quincey, publié en 1822.
Il se compose de deux parties. La première, publiée le
30 septembre 1858 dans *La Revue contemporaine* sous
ce titre : « De l'idéal artificiel, le haschisch ». La seconde
partie s'intitule « Enchantements et tortures d'un man-
geur d'opium ». Baudelaire y condamne l'usage de la

drogue, avec un argument lumineux : certes, la noblesse de l'homme, c'est son sens de l'infini ; mais s'il faut chercher ce sens de l'infini dans l'opium ou dans l'ivrognerie, cela reste une intoxication stérile qui risque de désintégrer la personnalité.

Le plus grand regret de Baudelaire, c'est de ne pouvoir envoyer ses *Paradis artificiels* à Thomas De Quincey : il est mort six mois plus tôt à Édimbourg, à l'âge de soixante-quatorze ans. Autre écharde dans son âme, les lourds reproches que lui adresse Flaubert à la parution d'un livre où, dit le grand romancier, souffle l'esprit du mal. Même Sainte-Beuve, le critique tout-puissant, se dérobe : refusant de soutenir de son autorité un livre célébrant l'alcool, la prostitution, le blasphème et le suicide, et dont l'auteur a été condamné pour outrage aux bonnes mœurs par les tribunaux (pour *Les Fleurs du Mal* en 1857), il se contente d'écrire une lettre personnelle dans laquelle il complimente et encourage l'auteur.

Œuvre d'un toxicomane repenti, *Les Paradis artificiels* paraissent alors même que la santé de leur auteur donne de sérieuses inquiétudes. Au début de l'année 1862, il est victime d'une commotion cérébrale et déclare : « J'ai senti passer sur moi le vent de l'imbécillité. » Il travaille de plus en plus difficilement. Lors d'un voyage en Belgique, il est pris d'étourdissements et transporté à l'hôpital. On diagnostique une attaque d'apoplexie. Il est à moitié paralysé et, c'est le pire, a perdu l'usage de la parole. Ses amis écrivains envoient une pétition au ministre de l'Instruction publique, Victor Duruy, pour que soit versée au poète une pension en rapport avec le prix des soins que réclame d'urgence son état de santé.

En octobre 1867, elle est accordée. Il meurt six mois plus tard, âgé de quarante-six ans à peine, auréolé pour toujours du charme et du mystère des poètes maudits. Ceux qui nous ont fait voyager bien davantage qu'ils ont eux-mêmes voyagé.

Illustration pour *Alice au pays des merveilles* : Alice regarde
la chenille qui fume un narguilé sur son champignon.

Lewis Carroll

4 juillet 1862. Une magnifique journée d'été dans le sud de l'Angleterre. Charles Lutwidge Dodgson, professeur au Christ Church College d'Oxford, fait une promenade en barque avec les trois filles du doyen. L'eau de la rivière Isis est paisible, la journée s'annonce éblouissante. Lui qui n'aime rien tant qu'inventer des jeux, se met, pour amuser les trois petites filles, Alice, Lorina et Edith, à inventer une histoire. Il leur parle d'un lapin qui regardait l'heure à sa montre. D'une petite fille si intriguée par ce spectacle qu'elle s'engouffre dans un terrier pour le suivre. D'un univers magique où l'on change de taille selon ce que l'on avale. D'un cortège royal formé par des cartes à jouer. D'animaux étranges, doués de raison et de parole. Et de mille autres choses plus extraordinaires les unes que les autres.

Il poursuit le récit de ce conte de fées d'un genre nouveau alors qu'ils goûtent tous ensemble sur la berge. Les petites filles sont suspendues à ses lèvres. Le soir même, tandis qu'il les raccompagne vers la maison familiale,

Alice, qui porte le prénom de l'héroïne du conte, le supplie : « Oh, monsieur Dodgson ! J'aimerais que vous écriviez pour moi les aventures d'Alice ! » Dès le lendemain matin, dans un train qui l'emmène vers Londres, il décide de coucher cette histoire sur le papier et rédige les titres des chapitres de ce qui deviendra l'un des plus célèbres contes de la littérature enfantine. Le 6 août, nouvelle promenade avec les fillettes, qui le supplient à nouveau de poursuivre les aventures d'Alice. Il s'exécute. L'histoire a eu un tel succès auprès de son jeune auditoire qu'il voudrait la voir publiée. Il espère avoir fini pour Noël. Voilà de quoi égayer la vie de ce professeur de mathématiques, par surcroît ordonné diacre par l'évêque de la ville l'année précédente.

Cela fait six ans qu'il connaît la famille. Le docteur Liddell a été nommé doyen de Christ Church College en 1856. Charles, lui, y est professeur de mathématiques après avoir été étudiant dans cette même université prestigieuse. D'abord, il a sympathisé avec la femme du doyen. Puis il a rencontré ses enfants. Il a pris l'habitude de recevoir trois de ses filles, Edith, Lorina et Alice, dans son appartement, de leur raconter des histoires qu'il illustre par des dessins au crayon ou à l'encre. Il invente des jeux, comme celui qui consiste à déplacer des lettres sur un échiquier pour former des mots. Il les fait aussi parfois poser devant un appareil photo : il vient de découvrir cette nouvelle invention (elle date de 1850 seulement) et elle le passionne. Sous l'austère apparence du scientifique se cache une âme fantasque, toujours prête à critiquer l'université et à se moquer de ses compatriotes. Pour amuser les enfants, il invente d'innombrables jeux, des chansons, des devinettes… Des trois filles, Alice est celle qui lui plaît le plus. Il l'a connue quand elle avait quatre ans. Au moment de leur fameuse promenade en barque, elle en a dix. Alors que la plupart des enfants de son âge sont parqués dans des nurseries, elle a le droit d'assister aux réceptions que donnent ses parents. Ce qui aiguise son sens de l'humour et de la repartie. Elle est douée pour le dessin, à tel point qu'un grand ami de la famille, le peintre John Ruskin, l'encourage dans cette voie. Charles l'observe de près, de très près même. Avec son appareil photo, entre 1857 et 1863, il prend des dizaines de clichés de la petite fille. Il est si assidu chez les Liddell qu'on le soupçonne d'avoir une liaison avec la gouvernante des enfants !

La vie de professeur laisse des loisirs. Dans le même temps, Charles publie, sous son nom, d'austères traités de mathématiques. Mais, plus que tout, il aime la littérature. Il envoie régulièrement des textes à des revues littéraires. Pour ne pas heurter ses collègues d'Oxford, il a fallu trouver un pseudonyme. Il a finalement choisi Lewis (Lutwidge vient de Louis, qui donne Lewis en anglais) Carroll (qui vient de Charles, son premier prénom). Il a donc envoyé des articles satiriques et surtout des pièces de théâtre, qui bien évidemment ne l'ont pour l'instant pas sorti de l'anonymat. De toute façon, il est persuadé que ce sont ses découvertes scientifiques qui le rendront immortel.

La promesse faite aux petites filles n'est pas oubliée. La rédaction du conte est terminée. Charles en confie les illustrations au caricaturiste politique John Tenniel. Le 12 mai 1864, le livre est prêt, son auteur en offre

Alice est invitée à prendre le thé avec le chapelier fou
et le lièvre de Mars.

un exemplaire calligraphié à son inspiratrice, Alice elle-même. Le conte de fées improvisé est devenu un court récit, *Les Aventures d'Alice sous terre*. Il est dédié « à une enfant chère en souvenir d'une journée d'été ». Une deuxième version du livre est déjà en cours. Elle s'intitule *Alice au pays des merveilles* et paraîtra à la fin de l'année 1865. Si le canevas est le même, le récit est plus long, fourmille de rebondissements inédits et de personnages nouveaux – seule façon, pense l'habile écrivain, de prolonger l'enchantement verbal d'une partition improvisée dans un texte écrit. La duchesse, le chapelier fou ou le chat du Cheshire font leur apparition dans le conte.

La mère des trois filles ne le lui pardonne pas : il mesure la gravité des reproches quand il compte le nombre de dimanches où il se trouve privé de cet auditoire captif. Il en est navré, à tel point que son inspiration s'anémie. Il n'arrive plus à écrire. Son talent renaît au gré des réconciliations avec madame Liddell : une tasse de thé produit plusieurs pages, un silence de quelques mois paralyse sa plume. Dieu sait de quels reproches on l'accable ! La brouille avec madame Liddell et l'éloignement d'avec les enfants qui en résulte perturbent celui qui est devenu Lewis Carroll. En décembre 1863, il aperçoit les sœurs au théâtre mais, respectant les consignes maternelles, se tient à l'écart de leur groupe. Il les voit de moins en moins. La mère ira même jusqu'à détruire toutes les lettres entre sa fille Alice et Lewis Carroll. Il lui faut trouver d'autres petites filles à photographier. Il y en aura des dizaines, qu'il surnomme ses « amies-enfants ». Comme avec Alice, il usera du même moyen pour pénétrer l'inti-

mité familiale : immortaliser l'enfant en faisant son portrait flattait tous les parents, même les plus réservés. Il
ne veut pas écouter les rumeurs qui commencent à circuler à son sujet. Parbleu, n'a-t-il pas été ordonné diacre ?
Voilà qui devrait suffire à mettre sa réputation au-dessus
de tout soupçon. Auprès de toutes ces petites filles, il
cherche en vain à projeter sa passion perdue pour une
Alice qui n'a pas pu s'empêcher de grandir. Mais aucune
d'entre elles ne suscitera chez lui un ravissement égal à
celui qu'avait provoqué la fille du doyen Liddell. Ambiguïté saisissante de cet homme. D'un côté, le professeur
de mathématiques austère, toujours vêtu d'une redingote
noire à peine ouverte sur un faux col d'ecclésiastique,
qui dispense des cours assommants et promène ses traits
mélancoliques sur les pelouses d'Oxford. De l'autre,
l'homme passionné par les petites filles, qui ne voyage
jamais sans un stock de jeux qu'il est prêt à déballer dans
le train pour se lier avec de nouvelles compagnes, qui dis-
tribue des épingles à nourrice sur les plages à de petites
inconnues pour qu'elles puissent barboter sans abîmer
leur robe. Docteur Jekyll et Mister Hyde. Un beau cas
clinique pour la psychanalyse, en tout cas. Sans doute
habité par ce que l'on ne nommait pas encore des pul-
sions, Lewis Carroll ne franchira jamais la frontière entre
le bien et le mal. Ces prévenances ne débouchent que
sur une correspondance poétique, quoique insistante,
avec les jeunes élues. Mais les milliers de clichés qu'il a
laissés de ces petites filles – qu'il oblige à se déshabiller
pour enfiler des tenues de princesse ou de mendiante
– disent assez quels étaient les fantasmes de cet éternel
célibataire. Peu de mères s'en sont inquiétées. Seule la

Lewis Carroll aime habiller Alice en mendiante
avant de la photographier.

perspicace madame Liddell eut le tort de juger suspectes ces manies.

Les années passent. Alice a dix-huit ans. La ravissante petite fille est devenue une jeune femme superbe. Mais Lewis Carroll aimait en elle l'enfant : l'adulte ne l'intéresse plus. « La petite fille devient un être si différent lorsqu'elle se transforme en femme que notre amitié, elle aussi, est obligée d'évoluer. » Elle est son paradis perdu à lui. La jeune fille est si belle que le frère du prince de Galles, le prince Leopold, tombe amoureux d'elle. Quelle petite fille n'a pas rêvé de devenir princesse ? Mais le prince est rappelé à la Cour et Alice doit renoncer à ses rêves royaux. Elle épouse Reginald Hargraves en 1880.

Toute sa vie, Lewis Carroll continuera à lui envoyer les éditions de ses œuvres ainsi que de menus cadeaux. Mais il ne veut plus la voir. Il répugne à confronter l'image réelle d'Alice sortie de l'adolescence avec son héroïne de rêve. La vieillesse d'Alice ne sera pas gaie. Veuve, après avoir perdu deux fils pendant le premier conflit mondial, elle est confrontée à de graves difficultés financières. En 1928, elle doit mettre en vente le précieux manuscrit des *Aventures d'Alice sous terre*, offert il y a si longtemps par son auteur. Il obtiendra le record de l'enchère la plus élevée pour un livre en Grande-Bretagne. Car le livre de Lewis Carroll, dès sa parution, a connu le succès. Non seulement il est très vite traduit dans de nombreux pays mais, en plus, son auteur rédige plusieurs avatars de l'histoire qui fit sa célébrité : *De l'autre côté du miroir et ce qu'Alice y trouva* et *Alice racontée aux tout-petits*, entre autres. Dès 1866, le texte est joué au Prince of Wales

Theatre à Londres. Surtout, le septième art va propulser Lewis Carroll au firmament des conteurs pour enfants. *Alice* est transposé une première fois au cinéma en 1933 (avec Cary Grant dans le rôle de la tortue !), une seconde fois en 1951, par les studios Walt Disney qui en font, pour toujours, un classique de la culture enfantine.

Lewis Carroll n'a jamais quitté Oxford. Il y a été étudiant d'abord, professeur ensuite. Pour s'échapper de cet univers cloîtré, la seule solution était de plonger dans les délices de l'imagination. Son chef-d'œuvre témoigne de la nécessité de voyager en soi-même. *Alice au pays des merveilles*, c'est d'abord un conte de fées sans fée ni baguette magique. Au centre de l'histoire, une héroïne confrontée, comme il se doit, à toutes sortes d'épreuves. Et des objets dotés de pouvoirs magiques, comme cette clé d'or qui ouvre un jardin merveilleux, et qu'Alice cherche en vain à attraper, ou ces gâteaux qui ordonnent à l'enfant : « Mange-moi. » Des médecins ont cru voir, dans l'obsession du renversement de Carroll, une manie classique chez un homme qui était né à la fois gauche et bègue. Mais l'explication semble bien courte pour une œuvre si riche.

Ce que Carroll nous offre au fond, avec ce conte fantastique, c'est tout simplement un voyage dans l'imagination enfantine. Les adultes sont totalement absents de cette histoire, qui n'est peuplée que d'animaux et d'objets, ces compagnons habituels des enfants. Surtout, les rêves se confondent avec la réalité dans un enchaînement incertain d'événements absurdes, comme dans le sommeil enfantin. « J'ai fait un songe bien curieux ! » déclare Alice en se réveillant à la fin du livre. Hommage nostalgique au monde de l'enfance qu'Alice, à la fin du conte, commence déjà à quitter : sa sœur la regarde et imagine ce qu'elle sera, une fois parvenue à l'âge adulte. Le pays du miroir n'est-il pas, avant tout, le pays du souvenir ?

Jules Verne

Conquérir l'espace, aller sur la Lune : ce rêve millénaire de l'humanité, Jules Verne va lui donner vie. En 1864, il a publié un long article sur Edgar Poe, où il déplore que dans son roman Aventure sans pareille d'un certain Hans Pfaall *parti pour la lune, l'auteur ne se soit pas posé la moindre question technique sur la faisabilité d'un tel voyage. Le sujet le passionne. Il interroge des heures son cousin Henri Garcet, professeur de mathématiques spéciales au lycée Henri-IV. Il se souvient que Cyrano de Bergerac prétendait être allé jusqu'à la Lune. Il lit et relit* La Pluralité des mondes *de Camille Flammarion, une somme scientifique parue deux ans plus tôt. Cet astronome français, spécialiste de la rotation des corps célestes, s'est fait connaître par un livre de vulgarisation scientifique,* Astronomie populaire. *Ce que Poe n'a pas fait, il le fera.* De la Terre à la Lune *(sous-titre : « Trajet direct en 97 heures 20 minutes » !) paraît d'abord en feuilleton dans le* Journal des débats. *Il sera suivi par* Autour de la Lune.

Avant de se mettre à écrire, Jules Verne a pour habitude de se documenter le plus sérieusement possible.

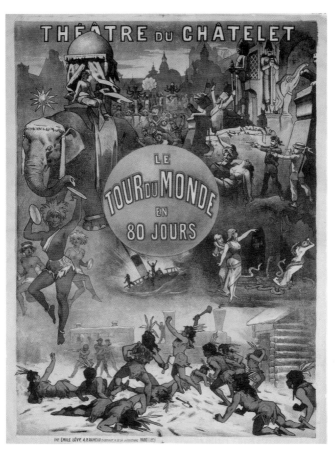

Au théâtre du Châtelet, dès 1883, *Le Tour du monde en 80 jours* fait salle comble.

Il accumule des notes, qu'il classe en milliers de fiches. Ce qu'il décrit doit être techniquement réalisable. À tel point que dans ces deux romans, il imagine des avancées qui auront effectivement lieu cent ans plus tard. Le Gun-Club souhaite « entreprendre une grande expérience digne du XIXe siècle ». À l'heure où la planète Terre a livré quasiment tous ses mystères, c'est vers d'autres astres qu'il faut partir pour revivifier la figure mythique de Christophe Colomb. La Lune sera l'eldorado de ces aventuriers en mal de sensations fortes. La décision est prise, le Gun-Club enverra un boulet sur la Lune. Des souscriptions étrangères soutiennent le projet, parmi lesquelles celle de la Turquie, la plus généreuse : c'est qu'elle est personnellement intéressée à l'affaire, la Lune conditionnant le cours de ses années et les périodes du ramadan. Un Français un peu fou, Michel Ardan, se propose pour monter à bord du projectile… ce projectile qui est, selon lui, « la voiture de l'avenir ». C'est un enthousiaste, donc un héros. Il a naturellement sa place dans l'aventure. Il sera – dans le roman – le premier homme à fouler le sol de cet astre mythique, auquel les Terriens prêtent tant de pouvoirs…

Jules Verne a longuement réfléchi à ces problèmes. Si tout ce qu'il suggère est nouveau, rien n'est impossible. L'aluminium comme métal de base ? Les rétrofusées ? La nourriture lyophilisée pour survivre à bord d'un engin spatial ? La mise en orbite d'un satellite ? Le canon lanceur de fusées à Cap Canaveral, en Floride ? Tout cela, qui paraît fou au XIXe siècle, sera bel et bien avéré dans la seconde moitié du XXe. Grâce à ces extrapolations géniales, les Américains attribuent maintenant

à Jules Verne la paternité de leur littérature d'anticipation scientifique, ce que nous appelons aujourd'hui la
science-fiction.

Les romans de Verne sont le fruit d'une époque et
d'une rencontre.

L'époque, d'abord. Elle est au positivisme, religion
que Jules Verne adopte avec foi. Il croit que la science
et le progrès ne peuvent que rendre le monde meilleur.
Il admire toutes les nouvelles inventions de son temps.
Le plus léger que l'air, en particulier, le fascine. Son amitié avec le photographe Nadar, qui réalise les premières
expériences de photographie aérienne à bord d'une
montgolfière, lui inspire *Cinq semaines en ballon*. Jules
Verne le prendra même pour modèle de Michel Ardan,
l'un des trois cosmonautes de ses voyages lunaires :
Ardan n'est-il pas l'anagramme de Nadar ? Mais lorsque
les machines existantes ne lui suffisent pas, il en imagine de nouvelles. Le sous-marin, le téléphone, l'holo-
gramme… et bien sûr les fusées sont d'abord nés dans
ce cerveau génial.

La rencontre, ensuite. On la doit à Alexandre Dumas,
qui s'est enthousiasmé à la lecture du premier manuscrit
de Verne, une histoire de « voyage en l'air ». Dumas,
le grand Dumas, qui croit depuis longtemps à la nécessité d'un nouveau genre romanesque, le roman de la
science, a trouvé en ce jeune agent de change féru de
littérature l'homme qui va confirmer son intuition. Mais
il faut lui donner un coup de main. En 1864, Jean Macé
et Pierre-Jules Hetzel ont fondé *Le Magasin d'éducation
et de récréation*, périodique qui se donne l'ambition de
véhiculer un enseignement sérieux et plaisant à la fois.

Ces deux fervents soutiens de l'instruction laïque et obligatoire veulent que cesse enfin le monopole de l'Église sur la littérature pour la jeunesse. Se disent que les éditions Mame, sises à Tours, ont bien besoin de concurrence. En ont assez des « compositions nigaudes » de la comtesse de Ségur, de ces livres fades qu'on fait écrire par des plumes mercenaires et sans talent. Veulent fournir aux enfants une solide connaissance du monde moderne pour en faire des citoyens libres. C'est plus qu'une revue, c'est un manifeste. Ils cherchent un écrivain doué d'imagination et de sens romanesque. Jules Verne est l'homme qu'il leur faut : il devient codirecteur artistique de la revue. L'aventure s'habille désormais dans les couleurs sang et or des fameuses couvertures Hetzel. Quarante des soixante-deux *Voyages extraordinaires* nés de son imagination paraîtront dans ces pages entre 1865 et 1912.

En avril 1868, Verne propose à Hetzel de rédiger une *Histoire des grands voyages et des grands voyageurs*. L'entreprise va durer dix ans et devenir un imposant dictionnaire où se croisent des portraits des grands explorateurs, une histoire des techniques de transport et une description des peuples indigènes et de leurs coutumes. C'est la seconde passion de Jules Verne. À cette époque, il délaisse la science pour la géographie. Il faut s'attarder sur cette entreprise considérable car elle relève du paradoxe absolu. Né à Nantes, vivant d'abord à Paris puis à Amiens, Jules Verne n'a *jamais* vraiment voyagé, si l'on excepte un court séjour à New York et aux chutes du Niagara en 1867 avec son frère Paul, et quelques brèves croisières en Méditerranée lorsque, déjà âgé, les succès littéraires lui ont permis de s'offrir un bateau de pêche. Mais Jules Verne a fait mieux : il a imaginé.

Tout, comme d'habitude, provient de l'enfance. L'imaginaire de Jules Verne s'est formé sur ces quais du port de Nantes où un petit garçon fasciné observait les navires des négriers, s'enivrait de l'odeur de ces épices venues du bout du monde, se faisait raconter des histoires de naufrages et de pirates, se laissait bercer par la musique de noms inconnus : Java, Sumatra, Baltimore, Charleston… Autant de prétextes à laisser son esprit voler très loin du ciel bas de Nantes, vers des pays lointains et mystérieux. Voilà bien une définition de l'écrivain : celui qui dialogue avec lui-même. Le romancier Jules Verne aura passé sa vie à se souvenir du petit garçon ébloui qu'il a été. « À vingt ans, mon idéal était de voyager. Cet idéal, n'ayant pu le réaliser qu'incomplètement, je me suis mis à voyager en imagination, et à la suite de Phileas Fogg qui fit le tour du monde en quatre-vingts jours, je ne tarderai pas à l'avoir fait en quatre-vingts volumes », écrit-il au soir de sa vie.

Livre emblématique de cette passion de Jules Verne pour la géographie, *Le Tour du monde en quatre-vingts jours* symbolise, en effet, ce désir fou de dominer la planète. C'est l'époque qui le veut. Elle est dévouée à la religion du transport. Le canal de Suez, qui a été percé en 1869, permet de raccourcir de moitié le temps du trajet entre Londres et Bombay. Le chemin de fer étend ses rails de plus en plus loin, on peut désormais traverser tout un continent en train. Cette religion a, comme toutes les autres, ses saints : les longitudes et les latitudes, comme autant de points de repère sur une mappemonde qui est en train de livrer ses derniers secrets. Le périple de Phileas Fogg paraît en feuilleton dans *Le Temps* et rencontre auprès des lecteurs du journal un succès considérable. Le dénouement est un vrai coup de maître. Grâce aux observations de l'explorateur Dumont d'Urville, Verne sait que, en faisant le tour de la Terre à l'inverse du Soleil, on gagne une heure à chaque passage de fuseau horaire – trouvaille qui permet à son héros d'arriver une journée plus tôt que prévu et de remporter cette course fabuleuse. Le roman connaît un tel triomphe qu'il donne lieu aux premiers « produits dérivés » du genre : pièces de théâtre, jeu de l'oie, lanternes magiques. La fortune de l'auteur est faite.

Mais les succès de Jules Verne suscitent des jalousies. Il publie beaucoup, certains disent trop. De là à dire qu'il emploie des nègres, il n'y a qu'un pas : il est allègrement franchi par ses détracteurs. La vérité, c'est qu'il est un bourreau de travail. Il en plaisante lui-même. Sa fortune nouvelle lui a permis de s'offrir une maison à Amiens, ce qui lui fait dire : « Je suis une bête de Somme ! » Levé avant le jour, il passe la matinée à son bureau pour rédiger des dizaines de pages. L'après-midi est consacré à ce minutieux travail de documentation qui lui permet de décrire des pays où il n'est jamais allé, des machines qui n'ont pas encore été inventées.

Le romanesque, cruellement absent de cette existence dédiée à l'écriture, c'est dans la vie de son fils Michel qu'il faut le chercher. Ce garçon que Jules Verne n'a pas eu le temps de voir grandir se révèle, dès l'adolescence, un mauvais sujet. On a tout essayé avec lui : ni les institutions religieuses les plus strictes, ni même une pension

médicalisée réputée pour son traitement des maladies
de nerfs ne peuvent quoi que ce soit pour ce garçon
indocile. Ses parents envisagent en désespoir de cause
la maison de correction. Finalement, Jules Verne décide
d'éloigner son fils. En 1878, il le fait embarquer comme
homme d'équipage sur un navire en partance pour les
Indes. Il veut croire que l'air du large fera rentrer Michel
dans le rang. C'est cette année-là que Jules Verne publie
Un capitaine de quinze ans, roman où il s'invente un fils
selon ses désirs, vaillant, courageux, honnête – tout ce
que n'est pas Michel Verne. Le voyage n'a pas les effets
escomptés. À son retour, Michel reprend ses frasques,
accumule les dettes, fréquente de petites actrices aux
mœurs délurées. Jules Verne finit par chasser son fils de
chez lui et s'enferme un peu plus dans son travail pour
oublier cet échec. Lui qui avait créé dans sa jeunesse le
club des Onze-sans-femme, dont les membres faisaient
le serment de rester célibataires à vie, n'est pas fait pour
la vie de famille.

À sa mort en 1905, aucun représentant du gouvernement ne daignera honorer ses obsèques de sa présence.
Seul le Kaiser Guillaume II sait trouver les mots justes,
déclarant qu'il aurait suivi lui-même le convoi s'il avait pu,
tant la lecture des œuvres de Jules Verne avait enchanté
sa jeunesse. C'était le plus grand regret de Jules Verne
à la fin de sa vie : ne jamais avoir compté dans la littérature française. L'aventure, c'est pour les livres. Dans la
vraie vie, il est comme les autres. Bourgeois vieillissant,
maintes fois réélu au conseil municipal d'Amiens, Jules
Verne recherchait les honneurs. Quand sa candidature
à l'Académie française avait été rejetée, il avait mis des

jours à s'en remettre. Son vieil ami Alexandre Dumas lui répondait qu'il aurait dû être un auteur américain ou anglais, seul moyen de trouver sa vraie place dans le panthéon littéraire. Plus de cent ans après sa mort, la ferveur de ses lecteurs témoigne du contraire.

La vie vagabonde

Nicolas Bouvier

Juin 1953. Nicolas Bouvier et son ami Thierry Vernet ont entièrement démonté la Fiat Topolino de Nicolas. Ses parents lui ont offert cette voiture après qu'un grave accident à l'armée l'a condamné au fauteuil roulant pendant un an et demi. Rétabli, il a commencé des études de lettres et de droit et c'est grâce à cette voiture qu'il peut se rendre à l'Université. Dans le garage, la voiture ne ressemble plus à une voiture. Huit mille pièces, un immense mécano. Chacune d'entre elles est patiemment lavée à l'essence puis graissée. Ensuite, ils remontent les morceaux ensemble. À la fin de l'opération, la voiture n'a plus de secrets pour eux. Ils peuvent entreprendre le grand voyage vers l'Est auquel ils rêvent depuis longtemps. Un voyage sans esprit de retour, sans but, qui s'arrêtera Dieu sait où, peut-être en Californie. Ou bien avant, s'ils en ont assez. Nicolas a vingt-quatre ans, Thierry vingt-six. L'âge où il faut se décider à accomplir ses rêves.

Cette vie de nomade, Nicolas Bouvier en a eu la révélation à dix-huit ans, lors de son premier grand

voyage. En 1948, le jeune bachelier suisse est parti pour
la Finlande où personne, au lendemain de la guerre,
n'osait se rendre. D'Helsinki, il continue vers le Nord,
la région des lacs de Kupio puis la Laponie. Il sait que
les lynx et les loups qu'il lui arrive de croiser ne sont
pas dangereux parce qu'ils n'attaquent jamais l'homme
à cette saison. La neige fond, partout l'eau ruisselle,
Nicolas attrape à la main les truites dans les ruisseaux
pour se nourrir. Plusieurs jours passés à marcher derrière les troupeaux, sans rencontrer un être humain,
lui font comprendre que c'est pour cette vie-là, et pas
une autre, qu'il est fait. Comme les héros de ses lectures
enfantines, Mathias Sandorf, Phileas Fogg, le capitaine
Fracasse, il veut partir à la découverte du monde. Lui
qui dévorait les atlas à plat ventre sur le tapis de la bibliothèque veut explorer le globe. Il en est convaincu :
partout où vivent des hommes, des voyageurs peuvent
vivre aussi. Son père, qui n'a pas autant voyagé qu'il
l'aurait voulu, l'encourage. Et si Nicolas observe avec
tant d'acuité les pays qu'il traverse, c'est parce qu'il
veut les raconter à son père, dans de longues lettres très
détaillées. Sa nationalité, peut-être, explique son choix.
Comme tant d'autres Suisses, le jeune homme veut
aller voir ce qu'il y a « de l'autre côté des montagnes ».
« Nous avions deux ans devant nous et de l'argent pour
quatre mois. Le programme était vague, mais dans de
pareilles affaires, l'essentiel est de partir. »

L'Est, donc. À contre-courant de toutes les grandes
vagues migratoires qui, depuis la nuit des temps, ont
poussé les hommes vers l'Ouest, Bouvier et Vernet veulent partir vers l'Asie, mère de l'Europe – une mère

humiliée par les guerres coloniales. Pour eux qui considèrent que dans l'arbre généalogique des continents, l'Asie est la grand-mère, l'Europe est la fille et l'Amérique la petite-fille, c'est chez « les vieux » qu'il faut aller d'abord. Ivresse du départ. Il s'agit d'emprunter la route qui va de Belgrade à Kaboul. Les deux amis traversent la Yougoslavie, la Turquie, l'Iran et le Pakistan. Fil conducteur de ce périple, la musique à laquelle ils sont très sensibles depuis un précédent voyage qui les a conduits de la Bohème jusqu'aux rives du Bosphore. Comme les perles d'un rosaire, les Tziganes y égrenaient des mélodies inoubliables. Ils voudraient les entendre à nouveau, en découvrir d'autres. Au fil des jours, Thierry Vernet peint, Nicolas Bouvier prend des notes et envoie des articles réguliers aux quotidiens suisses. Cette activité suffit à lui faire gagner le peu d'argent nécessaire à la poursuite de son voyage. Les jeunes gens partagent la même conception de l'errance, en premier lieu le refus des itinéraires tracés d'avance, des prévisions, des horloges. Il faut faire confiance au hasard. Leur intention est de passer l'hiver 1953 à Téhéran. Mais à Tabriz, au début du mois de novembre, ils sont pris de surprise par la neige : en une nuit, il en est tombé plus de deux mètres. Plus moyen de s'échapper. Ils resteront bloqués dans cette ville assourdie de froid jusqu'en avril : hivernage aussi fabuleux qu'imprévu. Nicolas en profite pour mettre par écrit ses souvenirs des six premiers mois passés sur la route. Il perdra ces notes au Pakistan l'année suivante. Toutes ses fouilles dans la décharge de Quetta pour les retrouver seront vaines.

En route pour l'Est : Nicolas Bouvier a vingt-quatre ans,
Thierry Vernet vingt-six. Pas de risque qu'on les détrousse
sur la route : ils ne possèdent rien, à part leur précieuse Fiat.

Autre impératif : ne pas lire avant le voyage, mais après. Le nomade bardé de lectures condamne les portes de son imaginaire, saturé par avance d'obligations et d'attentes. Pas de liste de monuments à voir, ni de points de vue incontournables qu'il ne faudrait pas manquer. Ce sont les gens qui les intéressent, ceux que le hasard des rencontres met sur leur route. Le monde est une vaste ménagerie pour qui sait garder les yeux et le cœur ouverts. Nicolas Bouvier tient l'attention pour la plus haute des vertus intellectuelles. Inévitablement, le voyage se construit sur une dialectique en deux temps : d'abord, on s'attache, ensuite, on s'arrache. Tout cela avec lenteur, une lenteur revendiquée par les deux voyageurs qui se vantent d'aller, en plein XXᵉ siècle, plus lentement que les frères Polo ! C'est cette lenteur, cette patience, ce temps perdu qui justement leur permettent de capter ce que ne verront jamais les autres : les détails, les couleurs, les formes – l'infiniment petit. Ainsi s'édifie peu à peu une philosophie du voyage, tout à l'opposé de celle qui prévaut dans le tourisme de masse balbutiant de l'époque. Rien n'est plus étranger à eux que « l'homme pressé » cher à Paul Morand.

Sur leur route, ils croisent des gens admiratifs et envieux, parce que pour les Asiatiques, la vie nomade est en général liée à des pèlerinages religieux. Le voyageur est donc considéré comme particulièrement respectable. Le danger vient moins de la population que de policiers parfois un peu trop zélés. De toute façon, ils ne possèdent rien, à part leur précieuse Fiat, donc ils ne redoutent pas qu'on les détrousse. La plupart du temps, ils sont accueillis à bras ouverts par des inconnus qui les font aussitôt entrer chez eux et leur donnent à manger ce qu'ils ont de meilleur. Les deux amis prennent le geste pour ce qu'il est : un impressionnant hommage à la route. Cette route qui, pour pas très longtemps encore, est vide de tout étranger.

En décembre 1954, arrivés à Kaboul, les deux amis se séparent. Thierry Vernet doit rejoindre sa fiancée à Ceylan où ils doivent se marier. Nicolas Bouvier poursuit seul la route. Il franchit la frontière du Pakistan, césure de l'islam et de l'hindouisme. Il traverse avec émerveillement, en quatre mois, l'Inde. Il compte y préparer une thèse de Doctorat d'histoire sur la légèreté avec laquelle la France a perdu ses colonies : la Louisiane, le Canada et toute l'Inde du Sud. Mais quand il arrive à Pondichéry, la France vient de rétrocéder à l'Inde ses comptoirs côtiers. Toutes les archives qu'il comptait consulter sont reparties à Paris, au ministère de la Marine. Une fois de plus, il fait bonne figure. Il contemple les rayons vides avec indifférence, le voyage qu'il a fait pour les atteindre a suffi à le combler. La route l'appelle à nouveau. Partir, encore. Vers l'est, bien sûr. Il ne peut pas atteindre la Birmanie secouée par des troubles politiques. La Chine, qui était son but, est inaccessible. Il rejoint donc Vernet à Ceylan. « L'île du sourire » est en fait très inhospitalière. En cette période de mousson, le climat y est malsain, une chaleur moite rend toute activité vaine, la magie noire est couramment pratiquée. Sectes et bonzes démoniaques y distillent leurs redoutables poisons. La maladie rattrape le voyageur, le force à s'enliser sur cette île pendant neuf mois. Fiévreux, le corps secoué par la malaria et la jau-

nisse, il frôle la démence. Peu lui importe : la fatigue est
aussi un moyen de connaissance du monde. « J'ai laissé
en voyage toutes mes dents et la moitié de mes jambes »
dira celui pour qui renaître suppose d'être mort auparavant. Il faut accepter les épreuves. Percevoir la dimen-
sion spirituelle du monde est à ce prix. On ne se remet
jamais tout à fait d'une éducation calviniste. L'adulte
le pense encore, il n'y a pas de souffrance inutile. Des
années plus tard, il se libérera de cette expérience en
écrivant *Le Poisson-scorpion*.

Le 11 octobre 1955, il parvient à s'arracher de ce
cauchemar. Il embarque sur un bateau français des
Messageries Maritimes qui fait la liaison Colombo-
Yokohama. Toujours plus à l'est, comme il le sou-
haitait. Faute d'argent pour payer son billet, il est
plongeur en fond de cale. Les escales sont interminables – donc enchanteresses pour l'éternel vagabond.
À Saïgon, le bateau s'arrête pendant une semaine, ce
qui lui permet de découvrir l'Indochine juste après la
défaite de Diên Biên Phu. À Hong-Kong, à Manille,
à Singapour, c'est la même histoire. Le plaisir de
la découverte ne s'émousse pas. Nicolas en profite
pour apprendre des rudiments de japonais. À chaque
escale, il accompagne les matelots dans des bordels où
aucune maquerelle n'a de secret pour eux. Enfin c'est
le Japon, où il débarque à la fin du mois d'octobre.
Le pays qu'il découvre n'est pas encore l'univers frénétique et sans cesse plus occidentalisé qu'il va devenir
dans les années soixante. Les échoppes en plein air,
les petits temples bouddhistes, les fêtes villageoises, les
marchés de poissons, les concours du plus bel épou-

vantail ou du plus beau poireau existent encore, pour la plus grande joie du voyageur. Mais il faut subsister. Des journalistes s'intéressent à son expérience, car à l'époque, très peu de vagabonds dans son genre sont arrivés jusque-là. En deux ans et demi de voyage, Bouvier n'en a rencontré que trois ; mais ils ont considéré que les ashrams du sud de l'Inde constituaient le terme du périple. Les articles qu'il rédige pour des magazines japonais ne suffisent pas à le faire vivre. Certains jours, il a tellement faim qu'il doit traverser la rue pour ne pas passer devant un bistrot parce que l'odeur de la nourriture lui donne des crampes. Coup de chance : il a montré à des amis japonais des photos qu'il a prises dans le bazar de Tabriz, lors de son séjour forcé en Iran. Elles plaisent, on lui propose de les lui acheter, et même d'en faire d'autres. Les journaux, intéressés par le regard d'un jeune Occidental cultivé sur leur pays, lui demandent davantage de clichés. Il commence par photographier les petits commerçants de son quartier. Enfin, un journal lui commande un reportage sur l'ancienne route impériale qui relie Tokyo à Kyoto. Nicolas la parcourt à pied, en six semaines. Tout ce qu'il aime : la marche, qui suppose la lenteur, est le meilleur moyen de connaissance du monde. Il méprise ces touristes qui « digèrent en une journée une douzaine de temples et une ou deux résidences impériales sans même sentir leur estomac », ces Occidentaux qui dissimulent derrière leur appareil photo le profond mépris que leur inspirent les autochtones, ces autocars d'où sort un troupeau hébété qui vient s'agglutiner devant un paysage coché dans leur guide parce qu'il

« vaut le détour ». Lui vit au milieu des Japonais, partage leurs joies et leurs peines. Ses voisines, des prostituées, trouvant sa modeste chambre intenable en plein
été, lui proposent de venir travailler chez elles, sous le
ventilateur, à l'heure où elles ne reçoivent pas encore
de clients. Pour les remercier, il rédige des prospectus
destinés à attirer la clientèle étrangère. Rien de porno-
graphique, bien au contraire. Il se contente de célébrer
les mérites de telle jeune fille « qui sait cinquante chansons de pêche de la côte ouest » ou de telle autre qui
« a tellement de répartie que vous n'aurez jamais le dernier mot ».

Au bout d'un an, il faut penser au retour. Son dernier reportage lui a rapporté une somme rondelette,
mille dollars. Il a de quoi s'offrir son billet de retour
pour l'Europe. C'est comme passager, cette fois, qu'il
embarque sur un autre bateau des Messageries Maritimes, *Le Cambodge*. Mais le canal de Suez vient d'être
fermé, le paquebot doit contourner l'Afrique. Le voyage
dure deux mois et demi. Le 20 novembre 1956, le port
de Marseille est en vue. Nicolas Bouvier est parti depuis
plus de trois ans.

Après cette longue parenthèse nomade, la vie de
Nicolas Bouvier reprend un cours plus bourgeois. Il
se marie, s'établit à Coligny, dans la paisible banlieue
de Genève, effectue des travaux sporadiques pour
l'Organisation Mondiale de la Santé. Il ne sait pas faire
grand-chose, à part écrire. On l'engage pour rédiger
des synthèses de rapports scientifiques qui deviennent
des petits traités à l'usage des professionnels. On lui
demande ensuite de devenir « chercheur d'image » pour

une brochure sur les maladies oculaires. Repéré par un graphiste américain, il entame une carrière d'iconographe, à une époque où des milliers de documents attendent, dans les bibliothèques, d'être photographiés. Il s'adonne à cette collecte inépuisable et hétéroclite avec la même passion qu'il a mis à collectionner gens et paysages du bout du monde.

Mais tous ces métiers incertains sont autant de pis-aller. Dès son premier voyage d'adolescent, en Italie, son père lui avait imposé l'obligation d'en faire le récit écrit à son retour. Bouvier le sait : rien ne sert de voyager si l'on n'est pas capable de raconter ce qu'on a vu. Il écrit lentement, comme un artisan, cherche des heures le mot juste. Pour lui, l'écrivain est celui qui fait la poste entre les mots et les choses : en somme, celui qui « réunit deux partenaires qui ignoreraient leurs adresses respectives ». Et cela peut prendre du temps. À chaque fois qu'il a terminé un chapitre, il l'envoie à son père. Bel hommage du fils à son bibliothécaire de père. En 1963, il a enfin terminé de rédiger le récit de son voyage avec Thierry Vernet, dont les illustrations rythment le texte. Le manuscrit de *L'Usage du monde* est refusé par plusieurs éditeurs parisiens. Quand enfin il pense avoir finalement trouvé un éditeur, il va acheter une bouteille de champagne avant de se rendre avec Thierry Vernet à la signature du contrat. Mais il y découvre une clause dans laquelle l'éditeur se réserve le droit d'opérer des coupures dans le texte. C'est que seule la partie iranienne du récit l'intéresse. Indigné, Bouvier quitte la pièce… et va rendre son champagne à l'épicier. L'humiliation est telle qu'elle le prive de l'envie d'écrire à nouveau. Le livre sera finalement publié à compte d'auteur. Et finira par devenir un livre-culte pour tous ceux qui éprouvent la nostalgie d'une époque bénie où l'on pouvait partir pour le simple plaisir d'explorer la fraternité humaine.

Henry de Monfreid

1930. Un jeune journaliste du Matin *est chargé par son journal de faire monter les ventes avec un reportage exceptionnel. Depuis Albert Londres, on sait qu'une enquête sur un sujet inédit peut faire vendre cent mille exemplaires de plus. Or, on dit à ce journaliste qu'un trafic régulier d'esclaves s'effectue depuis l'Afrique noire jusqu'aux bords de la mer Rouge. On peut compter sur les doigts d'une main les Européens qui ont traversé ces contrées lointaines. C'est décidé, il fera ce reportage. Reste à trouver un guide sur place – un homme qui a la confiance des gens ou des tribus qu'il veut approcher. Tout naturellement, il s'adresse à celui qui est, dans ce pays, une légende vivante : Henry de Monfreid. Aventurier, pirate, contrebandier, sa légende court tout au long de la mer Rouge. Si la moitié de tout ce que l'on dit sur lui est vrai, c'est déjà un homme exceptionnel.*

Le journaliste s'appelle Joseph Kessel. Dieu sait que dans sa vie, il a déjà pas mal bourlingué, lui qui s'est rendu partout où il sentait que l'Histoire était en train de

Le seigneur de la mer Rouge sur son bateau.

basculer. Pourtant, ce que va lui raconter Henry de Monfreid, il ne l'a encore jamais entendu. Une vie d'aventurier comme peu avant lui ont eu l'audace de la vivre. À la fin de leur entretien, Kessel renonce à rédiger son article. « C'est à vous de raconter votre vie », lui dit-il, épaté par son interlocuteur. Écrivain ? Monfreid n'y avait pas encore songé. Mais il suit les conseils de Kessel. Deux ans plus tard paraissent *Les Secrets de la mer Rouge*, premier d'une série de soixante-dix ouvrages. Les romans d'aventures qu'il publie à partir de cette date vont faire sa fortune et sa gloire.

Comment est-il arrivé là, dans ce coin perdu au bout de l'Afrique, ce golfe d'Aden où Rimbaud, Victor Segalen, Pierre Loti, Albert Londres, Paul Nizan ont échoué avant lui ? Il n'y a pas de hasard, il n'y a que des rendez-vous. Le rendez-vous avec l'Afrique, c'est aux fameuses crues de la Seine qu'il le doit. À l'époque, Monfreid, après avoir échoué au concours d'entrée à l'École polytechnique et exercé divers petits métiers (courtier, chimiste, laitier en gros), dirige une ferme près de Melun. En janvier 1910, les pluies sont incessantes, partout le niveau de l'eau monte dangereusement. À Paris, le zouave du pont de l'Alma perd pied. Chez lui, toutes les vaches laitières sont noyées. Par surcroît de malchance, une mauvaise fièvre le cloue au lit de longues semaines. Où aller après un tel désastre ? Il a trente et un ans. L'Afrique s'offre à lui. Muni d'une vague recommandation auprès d'un homme d'affaires d'Abyssinie, il embarque sur un bateau des Messageries Maritimes. Djibouti, port de la mer Rouge, s'appelle à l'époque le Territoire français des Afars et des Issas.

En Abyssinie, Henry commence par des commerces sans histoire : il est négociant en café et en cuir. Rimbaud, lui aussi, avait exercé ce métier en arrivant à Aden. Très vite, révolté par le mode de vie colonial, il apprend la langue des indigènes. Surtout, il se convertit à l'islam, on le surnomme désormais « Abd-el-Haï », ce qui signifie « Esclave de Dieu ». Il pousse même le courage jusqu'à se faire circoncire, à plus de trente ans, avec un tesson de bouteille. Il porte un turban, apprend l'Arabe qu'il finit par parler aussi bien que les indigènes. Les traits aristocratiques, la fine moustache conquérante trahissent l'Européen mais, par tous, il est considéré comme un Arabe à part entière.

En mai 1913, Henry de Monfreid s'installe à Djibouti. Il décide de vivre en mer et de vivre de la mer. Il achète un boutre, puis plusieurs. Bateaux à voiles qui lui permettront d'acheminer çà et là toutes sortes de marchandises. Il se lance dans le commerce. Puisque par ici tout se vend et tout s'achète, autant voir grand. Plus c'est risqué, plus ça peut rapporter gros. Il transporte et vend des armes, des perles et du haschisch. Il connaît comme personne la Corne de l'Afrique, ses affaires sont donc florissantes. Ce n'est plus du commerce, c'est de la contrebande.

C'était compter sans un conflit mondial qui, dès l'été 1914, rend tout commerce plus difficile. En décembre 1914, une dénonciation le mène tout droit à la prison de Djibouti : on lui reproche son trafic d'armes et de nombreuses infractions au code des douanes. Libéré en mars 1915, il est chargé de mission contre les Turcs en mer Rouge. À lui seul, il leur reprend des îles, ce qui ne va pas sans fâcher le ministre des Colonies, Gaston Doumergue :

on lui avait demandé de les espionner, pas de s'emparer de leurs possessions. Mais il n'a pas pu résister.

Il profite de cette mission pour acheter du haschisch en Grèce. Force le blocus anglais en se livrant au transport de travailleurs vers le Yémen. Achète la marchandise à Bombay et la transporte en Égypte en passant par la mer Rouge. Se débrouille pour vendre ces douze tonnes de haschisch en Égypte à la barbe des Anglais, ce qui lui permet d'investir dans une minoterie puis dans une usine électrique en Éthiopie. Fonde dans le même temps et sa fortune, et sa légende. Son ordinaire est extraordinaire. Hergé ne s'y trompera pas, qui en fait le héros de *Coke en stock* et des *Cigares du Pharaon*, les célèbres albums de Tintin.

Donc tout se vend et tout s'achète : même les femmes qu'il cède pour une poignée de thalers, même les vies qu'il faut parfois supprimer sans hésiter quand c'est nécessaire. Henry confesse le meurtre d'un homme dans les années vingt, sans regret, comme le couronnement d'une existence aventureuse. Il bouge sans cesse, se revendique vagabond, tels ces peuples qui l'ont adopté comme un des leurs.

En 1926, il rencontre le père Teilhard de Chardin : leur amitié est immédiate et profonde bien que tout semble les séparer. Ils ont fait connaissance sur un navire qui reliait l'Extrême-Orient par Djibouti. Au bout du monde, ils sympathisent et parlent de Dieu. Sa conversion à l'islam ne l'empêche pas d'interroger sans fin le missionnaire sur les Évangiles.

Après la rencontre avec Kessel en 1930, il s'est mis à écrire des romans d'aventures. « Ce qu'on pourrait appeler mon œuvre littéraire n'est autre que le récit de ma vie. » En effet, il conte et raconte, dans la grande tradition orale arabe, une histoire qui est la sienne, met en scène des héros qui lui ressemblent trait pour trait. Sa vie est si riche qu'il n'a pas besoin d'inventer. Dans l'entre-deux-guerres, ces romans connaîtront un succès considérable auprès des lecteurs. Sa légende a dépassé la Corne de l'Afrique.

Il se passionne aussi pour la politique. À ses risques et périls. Quand il dénonce les visées de Hailé Sélassié, l'empereur d'Éthiopie, sur Djibouti et le Yémen, ce dernier tente de l'empoisonner. Pendant une audience, avec une tasse de café. Mais le négus a eu la main trop lourde, Henry vomit le breuvage. Il est sauvé. Cet homme est d'airain. Après cet incident, il est interdit de séjour en Éthiopie, qu'il aimait par-dessus tout. Il y reviendra en 1936 avec l'armée italienne. Sa sympathie pour Mussolini, qui lui sera reprochée plus tard, ne traduit aucune conviction politique ; elle résulte seulement de son aversion pour le négus. Choix politique dangereux. En temps de guerre, on a tôt fait de coller une étiquette aux combattants. Quand les Britanniques libèrent l'Éthiopie, ils capturent Monfreid et le déportent au Kenya où il est assigné à résidence.

Privé de ses commerces coutumiers, il va inonder la bonne société britannique de ses aquarelles avant de leur infliger ses camemberts – souvenir de la ferme des Trois Moulins d'autrefois, dans la lointaine France. Car cet homme aux dons sans nombre aime beaucoup dessiner. Réminiscence d'une enfance passée dans une famille bohème : son père était le meilleur ami de Gauguin, a fréquenté Matisse et Maillol. Henry a côtoyé tant de peintres dans sa jeunesse qu'il a appris tout seul à se servir d'un crayon et d'un pinceau.

En 1947, âgé de soixante-huit ans, il rentre définitivement en France. Dans son appartement de la rue Erlanger, il continue à porter son célèbre turban, fume trois pipes d'opium chaque jour, davantage s'il a des visiteurs. Il en fournit à prix d'ami à ceux qui le lui demandent : Cocteau, Montherlant, Pagnol viennent régulièrement. Monfreid n'a-t-il pas publié en 1937 un livre qui s'intitulait *La Croisière du haschisch* ? Kessel revient parfois le voir, mais se plaint de la mauvaise qualité de son opium. Tout finit par se savoir : à l'âge respectable de soixante-douze ans, Monfreid s'offre le luxe d'avoir des démêlés avec la justice française pour « usage de stupéfiants ».

Sa réputation est immense, à présent. Le général de Gaulle lui écrit pour lui dire son admiration. On le réclame pour des conférences, on fait longtemps la queue pour obtenir une dédicace de lui. Il présente sa candidature à l'Académie française mais subit un échec cuisant. Le prince des baroudeurs a fait peur aux immortels. À la réflexion, sa tentative d'entrer Quai Conti déroute de la part d'un homme qui a exercé tous les métiers, y compris les moins respectables, un homme si peu fait pour les honneurs officiels.

Il faut croire que l'opium conserve. Il meurt en 1974, à l'âge de quatre-vingt-quinze ans, laissant derrière lui le sillage inoubliable du plus grand aventurier de ce siècle qui s'achève.

Romain Gary et sa femme, Jean Seberg, à Nice.

Romain Gary

*La France est plus qu'un pays. Pour beaucoup d'étrangers,
c'est un rêve. Celui d'un pays civilisé qui a fait partager
au monde ses héros et ses idées. Arsène Lupin et les trois
Mousquetaires, Jean Valjean et Fabrice del Dongo, Voltaire et Rousseau ont donné à leurs admirateurs une vision
floue et exaltante de leur pays. Plus l'histoire du monde
s'acharne à les ostraciser, plus ces amoureux des livres idéa-
liseront le pays des droits de l'homme. Pour le petit Juif
polonais qui ne s'appelle pas encore Romain Gary, l'horizon lointain, c'est ce pays bavard et passionné qui s'appelle
la France.*

1921. À Wilno, au bout du monde. La Première Guerre
mondiale a fait de cette ancienne capitale de la Lituanie
une ville polonaise. Au gré des traités, la région a changé
de gouvernement sans jamais changer d'âme. La nationalité y compte moins que l'appartenance religieuse : c'est
dans le quartier juif que Romain Kacew grandit. Il a sept
ans. Sa mère, Mina, est modiste. L'héroïne inoubliable
de *La Promesse de l'aube* fabrique des chapeaux pour

la bonne société. Pour mieux les vendre, Mina coud
sur ses créations des étiquettes sur lesquelles on peut
lire « Paul Poiret ». La clientèle s'arrache ces créations
qu'elle pense arrivées tout droit de Paris. N'a-t-elle pas
appelé son magasin la « Maison Nouvelle, grand salon de
haute couture parisienne » ? Encouragée par ce succès,
Mina, qui aurait été comédienne autrefois, va encore
plus loin. Elle annonce l'inauguration de sa nouvelle bou-
tique par Paul Poiret lui-même. Bien sûr, il ne viendra
jamais, puisqu'il ne sait même pas qu'elle existe. Le jour
dit, c'est un de ses amis, comédien sans talent et sans avenir, qui tient le rôle du couturier français pour une foule
émoustillée par la présence à Wilno d'un si célèbre personnage. L'histoire est belle, si elle n'est pas forcément
exacte. L'épisode tragi-comique n'a sans doute jamais eu
lieu. Mina était simple couturière dans l'atelier de four-
reur de son oncle et de son grand-père. Paul Poiret ne
peut pas avoir fait partie de son univers, ne serait-ce que
sur des étiquettes.

Si Romain Gary a pris des libertés de romancier avec
sa biographie, il n'a pas inventé en revanche l'amour
maternel absolu que lui voue, depuis toujours, cette mère
comme aucune autre. Pour son fils, elle veut le meilleur.
Lui fait donner des leçons d'équitation, d'escrime, de
tir, de maintien. À ce fils unique qui incarne tous ses
espoirs, elle promet la gloire, la Légion d'honneur, le
prix Nobel et…. comble du chic pour la petite couturière, un tailleur anglais. Amour infini, sans retenue, sans
mesure. De celui que l'on cherche à retrouver toute sa
vie sans jamais y parvenir. De celui qui, parfois, vous fait
monter le rouge au front de honte, quand la mère flam-

boyante insulte ses voisins de palier en leur annonçant le brillant destin auquel est promis son fils.

Cet amour maternel sans limites cherche à déceler les talents de son fils. Où donnera-t-il sa mesure ? La danse ? Alors il sera Nijinsky, pas moins. Mais les danseurs ont rarement de goût pour les femmes. Mina rejette l'idée. Un grand homme est nécessairement un homme à femmes. Les leçons de chant sont vite abandonnées, l'enfant est dépourvu d'oreille. Les cours de dessin ne sont pas plus convaincants. Reste la littérature, domaine exclusif des ratés en tous genres. Romain sera écrivain, c'est décidé. Mais pas n'importe lequel : d'Annunzio, Ibsen ou rien.

Mina n'a surtout qu'une idée : Romain sera ambassadeur de France. La France, sa seconde passion après son fils. Elle aime ce pays comme seuls les étrangers savent l'aimer : à la folie. La France, cet horizon lointain et mythique des Juifs polonais mis au ban de la bonne société dans un pays très catholique. La France, celle de d'Artagnan, celle de Victor Hugo, celle des droits de l'homme et celle de Voltaire. Mais pas celle de Guy de Maupassant, qui a eu le mauvais goût de mourir de la syphilis. Le pays des Lumières est ce paradis terrestre qui leur fera oublier leur condition de juifs ostracisés. Le capitaine Dreyfus a été innocenté, puis réhabilité. Là-bas, tout est donc possible pour eux. Dès son plus jeune âge, Mina inculque à son fils l'amour de ce pays où, c'est sûr, ils feront fortune. Elle en a une vision floue, issue des romans russes du XIXe siècle, dans lesquels le héros porte nécessairement un uniforme chamarré. Voilà pourquoi elle préfère que son fils soit ambassadeur plutôt que président de la République. C'est cette même France qu'aimera d'amour un autre petit garçon juif ostracisé au début du XXe siècle ; Albert Cohen exprimera avec des mots différents une passion identique pour un pays idéalisé grâce à sa littérature.

Plus tard, Romain Gary dira que la seule personne qu'il avait entendu parler avec un tel accent de la France, c'était le général de Gaulle.

Le projet de Mina prendra forme quand son mari la quitte. Ce père lointain, qui mourra fusillé pendant la seconde guerre mondiale, a pris femme ailleurs. Romain a douze ans. Il faut survivre. Les chapeaux que Mina fabrique se vendent mal et ne suffisent pas à payer le loyer. Ils déménagent à Varsovie, vivent d'expédients dans des chambres meublées, en attendant le visa pour la France. Mina achète des dents dont elle extraie l'or ou le platine. Cela ne permet pas de financer les études qu'elle voudrait pour son fils. Le lycée français est trop cher pour elle, il faut se contenter de leçons particulières avec un professeur. L'enfant déteste cette école polonaise où il se fait traiter de « youpin » dans la cour de récréation. Seule la France pourra effacer ces humiliations. C'est dans ce pays éclairé que Romain pourra devenir le grand homme qu'il doit être. C'est là que Mina veut aller vivre.

En 1926, les voici à Nice. La Méditerranée leur fera oublier l'horreur des pogroms. Pour obtenir le précieux visa, en ces temps où la France accueille avec parcimonie ses migrants, Mina a dû mentir. Munie de fausses attestations, elle s'est inventé des revenus réguliers, des comptes en banque imaginaires. Là encore, Mina doit assurer leur subsistance. Elle a mis tous ses espoirs

dans une vieille argenterie impériale qu'elle a apportée
de Pologne et qui doit assurer leur prospérité pendant
plusieurs années. Hélas, rien de ce qu'elle avait prévu
n'arrive. Dans tous les magasins où elle se présente, on
lui propose un prix ridicule pour ses trésors. Le spectre
de la misère se profile à nouveau devant leur horizon.
Mais ses démarches ne sont pas vaines : un commerçant
a été frappé par le bagout de Mina, par l'énergie qu'elle
mettait à tenter de vendre son samovar et ses petites cuil-
lers. Il l'embauche pour vendre des bijoux. Il faut mentir,
et c'est justement ce qu'elle fait le mieux. Se présentant
comme une aristocrate ruinée, elle déclare vendre ses
derniers bijoux de famille, ce qui est pour elle, on s'en
doute, un déchirement. Elle verse quelques larmes, jette
des regards éperdus de tendresse aux bagues et bracelets
sortis de son sac à main. Elle est très convaincante. Si elle
n'a pas eu le passé de comédienne qu'elle raconte, elle
est en tout cas devenue une grande actrice. Les touristes
anglais de l'hôtel Martinez se laissent prendre. Une fois
les bijoux vendus, Mina empoche dix pour cent du prix
de la vente. Dans cette ville de Nice remplie d'étrangers,
ce petit commerce devient très vite florissant. Si bien
qu'elle étend ses activités, fait l'intermédiaire dans la
vente de terrains et d'appartement, prend même une par-
ticipation dans un taxi. Vendre est une seconde nature
chez elle.

La crise de 1929 vient mettre à mal ces affaires. De
nouveau, c'est l'angoisse du lendemain. Mina transforme
l'appartement en chenil pour prendre en pension des
chiens, des chats et des oiseaux, se découvre des dons de
voyante pour lire les lignes de la main, assume la gérance

d'un immeuble. Le soir, sur la promenade des Anglais, la mère et le fils vont écouter l'orchestre tzigane qui joue devant le Royal Palace en restant debout sur le trottoir, ils n'ont pas les moyens de prendre une consommation sur la terrasse. En guise de dîner, Mina a enveloppé des concombres salés et du pain noir dans du papier journal. Ils louent deux chaises municipales sur la promenade et mangent en silence. Les jours où elle ne sait pas comment elle trouvera l'argent du loyer, elle fume encore plus que d'habitude. C'est son énergie qui, une fois encore, la sauve. D'abord, on lui adjoint un authentique grand-duc russe pour vendre les fameux « bijoux de famille » aux riches étrangers qui séjournent sur la Côte d'Azur. Évidemment, c'est un débutant dans le métier. Il se révèle un piètre vendeur lorsqu'il s'agit de convaincre les acheteurs. Mais Mina est flattée par l'arbre généalogique prestigieux de ce stagiaire. Elle l'enjolive encore quand il s'agit de le présenter aux clients : les liens de parenté avec le tsar, avec la cour d'Angleterre, avec le Gotha – rien ne leur est épargné. À la fin de l'entrevue, étourdis par cette débauche de particules et d'altesses sérénissimes, les clients concluent presque toujours le marché. Mina triomphe, comme d'habitude. Et puis, alors qu'elle joue les intermédiaires dans la vente d'un immeuble de sept étages, l'acheteur est à ce point frappé par son charisme qu'il lui propose la gérance du bâtiment. Elle lui suggère de le transformer en hôtel-restaurant. La voilà directrice de la pension Mermonts. Elle n'y connaît rien, peu importe. En quelques semaines, elle apprend son nouveau métier. Elle règne avec autorité sur les trente-six chambres habitées par des étrangers qui viennent goûter aux charmes de la Côte d'Azur. Son fils y occupe, évidemment, la meilleure chambre.

Sans perdre de vue ses ambitions immenses pour Romain : le bachot, la naturalisation, une licence en droit, les sciences politiques et enfin l'entrée dans le corps diplomatique. Ambassadeur de France, elle n'en démord toujours pas. Entre-temps, il aura fait son service militaire, cela va de soi. Quand, dans ces années trente où rôdent en Europe les fantômes du nationalisme, on la traite de « sale étrangère » dans les allées du marché de Nice, elle répond tout à trac : « Mon fils est officier de réserve et il vous dit merde ! ». La mère aimante ne fait plus la différence entre présent et futur. Ce qu'elle veut pour son fils, il faudra qu'il le fasse. Ce n'est qu'une question de temps. Prodigieuse volonté d'intégration d'étrangers qui désirent à tout prix oublier les persécutions subies dans leur pays d'origine. À l'école laïque et républicaine, Romain échappe enfin à sa condition de juif dans un pays antisémite. Ses notes sont excellentes. Il lit tout ce qui lui tombe sous la main. Mais la route est longue pour ce jeune homme accablé par l'ambition maternelle. Quand il découvre que sa mère est diabétique, il panique à l'idée qu'elle n'aura pas le temps d'assister à l'ascension de son fils. Il faut que la gloire arrive plus tôt. Car il le sait, seule la légende de son avenir la maintient, jour après jour, en vie. Terrifiante responsabilité. La seule solution, c'est de se faire un nom en littérature. Il se met à écrire, des contes, des poèmes. Romain Kacew se cherche un pseudonyme. Un grand écrivain français ne peut pas porter un nom russe. Lucien Brûlard ? François Mermont ? De toute façon, un nom sans particule, conseille Mina, on

Romain Gary et sa mère, l'inoubliable héroïne
de *La Promesse de l'aube*.

ne sait jamais : en France, une révolution est toujours à craindre. Rien n'y fait, ses manuscrits sont invariablement refusés par les éditeurs.

Son bachot en poche, Romain quitte Mina pour la première fois. Il s'est inscrit à la faculté de droit d'Aix-en-Provence. Pour la mère, c'est un arrachement. Pendant les cinq heures du trajet entre Nice et Marseille, elle pleure sans arrêt. Mais la gloire de Romain est à ce prix. On ne devient pas ambassadeur de France en restant à Nice. Bien vu. On le fêtera comme on le fait pour les grands écrivains. Et il se paiera le luxe d'avoir deux fois le Goncourt : sous son nom, puis sous celui d'Émile Ajar. Toujours ce goût de l'imposture, chez le fils comme chez la mère.

Juin 1944. Au terme d'une guerre brillante, Romain s'apprête à retrouver Mina à Nice. Il est devenu ce qu'elle voulait qu'il soit : un héros. Il est maintenant compagnon de la Libération. Il s'apprête à publier *Éducation européenne*. Pendant la guerre, il a reçu de sa mère des lettres régulières. Certaines font des allusions étranges à une faute qu'il faudra que le fils lui pardonne. Il soupçonne un remariage secret. À plus de soixante ans, quelle drôle d'idée. C'est en arrivant à la pension Mermonts qu'il apprend la vérité. Là, personne pour accueillir le jeune héros. Mina est morte de son cancer à l'estomac, en 1941. Cinq personnes seulement ont suivi son cercueil. Mais sachant qu'elle allait mourir, elle avait écrit deux cent cinquante lettres à son fils, chargeant une de ses amies de les poster régulièrement de Suisse. Pendant trois ans et demi, en Angleterre, en Afrique, Romain aura reçu ces lettres non datées qui continuent à proclamer l'inaltérable confiance maternelle. Amour maternel si grand qu'il refuse de s'arrêter avec la mort. Mina disparue, le cordon ombilical avait continué de fonctionner. C'est ainsi que s'achève *La Promesse de l'aube*, dans un hommage éploré à la mère éteinte. Là encore, Gary a construit de l'inventé, du romanesque, du tragique à partir d'un épisode exact. La vérité n'est pas moins belle ni moins émouvante. C'est lui, en fait, qui avait par avance rédigé des centaines de lettres non datées, au cas où il se serait fait tuer lors d'une mission dans le groupe Lorraine. Des lettres pour que Mina apprenne la vérité le plus tard possible. Des lettres pour lui dire, à son tour, l'immensité de son amour. Aucune femme par la suite, et Dieu sait qu'il en aura possédées, n'aura droit à un tel hommage. De cet amour-là, on ne se remet jamais. En poussant son dernier soupir, c'est sans doute à Mina que Romain Gary a pensé.

Le pays natal

Sur le paquebot *Le Porthos* des Messageries Maritimes :
retour vers la France en 1931.

Marguerite Duras

La source. Au sens propre. De l'œuvre comme du reste. Celle à laquelle il faut remonter pour parvenir à soi-même. Pour Marguerite Duras, cette source, c'est le delta du Mékong, la moiteur des rizières, le bruit assourdissant d'un poste colonial au début des années trente. Dans ce décor qui est celui de L'Amant, *toute sa vie est en germe.*

Elle s'appelle encore Marguerite Donnadieu. Quinze ans et demi, un corps mince, un visage de chat, des yeux immenses. L'enfance est toute proche encore. Sur sa tête, un feutre d'homme incongru. À ses pieds, des talons hauts en lamé or. Toute sa tenue dit déjà l'indifférence au qu'en-dira-t-on. Sa façon à elle de vouloir séduire. Elle prend le bac qui relie les deux rives du Mékong. C'est la fin des vacances scolaires, elle retourne à la pension Lyautey, à Saïgon, où elle habite. Elle connaît bien ce trajet, depuis son enfance même le passeur, la foule annamite bruyante, les animaux dans les cages. Elle est sans doute la seule Européenne de ce bac mais elle n'a jamais peur ; distraite, elle contemple le fleuve. Sa mère lui répète souvent que, jamais de sa vie, elle n'en verra de plus beau. Dans une limousine noire, un homme la regarde ; elle n'a pas besoin de se retourner pour sentir ce regard – et le désir qui l'accompagne. Il est chinois, sa famille est riche. Il rentre de Paris où il a étudié pendant trois ans. Tout les sépare et pourtant elle sait que quelque chose d'essentiel va se passer. À l'arrivée, elle accepte de monter dans la voiture, il l'emmène dans sa garçonnière.

En quelques heures, elle est devenue femme.

L'enfance asiatique. Confortable et coloniale, dans les toutes premières années. Le père de Marguerite, professeur de mathématiques, est nommé directeur de l'enseignement en Cochinchine : demeures de fonction à la splendeur désuète, jeux partagés avec les autres enfants de colons, Européens endimanchés posant en robe de soie et costume marin sur les clichés pris pour la famille restée au-delà des océans. La mère, elle, est institutrice dans les écoles indigènes. Mais tout bascule quand Émile Donnadieu meurt prématurément d'une dysenterie amibienne. Marguerite a quatre ans.

La mère est veuve, elle a trois enfants à élever. Elle vient d'une famille de fermiers du Nord de la France. Croit en peu de choses, si ce n'est à la valeur de la terre. Vingt années d'économies d'une vie de fonctionnaire sont englouties dans l'achat d'une concession au Cambodge. Mais ce qu'elle ignore, c'est qu'il faut soudoyer les agents du cadastre pour obtenir une terre cultivable. On lui vend donc une terre envahie par l'eau des marées six mois par an. Impossible d'y cultiver quoi que ce soit. Dès la première année, le désastre est avéré : le riz, semé et repiqué pendant trois mois, est englouti par le Pacifique. Sept années durant, elle recommencera la pathétique lutte contre les forces de la nature : mais les précieux barrages, édifiés à force de patience et de sacs de sable transportés, ne pourront rien contre les eaux. Madame Donnadieu, comprenant l'escroquerie dont elle a été victime, commence à manifester des accès de colère si violents qu'on la pense folle. Elle porte plainte, mais la corruption est à ce point généralisée que justice ne sera jamais rendue : des agents du cadastre à l'administrateur de la colonie, tout le monde touche des pots-de-vin. Cette histoire terrible, la jeune Marguerite Duras en fera la trame de son *Barrage contre le Pacifique*, premier d'une longue série de textes inspirés par son enfance asiatique.

La mère, enfermée dans son désespoir, oublie d'être maternelle. Les enfants sont livrés à eux-mêmes. Marguerite ne quitte plus son petit frère. Journées entières passées sur les terres du barrage, dans la forêt et sur les *racs*, ces petits torrents qui descendent vers la mer. Courses dans les rizières qui s'étendent à perte de vue. Plus personne pour leur ordonner de mettre des chaussures. Enfance en langue vietnamienne, loin de la colonie européenne. Ils sont chez eux dans ce pays. Ivresse de la liberté absolue. De ces enfances dont on ne se remet jamais vraiment.

Marguerite, dans ces années-là, se sent plus proche des Annamites que des Français ; ce n'est pas un hasard si le premier amant, réel ou imaginaire, est chinois. La jeune fille, quoique toujours première en français, déteste la France au point de recracher la viande rouge des steaks occidentaux quand sa mère lui en sert, attachée plus que tout au pays natal. « Un jour, j'ai *appris* que j'étais française », expliquera Marguerite Duras, des années plus tard. Stupéfiante découverte pour l'enfant du pays.

Il n'y a qu'à la regarder. Après toutes ces années passées en Indochine, elle ressemble tant aux Annamites ! Tout chez elle dit qu'elle est de ce pays, de la finesse des poignets à cette peau si douce, gorgée quotidiennement par l'eau de pluie que l'on garde sous ces latitudes pour le bain des femmes et des enfants, des soies des vêtements qui laissent le corps toujours libre d'aller à sa guise aux cheveux drus qu'elle a tant de mal à coiffer sous son feutre d'homme.

Un jour, elle a quinze ans. Et elle rencontre le Chinois.

La liaison qu'elle entame avec lui est d'abord une tentative d'échapper à cet univers familial étouffant : découvrir la jouissance que sa mère n'a jamais connue, obtenir de l'argent d'un amant qui provisoirement sort la famille de la misère où l'ont plongée les inondations répétées de leurs terres et les frasques du frère aîné opiomane, prendre sa revanche sur le manque d'amour d'une mère qui affichait une prédilection marquée et injuste pour le premier de ses enfants. C'est aussi et surtout la naissance d'une vocation : dès le début de son histoire, elle sait qu'il la lui faudra raconter un jour, qu'il importe moins de vivre que de fixer pour toujours la vie sur le papier de ces livres qui, eux au moins, ne finissent pas.

La jeune aguicheuse du bac découvre que son corps, comme celui des prostituées, peut rapporter de l'argent. Argent ô combien précieux dans cette famille ruinée, où les créanciers des fumeries d'opium dans lesquelles traîne le frère aîné s'invitent sans prévenir pour réclamer leur dû. Tous les soirs, l'amant l'attend dans sa limousine noire à la sortie du lycée français où elle étudie, puis l'emmène à Cholon, dans sa garçonnière. Là, la ville chinoise voisine de la capitale de l'Indochine française s'invite derrière les persiennes closes, dans le bruit de crécelle des vieux tramways où s'entassent des grappes d'enfants, des paniers d'osier pleins de volailles et de fruits. Après l'amour, ils s'en vont dîner dans les restaurants de Saïgon, au bord du Mékong, boivent des alcools forts pour oublier la moiteur des nuits indochinoises. Le matin, elle retourne au lycée : c'est la fraîcheur miraculeuse des rues après le passage des arroseuses municipales, c'est l'heure du jasmin qui inonde la ville de son odeur – écœurante pour certains colons au début de leur séjour, même s'ils la regrettent à la minute même de leur départ.

La mère suspecte la liaison de sa fille, la petite nie, s'ensuivent des scènes d'une grande violence où les coups pleuvent sous l'œil goguenard du frère aîné. La mère redevient mère pour déplorer la réputation saccagée de sa fille, le discrédit éternel porté sur une adolescente dans ces colonies où l'ouverture d'esprit n'est pas plus grande que dans une ville de province de la lointaine France : « Tu sais que tu ne pourras plus jamais te marier ici à la colonie ? Je hausse les épaules, je ris. Je dis : je peux me marier partout, quand je veux. Ma mère fait signe que non. Non. Elle dit : ici tout se sait, ici tu ne pourras plus. » La jeune fille comprend que ses camarades de classe ne sont plus autorisées à lui parler. Heu-

reusement que sa mère, directrice de l'école des filles
de Sadec, a l'estime de ses collègues du lycée français. Le
renvoi de la pension où elle ne dort plus guère est évité
de justesse. Personne n'oserait s'en prendre à la fille
d'une institutrice qui n'a jamais laissé partir un enfant
sans qu'il sache lire, écrire et compter – parce qu'elle
tient à ce que ces enfants modestes, le jour venu, soient
capables de lire un contrat de travail. L'esprit colonial ne
souffle pas chez les Donnadieu.

L'opprobre s'étend au cercle familial : elle apprend
que ses tantes de France ne veulent plus que leurs filles
la voient, à cause de sa conduite scandaleuse. Du coup,
la mère part seule pour l'Europe lors des vacances,
munie d'un touchant viatique : des dizaines de photographies qui montreront à la famille à quoi ressemblent
les enfants.

La jeune fille ne pourra jamais épouser l'amant chinois, elle le sait et lui aussi : le père, comme le veut la
coutume chinoise, a choisi une fiancée depuis dix ans
déjà, et il ne changera pas d'avis. Celle-ci vient d'une
famille qui possède une fortune égale à la leur. L'endo-
gamie est de tout temps et de tous les pays. Mais seul le
retour en France de la jeune fille peut signifier la fin de
cette liaison. Voici qu'il s'annonce, justement. Le jour
de son départ, l'amant s'est déplacé jusqu'au port, elle
l'observe depuis le bastingage, comme un clin d'œil à
leur première rencontre sur le bac. C'est encore l'époque
des paquebots de ligne, sortes de villes miniatures aux
armes des Messageries Maritimes, atlantides peuplées de
bibliothèques, de salons, de rencontres, d'amants et de
mariages, vaisseaux fabuleux qui mettaient vingt-quatre

jours pour gagner l'Europe, en passant par la mer de
Chine, la mer Rouge, l'océan Indien, le canal de Suez
et enfin la Méditerranée. Déchirante séparation avec la
terre d'enfance. Qui aime les départs aime les voyages ;
et Marguerite Duras regrettera toute sa vie que les lignes
d'avion (instituées dans les années trente, justement à
l'époque où elle retourne pour de bon en Europe) aient
progressivement privé l'humanité des voyages à travers
les mers.

Rentrée à Paris, Marguerite Donnadieu poursuit sans
conviction des études de droit et de mathématiques. Sa
mère est repartie pour Saïgon, elle lui manque. Impossible
de la quitter, comme cette terre d'Asie fichée en elle. Elle
a dix-huit ans tout juste. L'Indochine est loin, enfouie
dans cette mystérieuse chambre noire des écrivains où
s'entassent les sédiments de la mémoire. L'Asie devient
le lieu mythique et secret dont elle ne veut plus parler,
comme s'il lui était trop douloureux. Elle veut recommen-
cer une autre histoire, elle espère qu'elle pourra oublier
l'enfance annamite. D'ailleurs, elle travaille au ministère des Colonies, elle qui fut si proche des indigènes le
temps de son enfance ! Elle épouse Robert Antelme, et
la mère veut croire que les chaînes conjugales finissent
par avoir raison des rébellions, même les plus intenses.

Quand la guerre éclate, elle entre dans un réseau
de résistance et adhère au parti communiste. Elle veut
écrire et continue à accumuler les matériaux de sa future
œuvre. Le petit frère tant aimé meurt d'une mauvaise
bronchite en trois jours, en 1942 ; la même année, elle
perd l'enfant qu'elle attend de Robert Antelme. Elle
entame une liaison avec Dionys Mascolo, un lecteur des

La ville de Saïgon, en Cochinchine.
C'est là que Marguerite est pensionnaire.

éditions Gallimard. La liberté de ton et de mœurs de Marguerite Duras choque, au même titre que ses opinions politiques. Un étrange ménage à trois se met en place rue Saint-Benoît.

Mais le réseau de résistance dont elle fait partie est dénoncé. Le 1er juin 1944, Robert Antelme est déporté à Dachau, tandis que Marguerite parvient à s'échapper. Elle retrouvera sa trace en 1945, grâce à l'aide de « Morland », *alias* François Mitterrand. L'homme qui revient des camps de la mort ne ressemble plus à un homme et pourtant, écrira-t-il dans un bouleversant témoignage, il fait encore partie de « l'espèce humaine ». C'est bien plus tard que Marguerite racontera, dans *La Douleur*, l'épisode (inventé ou non) de la vengeance à l'encontre du collaborateur qui avait dénoncé leur réseau. En 1948, c'est de son amant, et non de son mari, qu'elle attend un fils ; Jean Mascolo sera son unique enfant.

La fin de l'Indochine coloniale, dans les années cinquante, signifie le retour de la mère en France. Depuis qu'elle a créé un collège de jeunes filles à Saïgon, elle a retrouvé une relative aisance. Elle achète un château à Amboise pour son fils, qui s'empresse de le jouer au poker. Marguerite l'accueille dans son appartement de la rue Saint-Benoît et c'est soudain toute l'enfance qui surgit à nouveau, entre les murs de Saint-Germain-des-Prés ; de cette confrontation avec le passé naîtra l'œuvre depuis si longtemps en germe, le roman sur l'Indochine retrouvée et le combat perdu de la « trimardeuse des rizières » face à une administration corrompue. Le roman s'appellera *Barrage contre le Pacifique*. En 1950, il rate de peu le prix Goncourt.

Grâce au succès qu'elle rencontre, elle prend enfin confiance dans ses dons d'écrivain. Dès lors, elle publie régulièrement des romans et des pièces de théâtre ; son inspiration se rattache toujours à ce noyau qui la fonde, l'Indochine, la mère injuste, l'amour du petit frère, la parenté entre le désir amoureux et le jaillissement créateur. *Des journées entières dans les arbres*, par exemple, raconte l'inexplicable préférence de la mère pour le frère aîné, cette prédilection incompréhensible qui se manifestera jusque dans le testament maternel où la fille cadette se retrouve quasi déshéritée.

Parallèlement à cette œuvre romanesque, Marguerite Duras s'engage dans deux voies différentes : le journalisme et le cinéma. Pour les journaux, elle s'attache à écrire de petits tableaux de la vie de tous les jours, à traquer le fait divers qui dit mieux que tous les épisodes politiques les travers du monde. Quant aux films qu'elle réalise, ils portent la marque de son expérience révolutionnaire. Communiste avant tout, comme elle le proclame, elle méprise le cinéma commercial ; ses films sont produits dans des conditions spartiates et tournés dans l'urgence. En 1975, elle réalise son chef-d'œuvre : *India Song*. Elle en situe le décor dans un pays inconnu, qu'elle baptise « les Indes coloniales » : le travail de réminiscence de l'enfance indochinoise prend forme.

Avec les droits d'auteur de *Barrage contre le Pacifique*, elle s'est acheté une maison à Neauphle-le-Château. Là, elle laisse le tabac, l'alcool et la solitude envahir son existence. Le temps des passions sensuelles est terminé. Les photos de l'époque montrent un visage déformé par les litres de vin absorbés chaque jour ; elle est méconnaissable et n'en a cure, comme si ce physique usé jusqu'à la corde devait participer de sa légende.

Elle achète aussi un appartement dans l'ancien hôtel des Roches Noires, en face de la grande plage de Trouville. Elle aime à la folie cet endroit parce que, devant l'imposante façade, il n'y a que la mer. L'eau, encore et toujours. Les soirs de brouillard, elle peut entendre les cornes de brume qui enjoignent les bateaux de rentrer au port. Ces images en rappellent d'autres, celles des navires qui quittaient Saïgon, celles des marées du Pacifique recouvrant les terres du barrage. Là encore, tout contribue à raviver les souvenirs des jours originels qui se font plus vifs au fur et à mesure qu'elle avance en âge.

En quelques semaines, comme portée par l'urgence de libérer enfin cette part infiniment précieuse d'elle-même, elle rédige *L'Amant*. Le succès est foudroyant et la réconcilie avec un public qui l'a souvent raillée dans le passé. Elle obtient le prix Goncourt 1984. Le roman est traduit dans cinquante pays et devient le livre le plus vendu du siècle en France. Le public se passionne pour cette histoire qu'il veut croire autobiographique. Mais, sur ce point, Marguerite Duras entretient le doute : « Dans *L'Amant*, tout est vrai et tout est inventé », dira-t-elle. Pourtant, sept ans plus tard, elle publiera *L'Amant de la Chine du Nord*, qui, sur une trame romanesque identique, insiste sur l'amour incestueux de la jeune fille pour son jeune frère. Aucune gloire littéraire ne console de l'enfance.

Usée par l'alcool qui l'a déjà conduite jusqu'au coma, elle s'éteint en 1996, ayant publié un dernier livre au titre emblématique : *Écrire*.

Marguerite Duras n'est pas un écrivain qui a voyagé ; c'est un auteur dont la langue comme l'imaginaire se sont figés une fois pour toutes dans le pays d'enfance. Langue maternelle au sens propre : langue du pays de la mère, cette Marie Donnadieu aussi injuste qu'héroïque, à qui la jeune Marguerite promettait le soir, sur les terres du barrage : « Je serai un écrivain. » À la fin de sa vie, c'est son visage qui témoigne le mieux de cette appartenance irrémédiable à l'Indochine d'autrefois. Regardez-le : dans ces rides innombrables, dans ces yeux bridés, dans cet air d'Annamite qu'elle a pris au fil des ans, on décèle, malgré les traits abîmés par le grand âge, la parenté intime avec l'Asie de son enfance.

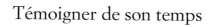

Témoigner de son temps

Un court répit entre deux missions pendant la bataille
de Terruel en décembre 1937 : André Malraux assoupi.

nel «

m·

André Malraux

Juillet 1936. Les troupes du Maroc espagnol, sous le commandement du général Franco, se soulèvent contre le gouvernement du Front populaire qui a remporté les élections cinq mois plus tôt. L'insurrection militaire touche très vite l'Espagne entière. C'est le début d'une guerre civile qui va durer trois ans. À Paris, André Malraux trépigne. Il est aux aguets, à l'affût de la moindre information. Son ami Édouard Corniglion-Molinier lui annonce qu'il prévoit de partir le 19 comme reporter du côté républicain. André n'a qu'une idée : partir aussi. Voilà un théâtre à sa mesure. Le temps de l'action est enfin venu. Son imagination épique s'embrase, c'est dans cette Espagne en feu qu'il faut être. Le 21 juillet, accompagné de son épouse Clara, il prend l'avion pour Madrid, avec l'intention proclamée d'en rapporter un compte rendu précis aux démocrates français. À cette date, personne ne sait au juste, en France, si la capitale espagnole est aux mains des républicains ou des rebelles.

Dans la chaleur torride de cet été 1936, Malraux sillonne les rues de Madrid puis de Barcelone, un frater-

alud ! » à la bouche, le poing levé en signe de rallie-
_.nt_ à la cause du gouvernement. Il interroge tous ceux
qu'il croise. Ses interlocuteurs sont unanimes : la principale faiblesse de la défense républicaine, c'est l'absence
d'aviation. La moitié des appareils dont disposait le commandant de l'armée de l'air était basée au Maroc ; ils
ont été saisis par les putschistes et leurs pilotes, fusillés.
Pour sauver Madrid, menacée par les nombreux blindés
de l'armée franquiste, une seule solution : constituer
une flotte aérienne capable de contrer leur avance. Au
début du mois d'août, Malraux rentre à Paris pour y qué-
mander des avions. Léon Blum, chef du gouvernement
depuis le mois de mai, est favorable à une aide déclarée
à ce gouvernement frère, mais il s'apprête à signer le
8 août un pacte de non-agression aux côtés de l'URSS,
de la Grande-Bretagne, de l'Allemagne nazie et de
l'Italie fasciste. Ces deux derniers pays le violeront plus
tard sans scrupule, en fournissant des avions aux troupes
de Franco. À Paris, Malraux se démène. Il faut faire passer le maximum d'appareils en Espagne avant le 8 août.
Grâce au ministre de l'Air Pierre Cot, il obtient une trentaine d'appareils, des Potez-540 et des Bloch-200, qui
sont acheminés vers Barajas, l'aérodrome de Madrid. Le
gouvernement français accepte de fermer les yeux.

L'action, enfin. Fini le temps des palabres, des allocu-
tions prononcées dans les congrès d'écrivains, comme à
Moscou en 1934, des meetings à la Mutualité où, sagement assis entre André Gide et Julien Benda, il soutenait
la cause communiste. « Compagnon de route », telle est
la formule consacrée. Les mots, c'est du passé. Malraux
a obtenu le droit de former et de commander une esca-

drille de combattants étrangers, baptisée, tout simplement, *España*. En guise de remerciement pour l'énergie qu'il vient de déployer, le gouvernement espagnol lui octroie le grade de colonel. Il y est sensible et n'hésite pas à en arborer les insignes. Étrange compagnonnage de la casquette plate et des galons dorés. Personne ne se soucie du fait qu'il n'a jamais piloté un avion de sa vie, ne connaît rien ni à la navigation ni aux bombardements, affiche une maladresse constante dans ses gestes. Jusqu'à l'uniforme militaire, qu'il porte d'une façon négligée, sans cette rigueur des militaires de carrière. Personne ne s'en soucie, parce que sa célébrité d'écrivain, ses innombrables relations et son courage physique en imposent à ses compagnons d'escadrille. Il n'hésite pas à s'envoler en qualité de chef de bord, avec une bravoure qui frise l'inconscience. Mais si les caractères sont vaillants, les appareils le sont moins. C'est une aviation de fortune, qui regroupe de vieux coucous souvent en panne et pas conçus pour la guerre, à tel point qu'il faut larguer les bombes par les hublots. Il n'y a jamais plus de neuf avions en état de marche, jamais plus de six appareils en vol à la fois. Malgré ces moyens dérisoires, cet amateurisme, cet enthousiasme inexpérimenté, la trentaine d'hommes menée par le colonel Malraux accomplit des exploits, comme celui de couper la colonne franquiste qui tente, depuis l'Andalousie, de faire la jonction avec les troupes basées en Galice.

À Madrid, les deux premiers mois, la petite bande s'installe à l'hôtel Florida. Il faut s'arrêter un instant sur cette étonnante tour de Babel où se retrouvent journalistes, aviateurs, écrivains et mercenaires en tout genre qui veulent participer au conflit. On y croise, à l'heure de l'apéritif, John Dos Passos, Ernest Hemingway, Pablo Neruda et même Saint-Exupéry, envoyé comme reporter en Espagne par *Paris-Soir*. Dans ce pays à feu et à sang se tient le salon littéraire le plus brillant de l'époque ! La vareuse négligemment jetée sur les épaules, un éternel mégot au bord des lèvres, Malraux parle jusqu'au milieu de la nuit. De tout et de rien. Cela s'appelle « refaire le monde ». Il le fait en français, parce qu'il ne possède pas d'autre langue. Devant un auditoire éberlué, il tient d'interminables palabres, s'exalte, décrit ses prochains faits d'armes. On ne le comprend pas toujours, mais on l'admire souvent. Seule Clara n'est pas dupe. Elle le connaît depuis trop longtemps. Pendant le mois d'août, elle a une aventure avec un pilote de l'escadrille, irrite André en circulant dans des voitures du Poum, l'organisation trotskiste haïe des communistes. La guerre d'Espagne a raison de ce ménage délabré. Clara rentre à Paris à la fin du mois d'août.

La prise de Tolède, en septembre, par des forces franquistes très organisées, contribue à rallier Malraux, pour un temps, aux sévères disciplines communistes. D'autant plus que Staline s'est enfin décidé à apporter son soutien au mouvement populaire espagnol. Le 7 octobre, le gouvernement soviétique annonce que, vu l'assistance militaire apportée par certains pays aux rebelles (il s'agit bien entendu de l'Allemagne et de l'Italie), l'accord de non-intervention est désormais caduc. L'escadrille *España* accueille alors de nouveaux éléments, des pilotes soviétiques qui viennent d'arriver d'URSS. Le 7 octobre, elle donne même un banquet pour célébrer le dix-neuvième anniversaire de la prise de pouvoir par les bolcheviks. Sur la plate-forme d'un camion acheté par l'Association des écrivains révolutionnaires, Louis Aragon et Elsa Triolet ont fait leur apparition sur la scène espagnole. Malraux, sarcastique, les observe haranguer les combattants au bord des routes.

À la mi-novembre, voici Malraux et les siens partis pour Albacete, une petite ville rose et sèche aux limites de la Manche et de l'Andalousie orientale. Son avantage ? Être assez proche de Carthagène pour que l'acheminement des volontaires et du matériel soviétique embarqués à Odessa prenne le moins de temps possible. Les volontaires continuent à arriver, par dizaines. André Malraux, dans son blouson à col de fourrure de l'armée de l'air espagnole, la cigarette fichée au coin de la bouche, doit gérer l'incorporation de ces nouveaux arrivants. Les « brigades internationales » sont en train de se constituer ; Malraux tient son escadrille soigneusement à l'écart. Ils font bande à part, dans cet hôtel Regina où ils se sont réfugiés, indifférents aux reproches dont les échos leur parviennent : indiscipline, pertes lourdes, activité inutile.

Début décembre, il faut que l'escadrille émigre à nouveau. Valence les accueille, Valence où se sont installés services gouvernementaux et représentations diplomatiques. Quand les palais officiels remplacent les terrains de combat, c'est que la fin approche. La fin du rêve, en tout cas. Inutile au combat républicain, l'escadrille préfère célébrer son entreprise de fraternité. Semaines d'amitié et de fraternité inoubliables. De celles dont le souvenir ne suffit pas à épuiser une vie. Symbole de cette entente admirable, le changement de nom de l'escadrille. Un beau jour, Malraux s'aperçoit que, sur le camion de ravitaillement, on a badigeonné en lettres énormes : « Escadrille André Malraux ». L'hommage le touche. André Malraux n'est jamais indifférent aux honneurs.

Juste avant Noël 1936, Malraux reçoit l'ordre d'attaquer la route de Saragosse avec au moins deux appareils. Le 26 décembre, le *coronel* prend place dans un avion qui doit se rendre à Teruel. Il y a là un terrain d'aviation ennemi à détruire. Hélas, peu après le décollage, l'avion tangue, puis capote. À l'atterrissage, il s'avère qu'il est fichu. Plus de peur que de mal, le colonel s'en tire avec quelques éraflures. L'autre appareil, qui a rempli sa mission et bombardé le camp camouflé, a malheureusement été abattu dans la Sierra. Son mitrailleur, Raymond Maréchal, est sérieusement blessé.

La fin de la guérilla (aérienne ou terrestre), la naissance d'une armée régulière, la mort ou l'indisponibilité de ses meilleurs compagnons, la destruction progressive de ces appareils qu'il avait fait venir de France, tout cela contribue, vers la fin février 1937, à mettre un terme à l'aventure unique de l'escadrille André Malraux. Dans le concert de reproches qui saluent cette initiative d'amateurs, difficile de savoir si, oui ou non, ils auront vraiment été utiles. Comme toujours, la vérité se situe dans un subtil entre-deux : « Nous avons au moins donné aux brigades internationales le temps d'arriver… », confiera Malraux à Roger Stéphane en 1967.

Ce qui ne signifie pas que la guerre d'Espagne est terminée pour André Malraux. Tout reste à faire, en particulier obtenir l'aide du monde libre. Dès son retour à Paris, en février 1937, il se dresse à la tribune de la Mutualité. Comme il est loin, le temps où, sagement assis entre ses compagnons de route et de rêve, il écoutait parler les autres ! Les mots ne lui manquent pas, ce soir-là, pour raconter ce qu'il a vu en Espagne, pour réclamer à un auditoire subjugué de l'argent et des hommes. Il y a urgence, répète-t-il. Une certaine bourgeoisie frileuse, de celle qui est abonnée à des quotidiens où le Front populaire est rebaptisé *Frente Crapular*, ne lui pardonnera pas ce combat. François Mauriac signe un article assassin sur ce Malraux dévoué à la cause de l'Espagne populaire. Le colonel s'en fiche : il a le sentiment d'avoir défendu des valeurs universelles. Jamais un quolibet n'entachera l'étendard de la liberté.

En mars 1937, André Malraux, promu ministre officieux de la Propagande et des Relations extérieures du gouvernement républicain, prend son bâton de pèlerin afin d'aller aux États-Unis récolter des fonds pour l'aide médicale espagnole. C'est le premier voyage qu'il fait avec Josette Clotis, sa nouvelle compagne depuis sa rupture avec Clara. Sa légende ressemble à celle d'Hemingway : celle de l'écrivain à la mitraillette. À New York, Philadelphie, Los Angeles, San Francisco, Toronto et Montréal, il donne des conférences enflammées où il alterne analyses politiques et récits des exploits des combattants républicains. Si son goût de la gloire s'en trouve comblé, son penchant pour toutes les formes de reconnaissance officielle est en revanche cruellement déçu : bien que l'on soit pendant les beaux jours du New Deal de Roosevelt, aucun dirigeant politique important

Toute la presse française se passionne pour la guerre d'Espagne :
à la une de *VU*, des enfants affamés à Madrid en novembre 1936.

ne daigne le recevoir à Washington. Pour oublier cette humiliation, il faut toute la générosité d'un vieil ouvrier canadien qui lui glisse dans la main sa montre en or – il n'a « rien de plus précieux à donner aux camarades espagnols ».

Dès son retour en France, au printemps 1937, il se met à rédiger *L'Espoir*, le grand roman inspiré de son expérience de la guerre d'Espagne dans lequel il montre combien sont incompatibles deux exigences humaines : celle de l'action et celle de la pureté. Le roman, écrit en six mois, est dévoilé dans le journal *Ce soir*, par larges fragments, dans le courant du mois de novembre. Le directeur de la publication, un certain Louis Aragon, en rédige la présentation. Prolongement insuffisant, pourtant. Dès le début 1938, Malraux s'attaque à la préparation d'un film sur la guerre d'Espagne. Il veut porter à l'écran le roman qui vient de paraître aux éditions Gallimard. L'indispensable ami, Édouard Corniglion-Molinier, en sera le producteur. Le temps presse. Le film se veut œuvre de propagande pour la cause républicaine. Dans Barcelone constamment harcelée par l'aviation italienne, un tournage impossible commence le 20 juillet 1938. Tournage impossible, parce que les innombrables alertes rendent les prises de son aléatoires. Au moins une fois par jour, le courant électrique est coupé, si bien qu'il faudra par la suite réenregistrer l'intégralité du film en France. Impossible encore, parce que les imprévus de la guerre civile rendent vaine la tenue d'un quelconque calendrier. Les dernières scènes seront tournées au studio de Joinville, les forces franquistes s'étant emparées de Barcelone. En juillet 1939, le film, intitulé *Sierra de*

Teruel, est enfin achevé. La sortie est prévue pour septembre mais la déclaration de guerre vient perturber
ce calendrier. La projection de ce film dit « révolutionnaire » est interdite par le gouvernement d'Édouard
Daladier, qui a bien vite oublié sa proximité avec
Malraux sur les estrades du Front populaire, trois ans
plus tôt. C'est grâce à une erreur que l'unique copie du
film ne sera pas détruite sous l'Occupation : étiquetée
sous le titre « Corniglion-Molinier », l'œuvre échappe
au bûcher. Le film sort enfin en salle en 1945. Il obtient
aussitôt le prix Louis-Delluc, qui récompense le film le
plus original de l'année. Il est gauche, discontinu, peut-
être démodé pour nos yeux contemporains. Et pourtant,
en dépit de toutes ses faiblesses, il dit combien sont atti-
rants les vertiges de l'« illusion lyrique ».

Ernest Hemingway

8 juillet 1918. Ernest ne savait pas qu'on mourait comme ça. Sans s'en apercevoir. D'abord une explosion. Impossible de distinguer quoi que ce soit, il est minuit passé. Sans doute un obus de mortier, propulsé depuis l'autre rive du fleuve. Et puis l'impression étrange de porter des bottes en caoutchouc remplies d'eau chaude. Pas de douleur, sur le coup. À côté de lui gisent trois Italiens, moins chanceux : ils ont les jambes arrachées. Plus loin, un cri, un blessé qui gémit en appelant au secours. Ne pas penser à soi. Il le hisse sur ses épaules et décide de l'évacuer vers l'arrière malgré le feu qui redouble. Il ne sent plus ses jambes, trébuche, perd connaissance, puis se relève et recommence à transporter ses camarades blessés. Tant que le dernier compagnon n'aura pas été mis à l'abri, il refuse d'être évacué. L'enfer, le vrai, commence plus tard, quand les médecins doivent retirer de ses jambes, un à un, deux cent vingt-sept morceaux de cette « saloperie métallique », comme il dit. La guerre d'Ernest Hemingway sur le front italien fut brève mais héroïque. Sa bravoure lui valut d'être décoré par le gouvernement italien de la médaille d'argent du Mérite. C'est exception-

Hemingway pêche le marlin en Floride.

nel pour un volontaire de la Croix-Rouge. Il a dix-neuf ans tout juste.

Moins d'un an plus tôt, en octobre 1917, le jeune Ernest, qui vient de terminer ses études secondaires, a essayé de s'enrôler dans l'armée de son pays. L'Amérique venait d'entrer en guerre et le timide reporter du *Kansas City Star* se disait que c'était là-bas, dans cette Europe en feu, qu'il fallait être. Hélas, un œil gauche défectueux lui ferme les portes de l'armée. Il ne se décourage pas. Il y a d'autres façons d'être envoyé au front. La Croix-Rouge, elle, est moins regardante sur l'état de santé de ses volontaires. Ernest est accepté dans le corps des ambulanciers. Arrivé sur le front italien, le gamin doit déchanter. On ne lui confie pas de missions héroïques. Il est chargé de distribuer des cigarettes et du chocolat dans les tranchées. L'action tant attendue n'est pas au rendez-vous. Ce lot de consolation ne le satisfait pas. Il réclame une autre affectation. On le nomme chauffeur d'ambulance près du lac de Garde. Ce n'est pas encore assez pour lui. Il se porte volontaire pour administrer la cantine de la Croix-Rouge sur le Piave inférieur, le fleuve le long duquel ont lieu les combats. C'est là qu'une nuit, sur un poste avancé d'observation, il est grièvement blessé dans une explosion.

Ernest est évacué le 17 juillet vers l'hôpital américain de Milan où il lui faudra trois mois pour réapprendre à marcher. Sur sa table de nuit, dans un bocal, la collection impressionnante d'éclats permet de faire l'économie, auprès des rares visiteurs, du récit des exploits passés. Il y a ajouté les médailles reçues en remerciement de sa bravoure, l'ensemble tinte joliment quand le malade veut tromper son ennui. Le gamin qui rougissait quand, dans les bordels pour officiers italiens, les filles de joie lui disaient bonjour, ce gamin-là tombe immédiatement amoureux de son infirmière de nuit. C'est une Américaine de vingt-six ans, Agnes von Kurowsky. Dans cette espèce de paradis privé, hors du monde, ils vivent une passion d'autant plus intense qu'elle doit rester secrète. Des épingles à cheveux oubliées sous l'oreiller d'Ernest et c'est la panique. Quelle catastrophe si la surveillante en chef découvrait l'affaire ! Il s'emballe comme on s'emballe à cet âge. Il veut l'épouser. Elle lui adresse une lettre de rupture : « Je suis et je serai toujours trop vieille, c'est la vérité et je ne peux me la cacher, tu es juste un enfant. » Pieux mensonge : en fait, elle a préféré céder aux avances d'un aristocrate italien. Chaque fois qu'il regardera la forêt de cicatrices que les obus ont laissée sur ses jambes, il pensera à elle. Il en fera un personnage de *L'Adieu aux armes*, ce qu'elle appréciera peu.

En janvier 1919, Hemingway rentre en Amérique. On l'accueille en héros. Chez lui, à Oak Park, dans la banlieue de Chicago, on salue ce premier Américain qui revient du front italien. Les premiers jours de liesse passés, la vie reprend son cours. Ernest a beaucoup de mal à se réadapter à la vie civile. D'ailleurs, il continue à porter son uniforme militaire alors que la guerre est terminée. Pendant un an, il vit de l'indemnité d'assurance que lui ont value ses blessures de guerre. Mais il ne va pas bien. Il ne se remet pas d'avoir côtoyé la mort de si près. Il ne trouve plus le sommeil. Pour occuper ses interminables nuits d'insomnie, il lit et il boit. De plus en plus, dans les deux cas. Il a des bombes dans la tête. Personne ne le comprend. Même pas sa famille. Il décide de fuir ce lieu où nul ne sait le réconforter.

Mais sa vocation est née. Il veut être écrivain. Les souffrances endurées en Italie n'auront pas été inutiles. « Il vous faut souffrir le martyre avant de pouvoir écrire sérieusement. » Il s'est marié, aussi – premier mariage d'une longue série, Ernest se lasse vite de ses épouses. On lui conseille d'aller à Paris, où se sont déjà installés plusieurs écrivains américains. Il réussit à se faire embaucher comme correspondant européen du *Toronto Star* et s'embarque avec sa jeune femme pour la France. Là, ils mènent une vie assez misérable, après avoir posé leur matelas dans un deux-pièces sans eau courante du Quartier latin. Un fils est né entre-temps. Le jeune père de famille n'a pas toujours de quoi faire manger sa famille, et se voit parfois obligé, dès que le gardien a le dos tourné, de tuer des pigeons dans le jardin du Luxembourg pour fournir le plat du dîner. Il a inventé vingt façons différentes de les accommoder pour varier les menus ! Parfois, des gains inespérés sur les champs de courses permettent d'améliorer l'ordinaire. Il boit, de plus en plus, élabore une géographie subtile et aimante des cafés parisiens où il se réfugie pour écrire. Gertrude Stein lui lance un jour : « Vous autres, jeunes gens qui avez fait la guerre, vous êtes tous une génération perdue. Vous ne respectez rien, vous vous tuez à boire. » Elle seule a compris que si la gaieté était à nouveau permise, elle n'effacerait pourtant jamais les images du front.

Vie de bohème magnifiée par la mémoire vingt ans après dans *Paris est une fête*, cette période est féconde

Ambulancier pour la Croix-Rouge italienne :
une expérience dont Ernest ne se remettra jamais.

sur le plan littéraire. L'alcool ne l'empêche pas de travailler. Un roman, enfin. En 1926, Hemingway publie *Le soleil se lève aussi*. Voilà le livre qu'il attendait, celui qui le porte enfin sur le devant de la scène littéraire. Du jour au lendemain, il devient célèbre. Il détrône même Francis Scott Fitzgerald, qui était alors le romancier le plus idolâtré de sa génération. Fini le temps des vaches maigres et des doigts gelés à force d'écrire dans des chambres de bonne dépourvues de chauffage. Son mariage ne résiste pas à ce spectaculaire coup du destin. Ernest a le cœur occupé ailleurs. En mai 1927, il est divorcé et déjà remarié. D'autant plus que le grand garçon timide est devenu un homme superbe, dont le charisme frappe tous ceux qui le rencontrent.

La page parisienne est tournée. Ernest et sa nouvelle femme Pauline s'installent à Key West, une petite île à l'extrême sud de la Floride. La publication de *L'Adieu aux armes* consacre définitivement la réputation de l'écrivain, mais c'est son style de vie qui donne naissance à sa légende. Tous ses après-midi, Hemingway les passe en mer à pêcher le gros. Il se fait photographier à côté de marlins géants, prend la pose avant l'heure du *Vieil Homme et la Mer*. Il s'achète un bateau de douze mètres, invente de nouvelles techniques au palan pour ferrer les thons et les espadons. Sa notoriété est telle qu'il fait école : la pêche au gros devient un sport à la mode. Quand Fitzgerald est tombé dans l'oubli et vit ses dernières années dans la solitude, Hemingway fonce sans réfléchir vers tous les spots qui se braquent sur lui. Un mythe est né, il l'entretient avec complaisance. Les lecteurs ne sont jamais rassasiés d'informations sur lui. Plus

on lui en demande, plus il en donne, avec une mégalo-
manie qui le pousse à découper tous les articles qui le
concernent. Ses compatriotes le surnomment « Papa », il
accepte cette reconnaissance aux accents paternels. Il est
devenu un écrivain professionnel, les magazines le paient
un dollar le mot pour un article, quel qu'en soit le sujet. Il
écrit et se regarde écrire, indifférent aux ravages que produit fatalement cette lumière sur sa vie privée. Déjà, son
cœur s'est mis à battre pour une, pour plusieurs autres
femmes. Cette force de la nature ne peut rester immobile.
Années heureuses, bouleversées par le suicide de son
père, en 1928, qui se donne la mort avec le fusil que son
propre père avait utilisé pendant la guerre de Sécession.

Bouger, encore. Aller vers le lieu de l'action, comme
à dix-huit ans quand il rageait de ne pas pouvoir être
engagé dans l'armée américaine. Justement, on est en
1936, l'Espagne est à feu et à sang. « Papa » devient correspondant de guerre. Nouveau paysage, nouvelle femme
comme d'habitude. Celle-là est journaliste, blonde, elle
a des jambes qui commencent aux épaules et un regard
à faire oublier tous les regards. Il la ramène en Amérique
dans ses bagages, puis s'installe avec elle dans une grande
maison de La Havane. L'expérience de la guerre civile
espagnole lui inspire *Pour qui sonne le glas*. Son énergie
ne faiblit jamais : il décide de monter un réseau d'espions
pour démasquer les sympathisants nazis à Cuba. Le FBI
s'inquiète de ces tentatives d'amateur et tente de le dis-
créditer. Mais Hemingway est une icône, rien ne peut
l'abîmer aux yeux des Américains.

Le goût de l'action, une nouvelle fois, le pousse à plier
bagage, direction l'Europe. À Londres, on l'autorise à

voler avec des pilotes de la RAF en mission. Il n'a pas changé : toujours ce besoin de participer à la guerre, où qu'elle ait lieu, toujours cette envie de renifler de tout près l'odeur de la poudre. Une fois en Normandie, il ôte son insigne de correspondant et s'autoproclame éclaireur de la troisième armée du général Patton : l'action vaut mieux que le commentaire de l'action. Une troupe de maquisards français l'accompagne, ce qui lui permet d'être armé, privilège interdit aux journalistes. Il délivre la ville de Rambouillet. Son rêve secret, c'est d'être le premier Américain à entrer dans la capitale. À défaut de libérer Paris, il doit se contenter de libérer le Ritz – ce qui n'est pas si mal. Quand il y parvient avec sa troupe hirsute, il y commande immédiatement cinquante Martini pour célébrer la victoire. C'est enfin la vie telle qu'il la rêve : sous les *sunlights* mais aussi dans le cours de l'Histoire. Dans la chambre 31, on trinque souvent, ces jours-là, à la joie de Papa d'avoir retrouvé la ville qu'il aime le plus au monde. Hôte mythique du palace, il peut briser un lavabo dans une crise de rage ou inonder sa chambre sans que la direction en prenne ombrage. Hélas, en octobre 1945, une cour martiale lui demande de rendre des comptes : de quel droit un correspondant de guerre a-t-il arraché son badge pour devenir colonel dans la Résistance ? Impossible de condamner ce mythe vivant. Hemingway échappe à la sentence mais ne coupe pas à l'humiliation de celui à qui on refuse ce dont il était le plus fier, ce après quoi il court depuis qu'il a dix-huit ans : son statut de soldat.

Retour à La Havane. Le litre de whisky quotidien fait momentanément oublier le camouflet subi à Paris. Trop gros, trop soûl, trop déprimé, l'écrivain ne peut plus écrire. La Seconde Guerre mondiale a réveillé le souvenir de la Première. Le prix Nobel de littérature, qu'il reçoit en 1954, ne le console pas : ce ne sont pas les vanités du monde qui permettent d'oublier les vraies désespérances. Ernest collectionne les nécrologies prématurées qui lui sont consacrées, imagine que bouger encore lui permettra d'accéder à la fontaine de jouvence. Lourde erreur : quitter La Havane en 1960, c'est être certain de n'y jamais revenir. Castro n'est pas un ennemi, mais Papa supporte mal l'antiaméricanisme qui suit la révolution. Dans sa maison de l'Idaho, il cultive la nostalgie des dernières années à Cuba où il avait tant d'amis. Le corps accuse le coup : diabète, insomnie, hypertension et impuissance. Le colosse est devenu maladivement fragile. Après une hospitalisation, il a perdu vingt-cinq kilos et a l'air d'un vieillard. La vie ne l'amuse plus. C'est finalement l'hérédité qui aura le dernier mot. Le 2 juillet 1961, Papa se tire une balle dans la tête, reproduisant la solution paternelle aux graves dépressions.

Joseph Kessel

13 mai 1948. La pluie et le vent qui balaient l'aéroport du Bourget ne parviennent pas à diminuer l'enthousiasme de Joseph Kessel quand il embarque, accompagné d'un photographe, pour l'État d'Israël sur le point de naître. La fin du mandat britannique a été fixée au lendemain, 14 mai. Pierre Lazareff, directeur de France Soir, *veut que les lecteurs du premier journal de France vivent heure par heure cette page de l'Histoire en train de se tourner. Qui mieux que Joseph Kessel peut se charger de traduire ces heures où une espérance millénaire va devenir réalité, tandis que les forces arabes menacent un État qui n'a pas encore vu le jour ? Lui seul est capable de faire grimper, sur son seul nom, les ventes du quotidien de plus de cent mille exemplaires. « Jef », comme on le surnomme, a tout de suite accepté ce contrat, lui qui est acquis à la cause du sionisme depuis 1926, grâce à son amitié avec Haïm Weizmann.*

Première étape : Nicosie. La Terre promise n'est qu'à une heure de vol, mais les communications sont coupées avec la Palestine. Impossible de savoir ce qui se passe

Réfugiés juifs arrivant à Haïfa en 1949. Kessel veut être
là où se tournent les pages de l'Histoire.

sur ce territoire ni les résultats d'un combat que livre un peuple encore dans les limbes contre des adversaires cinq fois plus nombreux. Même chez le chef de l'aéroport, la radio reste muette. Tant pis, l'Histoire n'attend pas : l'avion s'envole de nouveau. Tel-Aviv est en vue, mais Kessel insiste pour se poser à Haïfa. À Paris, il s'est vu refuser le visa britannique, or Haïfa sert de zone d'embarquement aux troupes anglaises. Il faut absolument atterrir à Haïfa, désormais contrôlée par les Juifs. Jef s'énerve, tempête, finit par convaincre le pilote en lâchant un argument imparable : quand on a attendu pendant deux mille ans, on peut prendre des libertés avec les ordres de la hiérarchie militaire. Le Beechcraft se pose donc sur l'aéroport d'Haïfa, cerné aussitôt par trois soldats en chemise et short kaki. Depuis quelques minutes à peine, les Anglais leur ont transmis le contrôle du terrain. Promus officiers des douanes, ces trois-là vont pour la première fois exercer leur métier. Kessel tend son passeport à l'un des trois garçons en short qui y appose, avec le recueillement qu'impose la situation, le visa numéro 1 de l'État d'Israël. « Qu'il vous porte chance », ajoute-t-il. Quelle aubaine pour le reporter ! L'État qui ne verra le jour que le lendemain lui a délivré le premier de ses visas. Comme toujours, Joseph Kessel a réussi à être présent là où l'Histoire basculait. Du douanier qu'il interroge sur la guerre, il reçoit cette réponse lapidaire : « Dépêchez-vous, c'est déjà commencé. »

C'est vingt-deux ans plus tôt qu'il a découvert et cette terre, et cette cause. Weizmann, qui avait repris le flambeau du sionisme mondial à la mort de Theodor Herzl, l'a entraîné en Palestine. À l'époque, Kessel est sceptique. Et même indifférent. Comme son père, il est agnostique. Il ne croit pas en l'avenir de cette chimère, de ce rêve de rescapés des pogroms russes. Un État d'Israël ? Quelle drôle d'idée ! Mieux vaut pour les Juifs essayer de s'intégrer dans leur pays d'accueil. S'il accepte l'invitation de Weizmann, c'est d'abord parce que le personnage l'intrigue, ensuite parce que cet éternel vagabond a réussi à négocier une série de six articles dans la région pour *Le Journal*, qui depuis peu avait supplanté *Le Matin* en termes de ventes. Rien qu'à Paris, plus d'un million d'exemplaires sont vendus chaque jour ! Et puis la proximité de la Syrie et du Liban, où la révolte commence à gronder contre le mandat français, n'est pas pour déplaire au journaliste qui se fait fort d'être présent sur tous les points chauds du globe. Pourtant, dès qu'il descend du navire *Le Champollion*, Kessel se laisse étreindre par l'émotion née du spectacle de ces pionniers en haillons, de ces rabbins égrenant les syllabes des paroles saintes, de ces populations pouilleuses habitées par la foi. Jaffa ! Jaffa dont Salomon avait fait le port de Jérusalem ! Là, il découvre l'Orient, sa saleté et son charme. Plus loin, à Tel-Aviv où Weizmann lui a conseillé de se rendre, il comprend la certitude passionnée que représente pour certains le rêve d'Israël. Juif, il est né. Au pied des dunes de sable où les colons tentent de faire surgir la nature, il s'en souvient. Pour toujours. La cause du sionisme est désormais la sienne. Le succès du reportage qu'il rapporte de son voyage est tel que sa notoriété devient l'égale de celle d'Albert Londres. Dès lors, les colonnes des plus grands quotidiens lui seront ouvertes quand il le désire. Son crédit pour parcourir le monde est illimité.

Revenons à ce printemps de 1948. Kessel restera quatre semaines en Israël pour y rédiger onze articles. Du 18 mai au 9 juin 1948, les lecteurs de *France Soir* partagent son enthousiasme pour la résistance d'un peuple de sept cent mille âmes face aux millions d'Arabes d'Égypte, d'Irak, de Syrie, du Liban et de Transjordanie venus leur contester la propriété de cette terre sacrée. Même s'il se sent agnostique, son vieux cœur de Juif est de ce côté-là du combat. À longueur d'article, il oppose les ambitions économiques et politiques des uns à la pureté des autres, ces Hébreux mus par un seul ressort, un ressort vital qui tient en deux mots : « Où aller ? » À cinquante ans passés, Kessel soumet son corps à de rudes journées. Chaque jour, il se rend sur la ligne de feu, le plus souvent au bord du Jourdain. Mais il doit rentrer tous les soirs à Tel-Aviv, car c'est de là que part le seul câble en direction de l'Europe. Il n'a pas l'habitude de travailler dans une actualité aussi brûlante, c'est donc le nez sur sa montre qu'il passe ses journées à traquer l'information, le témoignage, l'anecdote. Et puis il ne sait pas taper à la machine, il lui faut donc écrire son article à la main le plus vite possible puis le dicter à une secrétaire qu'il a eu la présence d'esprit d'engager le jour de son arrivée. Dernier obstacle, la censure militaire, rendue obligatoire en ces temps de guerre. Heureusement, le censeur n'est pas mauvais homme. Il a vite sympathisé avec le grand reporter et lui offre même ses services, un soir que la dactylo est indisponible. Le seul regret de Jef, c'est de ne pas pouvoir revoir la vieille ville de Jérusalem, si chère à son cœur depuis son précédent séjour.

Le 10 juin, après presque un mois de combats achar-
nés, le médiateur des Nations unies, le comte Bernadotte,
réussit à faire accepter une trêve. Malgré une énorme
supériorité de moyens, l'invasion arabe a été partout
enrayée par les Israéliens. Seule Jérusalem reste coupée
en deux – prémisse évidente de luttes ultérieures. Kessel
décide de rentrer à Paris. La page n'est pas tournée, bien
au contraire. Il répond à l'appel du Fonds national juif et
donne une conférence à la Maison de la Chimie le 23 juin,
au profit du « Secours à l'État d'Israël ». Devant une salle
comble, tout acquise à ses propos, il défend l'idée que
l'histoire d'Israël dépasse la cause juive, qu'elle relève
plutôt d'une élémentaire conscience du monde. Il est
longuement acclamé. Il a surmonté sa timidité maladive
pour chercher les mots les plus éloquents et défendre
l'État naissant dont il vient de rentrer. Lui qui refusait
par nature tout engagement avait transgressé, pour la
seconde fois, la règle de sa vie. La première remontait à
six ans plus tôt lorsque, sans hésiter, il avait mis ses pas
dans ceux d'un aventurier qui portait l'étendard de la
France Libre : le général de Gaulle.

Né en Argentine, le petit Joseph est embarqué pour
la Russie familiale à l'âge de quelques mois. Au cours
de cet interminable périple de dix-huit mois, il manque
mourir de la dysenterie. C'est à une jeune émigrante italienne qu'il doit la vie : elle propose de nourrir au sein, en
même temps que son propre enfant, ce bébé squelettique
qu'elle ne reverra pas. La chance. La baraka, comme il
aime le répéter. Jamais, au cours de sa vie, elle ne fera
défaut à Joseph. L'enfance se déroule à Orenbourg,
dans l'Oural, où le grand-père tient une épicerie pour

nomades. En 1908, il émigre avec sa famille à Nice, la plus russe des villes françaises – la même où grandira, vingt ans plus tard, Romain Gary. Le garçonnet de dix ans est inscrit au lycée Masséna. Il y devient tout à fait français. Il dévore les romans d'Alexandre Dumas, de Stendhal, de Balzac, se révèle un fort en thème, option latin-grec, et adopte pour toujours la devise de la famille Rostov dans *Guerre et Paix* : *Dobri Tchass Zbogom…* (« Que l'heure nous soit favorable et que Dieu nous protège »). Jamais il ne partira pour un voyage, si court soit-il, sans prononcer ces paroles magiques en regardant fixement ses bagages. L'âme est devenue française mais le cœur reste à jamais russe, armé de superstitions plus solides que bien d'autres croyances. Éternel vagabond, Kessel éprouve pour ceux de son espèce une amitié qui se conclut la plupart du temps par un livre. En 1938, il salue la mémoire de son camarade Jean Mermoz, le héros de l'Aéropostale disparu un an plus tôt dans l'Atlantique sud, par un de ces ouvrages qui montrent combien sont frères, par-delà les continents et les époques, ceux qui partagent les mêmes chimères.

Son premier roman, *L'Équipage*, le rend célèbre en 1923. Il y raconte une histoire d'amour contrarié dans ce monde largement inconnu du grand public, celui de l'aviation. Mais aux honneurs littéraires, Kessel préférera toujours le bruit des armes, le froissement incomparable de la page d'Histoire qui se tourne sous ses yeux. Justement, l'Irlande se soulève contre la pesante tutelle britannique. Il part comme grand reporter pour le journal *La Liberté*. Se passionne pour la foi des *sinn-feiners*. La fait partager au public français. Découvre sa vocation. En dix articles, il est devenu une icône de la presse. Pour longtemps. Déjà, un autre reportage se profile, une autre vérité doit être rétablie, un nouvel horizon l'appelle. De la Russie soviétique, il câble un reportage sur la face cachée du bolchévisme et sur les méthodes ignobles de sa police secrète, la Tchéka. De Palestine, il envoie des articles émouvants sur la cause du peuple juif. De Londres où il a rejoint de Gaulle, il promet un livre sur l'armée des ombres. À la fin de sa vie, c'est l'Afghanistan qui le fascine, cette contrée aux confins de la Russie qui sans doute lui rappelle l'Oural de son enfance. Il part y tourner un film, qui sera occulté par les événements d'Algérie, mais en rapporte un chef-d'œuvre, *Les Cavaliers*. Avec ce don d'empathie qui est le sien, il sait toujours faire partager ses enthousiasmes.

Nul ne l'a égalé parce que nul ne lui a ressemblé. Le charme et la popularité de Joseph Kessel viennent sans doute des innombrables paradoxes dont est tissé ce diable d'homme : juif argentin élu à l'Académie française, buveur invétéré qui a broyé des verres de vodka dans toutes les tavernes de la planète mais aussi porte-drapeau de la NRF, cœur slave pétri de contradictions et de remords, cette âme errante ne laisse pas de fasciner à l'heure où il est si facile de partir et si difficile d'explorer.

Albert Londres

1923. Albert Londres n'a qu'une idée. Elle l'obsède. Il veut se rendre en Guyane et décrire aux lecteurs du Petit Parisien *dans quelles conditions vivent les bagnards. Lui qui a traîné son carnet de notes en Grèce, en Turquie, en Russie et même en Asie, c'est de la France qu'il veut parler aujourd'hui. Celle que les Français de métropole ne soupçonnent même pas. Celle qui, très loin de Paris, abrite les bannis. Ni guerre ni révolution ne l'attirent là-bas. Aucun silence suspect, non plus ; d'ailleurs, l'administration pénitentiaire, qui n'a rien à cacher, facilite ses préparatifs. Juste une intuition, qu'il fait partager à son rédacteur en chef Élie-Joseph Bois : il y a là-bas la matière d'un reportage exceptionnel. Henri Béraud, le directeur littéraire du journal, avec lequel il a grandi à Vichy, soutient également son projet.*

Il embarque donc sur le *Biskra* qui va le conduire jusqu'en Guyane où, depuis les lendemains de la Révolution, on mène les forçats. En face de Cayenne, où est accueilli le tout-venant des condamnés, les îles du

J. Maurel, photo-éditeur. Toulon.

260 GUYANE FRANÇAISE. - Pénitentier de Cayenne.
Une Exécution capitale dans la cour du pénitencier.

Exécution capitale en Guyane française.

Salut abritent les forçats les plus durs, ceux qui ont été condamnés à la prison à perpétuité. L'une d'elles, l'île du Diable, est célèbre depuis que le capitaine Dreyfus y a purgé sa peine. Six cents fonctionnaires de la République sont chargés de surveiller les sept mille condamnés qui ont été envoyés dans cette France du bout du monde.

Après vingt et un jours de traversée, le voici à Cayenne. Libre de ses mouvements, il circule à l'intérieur du bagne de Saint-Laurent-du-Maroni. La première vision qu'il en a le suffoque : des hommes en cage, parqués par groupes de cinquante, comme des bêtes. Toute la nuit, on les y enferme, en fermant les yeux sur les inévitables conséquences d'une telle promiscuité. Londres poursuit sa visite. Il interroge les prisonniers. Comprend vite que le bagne est un châtiment pire que la guillotine. Que si l'on voulait faire perdre à ces hommes le peu d'humanité qu'il leur reste, on ne s'y prendrait pas autrement. Les coups et les peines pleuvent sur les forçats sans aucun souci du règlement. Les prisonniers avec lesquels il parle ne croient pas à l'utilité de ce reportage. Un article, ou même dix, pour quoi faire ? Un forçat résume le sentiment général : « Quand on est dans l'enfer, c'est pour l'éternité. » Le mot « espoir » ne fait plus partie de leur vocabulaire.

Albert Londres, effaré, va de découverte en découverte. La pire des injustices est née d'une loi promulguée par le prince-président Louis Napoléon Bonaparte. Tout condamné à moins de huit années de travaux forcés devra, à l'expiration de sa peine, rester un temps égal à celui de sa condamnation dans la colonie. Quant à ceux qui auront été condamnés à plus de huit ans, ils seront tenus d'y résider toute leur vie. C'est ce qu'on appelle le « doublage ». Il signifie que, pour les forçats, la liberté est pire que le bagne. Car une fois libres, que peuvent-ils faire ? Les sociétés forestières préfèrent employer la main-d'œuvre la moins chère, c'est-à-dire les forçats plutôt que les anciens forçats. Ces hommes, « libres d'être enfermés », crèvent de faim et dorment dans la rue.

Raconter le bagne, c'est faire une galerie de portraits des bagnards. Investir le quotidien. Ne pas craindre de décrire l'infiniment petit. Jamais Londres ne suscitera l'empathie de ses lecteurs s'il ne leur raconte pas l'histoire de ces hommes, enfermés pour quelques années ou pour toujours, dans cette France d'outre-mer. Alors il part à leur rencontre. Benjamin Ullmo est un cas intéressant. Par amour pour une maîtresse aussi coûteuse qu'exigeante, il a commis une grosse bêtise : faire chanter le ministre de la Marine. Alors qu'il était officier, il a photographié des documents secrets qui décrivent l'entrée des cinq ports de guerre français et menace de les offrir aux Allemands s'il ne peut pas les monnayer. En 1908, il est condamné à la prison à perpétuité. Il passe quinze ans sur l'île du Diable, dans la case du « traître » Dreyfus. Prisonnier exemplaire, il en profite pour lire des ouvrages de philosophie et apprendre les mathématiques. Né juif, il se convertit au catholicisme. Quand il s'ennuie, il baptise des requins… Il ne se plaint jamais. C'est lui qui résume le mieux le problème du bagne : en France, on voit la faute, en Guyane, on voit l'expiation. Reste à savoir si elle est juste.

Le reporter poursuit sa visite. Après Cayenne, il se rend, en canot, dans les îles du Salut, si mal nommées. La première impression est trompeuse. Des cocotiers, des plages de sable fin, une végétation de carte postale. « On dirait Monte-Carlo sans les lumières », fait remarquer Albert Londres au commandant du bateau. Sitôt à terre, il comprend son erreur. Ici, on envoie les condamnés les plus durs, les évadés qui ont été repris, les récalcitrants de Cayenne. La pitié est un sentiment oublié depuis longtemps en ces lieux. Dans les cachots, les prisonniers sont moins bien traités que des animaux.

Curieusement, l'administration ne lui cache rien. De ces pratiques inhumaines, elle n'a pas honte. Albert continue à circuler librement, parle à qui bon lui semble. Un prisonnier l'intrigue. Eugène Dieudonné est un sympathisant anarchiste que l'on soupçonnait de complicité avec la bande à Bonnot. Il a été condamné sans preuves. La grâce du président Poincaré lui a évité la guillotine mais pas le bagne. A tenté de s'évader de Cayenne. A écopé de deux ans de cachot. Une nouvelle tentative l'a conduit tout droit dans ce tombeau pour morts-vivants qu'est l'île Royale. Le journaliste et le forçat sympathisent. Ils ont en commun une passion pour leur fille. Quand Dieudonné ne reçoit pas de nouvelles de la sienne pendant plusieurs mois, il pense qu'il va mourir. Albert Londres, qui voue un amour absolu à sa fille unique Florise, est touché par cet aveu. Et puis Dieudonné est un intellectuel. L'ouvrier ébéniste a beaucoup lu, il lit encore. La revue du *Mercure de France* traîne dans sa cellule. Albert Londres se dit que ces mots-là ne sont pas ceux d'un assassin. Un homme qui

a lu les textes d'Aristide Briand ne peut pas être vraiment mauvais. Quand les deux hommes se quittent, des
larmes coulent sur les joues de Dieudonné. Le journaliste ne les oubliera jamais. Elles symbolisent ce qu'il
appellera l'« usine à malheur ».

Le séjour d'Albert Londres dure un mois. Il revient
à Paris scandalisé par ce qu'il a vu et bien décidé à
en faire le compte rendu le plus précis possible. Les
jurys d'assises ne savent pas où ils envoient les hommes
qu'ils condamnent. Ne mesurent pas non plus l'inef-
ficacité de cette répression aveugle qui n'atteint pas
son but. À l'origine, on voulait faire profiter la colonie
guyanaise d'une main-d'œuvre docile. Ce n'est pas le
cas. Le climat tropical rend les travailleurs apathiques,
les conditions d'hygiène déplorables ont raison des
forces et de la santé de ceux qui en avaient encore. En
cinquante ans, les condamnés ont construit à peine
vingt-quatre kilomètres de la première route coloniale !
Quant à l'idée que la détention permettrait de « rele-
ver moralement » ceux qui avaient quitté le chemin du
droit, elle est tout aussi fausse. La promiscuité de ces
hommes enfermés toute la nuit dans des cages les mène
fatalement à l'homosexualité. Sans parler des viols et
des sévices qui ne sont jamais punis. Cette justice-là n'a
rien de juste.

Septembre 1923. L'enquête d'Albert Londres paraît
dans les colonnes du *Petit Parisien*. Vingt-six articles
pour raconter l'horreur du bagne en Guyane française. Son témoignage s'achève par une lettre ouverte
au ministre des Colonies Albert Sarraut. Le reporter y
réclame la suppression du doublage, la rémunération

du travail comme dans les bagnes américains et la géné-
ralisation de la quinine pour combattre les maladies.
Surtout, il clame la nécessité de traiter différemment
les criminels, notamment en séparant les détenus politiques des assassins. Le retentissement de cet article est
considérable. Albert Londres reçoit des centaines de
lettres. Le public se passionne pour le sujet. Tous les
journalistes débutants veulent, eux aussi, faire un tour à
Cayenne. Mais l'administration pénitentiaire, échaudée
par l'expérience, n'accepte plus si facilement de faire
visiter ses bagnes. Dès 1924, Albin Michel publie la série
d'articles dans un recueil intitulé *Au bagne*. Signe de
son succès, le livre sera même joué au théâtre quelques
années plus tard. Jean Vigo envisagera une adaptation
pour le cinéma, sous le titre *Adieu Cayenne*.

À la suite du reportage d'Albert Londres, un nouveau
gouverneur est nommé en Guyane. Dès 1925, la plupart
des idées que le reporter avait émises sont reprises par le
gouvernement d'Édouard Herriot. Les prisonniers ont
désormais droit à des salaires, des hamacs et une nourriture décente. Les cachots où croupissaient les fortes
têtes sont supprimés. On fait enfin la distinction entre
forçat de droit commun et déporté politique. Le « quatrième pouvoir » mérite enfin son nom. Mais il faudra
attendre 1937 pour que le bagne de Guyane soit définitivement supprimé.

L'épilogue de ce reportage historique est à chercher
dans la petite histoire, plutôt que dans la grande. Depuis
qu'il est rentré de Guyane, Albert Londres n'a qu'une
idée en tête : sauver Eugène Dieudonné. Il le répète à
l'avocat du condamné, maître Moro Giafferi. Là-bas,

Eugène se dit que ces démarches n'aboutiront jamais. Que les îles du Salut sont bien loin du Paris des puissants. Qu'il faut se faire justice soi-même quand la justice des hommes est à ce point inefficace. Dieudonné s'évade, une nouvelle fois. On le dit au Brésil. Octobre 1927. Albert Londres n'écoute que son cœur, tout plein des souvenirs de leurs conversations. Il prend le premier paquebot pour Rio de Janeiro. Dieu merci, il n'a pas oublié le visage de celui qu'il recherche. Sur le quai, une main se tend. Est-ce lui ? Il est difficile à reconnaître, sans sa tenue de bagnard. Mais le regard franc et direct est le même. C'est lui, à n'en pas douter. Au bar de l'hôtel Moderno, Eugène Dieudonné raconte à nouveau son histoire. Celle d'une erreur judiciaire. Oui, il fréquentait la bande à Bonnot. Oui, il a serré la main de Garnier, de Bonnot, de Callemin. Mais pas plus. Jamais, au grand jamais, il n'a participé au hold-up sanglant de la Société Générale rue Ordener en 1911. Albert Londres écoute ce récit, prend des notes, a déjà en tête son article. Le *Plata* part pour l'Europe. Albert Londres embarque Eugène Dieudonné, faux coupable pas encore innocenté, ex-bagnard envoûté par les geôles de Cayenne, à tel point que dans ses cauchemars il dit « ma cellule » au lieu de dire « ma cabine ». Quinze années de bagne ne s'effacent pas en une traversée. Il garde les souvenirs mais pas la rancune. Quand il se marie, quatre mois après son retour, c'est l'un des douze jurés du procès de la bande à Bonnot qui lui sert de témoin à la mairie du XIe arrondissement. Albert Londres obtient la révision du procès de Dieudonné qui, pour finir, sera gracié. Toujours grâce à l'enquête d'Albert Londres, Benjamin Ullmo sera, lui aussi, gracié en 1933. Mais son retour en métropole se révélera un désastre. On ne passe pas impunément tant d'années à Cayenne. Il finira par y retourner en homme libre, pour y répandre la parole du Christ. Sauver la vie d'un homme, cela suffit à justifier une existence. Celle d'Albert Londres le fut pleinement.

Chef d'escale à Cap-Juby, « Saint-Ex » pose devant un Bréguet XIV.

Saint-Exupéry

1926. Antoine de Saint-Exupéry vient d'avoir vingt-six ans. Il ne sait toujours pas qui il est et ignore qu'il a déjà vécu, la tête dans les nuages, plus de la moitié de son existence. À l'hôtel du Grand Balcon, à Toulouse, sa chambre, la 32, au quatrième étage, fait l'angle de cette belle bâtisse tout en briques roses. Une cheminée et deux fenêtres. L'établissement n'est pas cher, 7 francs la nuit en pension complète. Il y retrouve tous ceux qu'il aime, les pilotes, les mécanos, les radios et les filles qu'on y invite pour traverser l'absence.

« Saint-Ex », que l'on appelle aussi Tonio, ne sait pas qui il est parce qu'il ne sait pas renoncer à plusieurs destins. Écrivain ? À fréquenter André Gide, Gaston Gallimard ou Jean Schlumberger dans l'hôtel particulier de sa cousine Yvonne de Lestrange, qui a mis une chambre à sa disposition, il a pris goût aux mots. Sa liaison avec Louise de Vilmorin, un peu plus tard, ses soirées à La Closerie des Lilas, à La Rotonde ou aux Deux-Magots ont su le convaincre qu'être homme de lettres n'interdit pas nécessairement d'être un homme à femmes.

Les femmes, qu'il nomme ses « salles d'attente », ne provoquent pas chez lui un enthousiasme démesuré : « Je fais une cour monotone à des Colette, à des Paulette, à des Suzy, à des Daisy, à des Gaby qui sont faites en série et m'ennuient au bout de deux heures. » Après un bref passage à la Compagnie aérienne française où il est chargé de donner des baptêmes de l'air, il rencontre Beppo de Massimi, l'administrateur général de la CGEA. L'Italien ne tombe pas immédiatement sous le charme de ce « grand garçon timide qui semblait gêné par sa taille et le fait d'occuper trop de place dans le fauteuil », mais le présente tout de même à Didier Daurat. Ce candidat au chapeau de feutre complètement fané par le soleil et au vieil imperméable fripé, le directeur de l'exploitation le toise, froidement, jugeant son carnet de vol plutôt mince. Antoine sait d'avance ce que Daurat lui confirme : qu'il ne volera pas, pas tout de suite du moins, et qu'il « doit suivre la file ». Autrement dit, laver des moteurs. « Mes mains pleines d'huile, je suis seul à les trouver belles. »

Son premier vol pour l'Afrique le marquera à jamais. Daurat insiste pour qu'ils circulent toujours à deux avions, deux Breguet monomoteurs datant de la guerre et quelque peu fatigués de la vie. Henri Guillaumet, qu'il aime plus que tout et qui, selon son expression, « répand la confiance comme une lampe répand la lumière », pilote l'avion accompagnateur quand une rupture de bielle oblige Tonio à se poser. Les pilotes, les mécanos et les passagers ne pouvant pas tous repartir dans le même avion, c'est lui qui est tiré au sort pour passer la nuit près de l'avion endommagé, avec deux pistolets pour toute protection. L'avion de Guillaumet disparaît bientôt à l'horizon, Tonio reste seul dans ce désert qui a mauvaise réputation. Il ne dort pas car il prend la menace au sérieux, sait le danger partout ; il sent les rezzous armés qui tournent autour de la silhouette de l'avion, les carabines qui se préparent. Toute la nuit, il arpente, fusil à l'épaule, une dune qui domine le terrain du drame. Étrangement, rien ne se passe. Cette nuit-là, il va apprendre la solitude, le désert, la belle étoile. Plus tard dans la matinée, Guillaumet vient le chercher pour réparer son avion et lui avoue, dans un éclat de rire, que ce coin-là du Sahara est totalement sous contrôle, qu'il est plus sûr qu'un beau quartier de Paris et que les Maures y sont doux comme des agneaux...

Il atterrit souvent à Cap-Juby dans ses traversées du Sahara. Une grosse forteresse, rudimentaire, avec de hautes murailles blanches et, comme posées à ses pieds, des baraques entourées de fils barbelés : le royaume de la Ligne. Dans l'enceinte de la forteresse, un pénitencier et des soldats qui ressemblent à ceux qui sont consignés là, à vie parfois. Des hommes en loques qui ne se lavent jamais et avec qui Saint-Ex ne sait pas encore qu'il va vivre plus de dix-huit mois.

Car désormais, il sait qui il est, Tonio, ce 19 octobre 1927. Il s'appelle Antoine de Saint-Exupéry et Didier Daurat, surnommé le « camarade gelé », après l'avoir baladé un peu sur la ligne entre Toulouse, Casablanca et Dakar avec les pionniers que sont Vachet, Mermoz, Écrivain et Guillaumet, vient de le nommer chef d'aéroplace dans le Rio de Oro.

Les lignes aériennes Latécoère assurent la liaison
France-Espagne-Maroc et le font savoir.
Affiche publicitaire de 1923.

Rio de Oro, de qui se moque-t-on ? Où est le fleuve, dans cette solitude où il ne pleut jamais, sans lac, sans oasis ? De quel or parle-t-on ? De celui qui prend la couleur du sable, à perte de vue.

« Quelle vie de moine je mène ! La mer, à l'heure des marées, nous baigne complètement, et si je m'accoude, la nuit, contre ma lucarne à barreaux de prison – nous sommes en dissidence –, j'ai la mer sous moi, aussi proche qu'en barque. Et elle frappe des coups toute la nuit contre mon mur », écrit-il à sa mère tout en pensant à faire, de cette vie, un vrai roman d'aventures, un vrai livre de confessions.

Écrire, écrire, plus que jamais. Pour lui, voler ou écrire, c'est un tout. Il biffe, rature, griffonne, reprend, brouillonne, copie et recopie : les mots, ce sont les remords, les reprises, les retouches. La chaleur se fait insupportable sous la tôle ondulée du toit de la baraque, cette sécheresse prend la main, monte au cerveau. Il plonge de nouveau les pieds dans cette bassine remplie d'une eau que l'on a fait rafraîchir pendant la nuit.

Il faut que le courrier passe, ne cesse de dire le « camarade gelé ». Daurat a réussi à les convaincre qu'il doit passer à n'importe quel prix, celui de la solitude et de la chaleur du désert saharien, des pannes inévitables avec leurs coucous fatigués, des attaques des tribus insoumises.

Il dort peu, il dort mal. Le lit est trop court, toujours, et trop étroit. Alors il met une caisse d'emballage au bout pour gagner quinze bons centimètres et placer sa tête dessus. Il est vraiment trop grand, mais que faire ? Il n'arrête pas de se cogner à la porte de cette baraque déla-

brée dans laquelle ils vivent. Il n'éteint jamais complètement la lumière, ne s'endort jamais tout à fait car il sait
que, derrière chaque feu, il y a un souffle, un homme. Il
ne veut pas qu'on le croie mort. Mais la lumière est vani-
teuse si on la compare à ce qui se passe là-haut, dans le
ciel, cette Voie lactée dont il connaît tous les contours,
cette lune à qui il parle depuis des mois, à qui, lui, le
héros à la barbe jamais rasée, aux mains noires de la
graisse des moteurs, lit ses textes, ce livre qu'il veut appeler *Courrier Sud*.

Plus il vit à Juby, plus la chambre de son enfance lui
revient, le visage de son frère François à l'instant où il
va mourir dans ses bras, cette chambre qui donne sur le
parc du château de Saint-Maurice de Rémens, cinq hectares, et qui est précédée d'un long vestibule très frais.
Cette maison remplit la nuit du Sahara de sa présence :
il marche dans le désert et croit aller vers la vieille porte
avec sa clé rouillée qui mène à une citerne dangereuse,
la maison des fées. Mais le désert est sec, l'eau est immobile, l'eau est morte.

Bientôt, Tonio le sait, Cap-Juby n'existera plus. Les
nouveaux avions n'auront plus besoin de faire étape.
Quelques jours avant que Tonio ne soit nommé à Cap-
Juby, l'ami Mermoz a réalisé une prouesse, à la demande
personnelle de Pierre-Georges Latécoère : sur le *Spirit-
of-Montaudran*, Négrin et Mermoz ont relié Toulouse à
Saint-Louis du Sénégal en vingt-trois heures. Une hélice
cassée les a empêchés d'aller plus loin, de l'autre côté
de l'Atlantique. Et ces magnifiques Laté 25 dont il a vu
passer quelques prototypes et qui vont deux fois plus
vite, qui tiennent deux fois plus longtemps en vol… ils

survoleront bientôt Juby, ne s'y arrêteront plus. Resteront le fort, le pénitencier et, sous le sable, cette piste, cette baraque, et leurs rêves à eux tous, qui sont passés par là. Restera ce livre qu'il vient d'écrire, le premier de tous, *Courrier Sud*. Restera une trace brûlante présente jusqu'au dernier jour. Resteront les noms qu'ils auront donnés à ces mirages éclatants devant lesquels ils ont brûlé leur jeunesse et leurs yeux : port de la Fatigue, baie de la Déception, cap Mermoz, baie Saint-Exupéry, plage Guillaumet, maison Daurat, pointe Latécoère, rivière de Montaudran, hameau de la Ligne… Mirages de mort, points cardinaux. Noms venus du néant et qui ne serviront plus à rien, si ce n'est, sur une carte qui date, à quelques navigateurs égarés.

Voilà ce que fut l'épisode fondateur de l'envol de Saint-Ex en aventure et en littérature. Viendront ensuite *Vol de nuit*, *Terre des hommes*, *Citadelle* et bien sûr *Le Petit Prince*. Mais c'est ici, à Cap-Juby, que tout est né et que tout reste enterré, pour qui sait fouiller le sable qui recouvre désormais la piste de l'aéroport abandonné.

Enfants spirituels de Kerouac, les beatniks
préparent une manifestation (1962).

Jack Kerouac

Sur la route. Il en a tant rêvé. Il l'a voulu, il y est enfin. Deux mille kilomètres en auto-stop. On sait quand on part, jamais quand on arrive. Le 17 juillet 1947, Jack Kerouac se lance dans son premier grand voyage. Il va de Chicago à Denver. Voyage rêvé depuis longtemps, à l'origine d'une mythologie qui marquera deux générations au moins. C'est le premier voyage, il y en aura d'autres : de New York à San Francisco en janvier et février 1949, de Denver à Mexico pendant l'été 1950. Pas grand-chose au total. Si l'on additionne ses voyages, Jack n'aura pas passé plus de trois mois sur la route. Mais son génie consistera justement à rassembler ces expériences disparates en une seule théorie de la vie pour aboutir à un voyage emblématique : celui qu'accomplira, dans son sillage, toute la Beat generation.

Le point commun entre tous ces voyages, c'est sans nul doute possible la quête de l'Ouest. Pas la Californie, encore très rurale dans ces années d'immédiat après-guerre, mais plutôt les Rocheuses et, derrière, le Pacifique qu'on entend mugir. L'Ouest, le vrai, celui des pionniers. Il est revenu au mythe fondateur. Depuis que l'Amérique existe, c'est dans cette direction qu'on va quand on veut découvrir quelque chose de neuf. Jack, qui depuis plusieurs années déjà recherche de nouvelles formes d'écriture et rejette le modèle normatif d'une société sclérosée par le maccarthysme, se précipite là-bas. Il a vingt-trois ans. Il a en lui l'énergie des cow-boys du siècle précédent.

Dans cette expérience d'un genre absolument nouveau, il n'est pas seul. Sans doute rien de tout cela ne serait arrivé s'il n'avait pas rencontré, dans ses années de formation, deux êtres qui allaient devenir des amis – et même plus. Le premier s'appelle Allen Ginsberg. Il a dix-huit ans, il est juif et homosexuel, fou de poésie et de visions sublimes. Ils ont fait connaissance en mai 1944 à New York. Kerouac a renoncé à une carrière dans la marine pour assouvir sa seule passion, l'écriture. Ginsberg partage avec lui une aversion profonde pour la société bourgeoise qui est celle de l'Amérique au lendemain de la guerre. Le monde nous déplaît ? Fuyons-le, il y a tant de façons de s'échapper ! Amphétamines, morphine, marijuana, benzédrine deviennent les compagnes de cette amitié aux couleurs de l'interdit. Une petite communauté se fonde autour d'eux, feu d'artifice d'intelligence et insulte à la morale bourgeoise. Le père de Jack condamne les fréquentations de son fils : jamais un modeste imprimeur du Massachusetts ne pourra tolérer ces amitiés suspectes avec des « invertis ». Jack n'en a cure.

Son second compagnon de route est pire encore. Neal Cassady, de quatre ans plus jeune que lui, est l'homme déterminant de l'expédition. À quinze ans, il avait déjà trafiqué cinq cents voitures. Couché avec presque autant de femmes. Le mauvais garçon par excellence. Mais entre deux frasques, il trouve le moyen de se ruer à la bibliothèque pour y dévorer Shakespeare, Nietzsche et Proust. Un ami commun, Hal Chase, entretient une correspondance régulière avec ce jeune repris de justice, tombé pour une histoire de voiture et multirécidiviste du genre. Les lettres qu'il fait parvenir à Chase sont écrites dans un style nouveau, sans ponctuation, un premier jet qui n'est qu'un cri du cœur. Kerouac, qui a toujours pensé que le premier jet était le meilleur, est ébahi. Sympathise avec cet homme qu'il n'a jamais vu. Devine tout de suite que cet inconnu est un peu son frère. Et en effet, dès leur première rencontre, il a le sentiment d'avoir rencontré son *alter ego :* un homme qui place la littérature au-dessus de tout. Du jour au lendemain, Cassady devient le héros de son panthéon personnel. S'il lui demande quelque chose, Jack le fera. Justement, à l'été 1947, Neal Cassady convoque Kerouac à Denver. Cassady aime par-dessus tout les voitures et les femmes. Il convainc Kerouac que c'est sur la route, dans le voyage, qu'ils trouveront l'absolue plénitude. En voiture, bien sûr. Mais pas n'importe comment : il faut foncer, déraper, fréquenter le bord du précipice, sans se soucier de la mort ni même d'un éventuel retrait de permis de conduire. De toute façon, Neal en a déjà subi plusieurs. Cela ne l'empêche pas de conduire. Ce que Neal Cassady résume, et que ses compagnons de route sauront lire en lui, c'est l'énergie de l'Ouest mythologique, celle du pionnier qui n'a rien à perdre mais tout à espérer. L'amitié entre Jack et lui est totale, elle est de celles où l'on partage tout, à commencer par les instruments du plaisir : les femmes et la drogue. Cassady est peu attiré par l'héroïne, il préfère les amphétamines. Il consent parfois aux barbituriques. Et il ne dit jamais non aux herbes merveilleuses du Mexique, ces marijuanas que l'on se procure si facilement en Californie.

Pour compliquer les choses, Allen Ginsberg est tombé amoureux de Neal Cassady au premier regard. Neal le séduit, puis l'abandonne. D'autres proies attendent cet homme qui n'est que désir : hommes, femmes, paysages – il est décidé à céder à toutes les séductions. Celui que Ginsberg aime vraiment, c'est Kerouac. Mais à part quelques caresses, il n'obtiendra rien. Kerouac, en bon catholique, est plutôt du type monogame successif. Il alterne mariages ratés et concubinages aléatoires. Voilà de quoi rendre un homme fou. Épuisants chassés-croisés amoureux, qui vont motiver les déplacements des trois amis. Cette libération sexuelle revendiquée par la *Beat generation*, elle commence dans les tribulations de Jack et de ses amis à travers le territoire américain.

Donc, voilà Jack parti retrouver Neal à Denver. Des camions vont successivement l'embarquer, il arrive à Des Moines, dans l'Iowa, pour une première étape. La route, à défaut d'être longue, est symbolique : il a franchi le *Mississippi*, fleuve mythique pour tous les pionniers du Nouveau Monde. De routier en routier, il descend vers le Sud, nouant au passage des amitiés éphémères avec les Américains croisés sur sa route. À l'arrivée, c'est la déception : il a du mal à voir celui qu'il est pourtant venu rejoindre. Neal est amoureux d'une étudiante aux Beaux-Arts, il n'est jamais là, Allen Ginsberg, jaloux, s'est réfugié dans l'écriture. Deux mille kilomètres pour arriver dans un désert amical : Jack Kerouac se réfugie dans l'alcool et dans l'artificielle chaleur des boîtes de jazz.

Vite, il faut repartir. Jack veut se rendre à Los Angeles. Sur la route, il rencontre et séduit une jeune paysanne mexicaine. Pendant deux semaines, il participe avec elle à la cueillette du coton en Californie. Seule parenthèse heureuse dans tant de pérégrinations transcontinentales, cette oasis restera un souvenir tenace pour lui. Pourtant, il faut partir à nouveau : fin octobre, il gagne Pittsburgh, Saint Louis puis New York. Voilà, le premier voyage a eu lieu. Sans démentir ses convictions antérieures. Il a vécu le pire (dépense minimale, auto-stop hasardeux, promiscuité avec des inconnus) comme le meilleur (découverte du cœur même de l'Amérique, liberté de rencontrer ces concitoyens si proches et si différents). Il a pris la mesure du territoire américain, de son immensité mais aussi de sa monotonie, et puis de sa beauté là où on ne l'attend pas. Le bilan est positif. Le voyage est la solution au mal de vivre.

La deuxième équipée ne tardera pas, dès l'année suivante. Cette fois, il n'est pas seul. Neal Cassady, qui vient d'être père mais n'a aucun scrupule à abandonner une femme qu'il trompe déjà, est avec lui. Il a englouti toutes les économies du ménage pour s'acheter une Hudson neuve, un vrai paquebot roulant : il passe prendre Jack à New York pour l'emmener, pied au plancher, vers La Nouvelle-Orléans. Il s'agit de rejoindre leur ami William Burroughs. L'expérience est menée jusqu'à son point ultime : musique à tue-tête, absence de sommeil,

Sur la route : ici celle de Salt Lake City,
semblable à tant d'autres routes américaines.

substances illégales qui, une fois absorbées, permettent d'éviter de se poser trop de questions sur le compteur de vitesse. On passe la nuit dans la voiture, parce que personne n'a de quoi payer une chambre d'hôtel. Quand le ventre crie par trop famine, Neal va dévaliser une station-service pour rapporter quelques sandwichs. Le carburant n'est pas un problème : Neal sait trafiquer les distributeurs pour obtenir de l'essence gratuitement. Chaque jour, chaque heure de ce voyage procure à Jack le grand frisson : celui de braver l'interdit. Dès novembre 1948, il se remémorera les épisodes de cette épopée pour jeter sur le papier l'ébauche de ce qui deviendra *Sur la route*. Ils font escale au Texas, parviennent à San Francisco. Délaissé par Cassady, Kerouac finit son voyage seul, regagnant New York via Seattle, Chicago et Detroit. Il saura magnifier ce périple, finalement assez triste. Glorifiées par l'écriture, ces péripéties que sont la faim, le froid, l'insomnie et la misère finiront par rendre fabuleuse cette épopée réinventée de toutes pièces pour les besoins d'un livre.

À l'été 1950 a lieu le troisième voyage de Jack Kerouac. Neal Cassady veut se rendre au Mexique, où les procédures de divorce sont rapides. Il invite Jack à l'accompagner. Dans une Ford modèle 1937, ils rouleront vers le sud. Le franchissement de la frontière sonne comme l'acmé de tous les précédents voyages. C'est l'Amérique des Indiens, des pionniers, des femmes métissées que l'on possède pour presque rien. À Mexico, Neal disparaît pour s'occuper des formalités de son divorce, Jack a retrouvé William Burroughs et se délecte de la marijuana qui est si peu chère dans ce pays. Il découvre qu'en la mélangeant à la morphine, on accède à une harmonie totalement nouvelle de l'âme. Le corps trinque. Il a vingt-huit ans, il en paraît vingt de plus.

Peu importe. L'essentiel est emmagasiné. Il a entrevu la « grande révolution des sacs à dos ». Une utopie baroudeuse qu'adopteront des millions de jeunes gens à sa suite. En avril 1951, Jack Kerouac s'attaque à la rédaction de *Sur la route*. C'est une question de sa femme qui a déclenché le processus créatif : « Qu'est-ce que vous avez fait avec Neal avant ? » Pour éviter toute rupture dans le flux de l'inspiration, il décide de taper son manuscrit sur un rouleau continu de trente-six mètres. Prodigieux travail. Les amphétamines accélèrent sa frappe, qui est comme rythmée par un jazz intérieur – le *beat*, la pulsion même du roman. Comme en transe, Jack rédige 450 pages en trois semaines. Quand le livre est achevé, tous ses efforts ne vont plus tendre que vers un seul but : éditer le fameux rouleau. Il lui faudra attendre quatre ans une réponse positive et six ans la sortie en librairie ! Jusqu'en 1955, le texte est refusé par tous les éditeurs. Motif officiel : l'auteur est inconnu, le style trop novateur et le public impossible à cerner. Même les fidèles émettent des réserves. Allen Ginsberg trouve que le manuscrit est trop décousu. Mais William Burroughs n'est pas d'accord : « Si quelqu'un est prêt à publier *Sur la route*, il devrait sauter sur l'occasion comme une carpe affamée. » Finalement, grâce à la persévérance d'un critique, Malcolm Cowley, le livre sort début septembre 1957. Le tirage comme l'objet sont modestes. Mais justement, c'est cette édition à bon marché qui permet au texte d'accéder à un public plus jeune. Truman Capote commente le livre. La veille de la parution de l'article, Jack Kerouac est encore un inconnu. Le lendemain, il sait par le téléphone qui n'arrête pas de sonner qu'il est devenu célèbre.

1957 : Jack Kerouac devient le symbole de la contestation des valeurs bourgeoises et de la révolte face à la cupidité du monde. Dans l'hystérie de la guerre froide, le mouvement beatnik s'apparente à un mouvement gauchiste – ô combien nouveau dans l'Amérique capitaliste. La course à l'argent fait horreur à Kerouac, comme elle fera horreur à toute une génération, dont la révolte culminera dans les mouvements protestataires de 1968. On l'appelle la *Beat generation*. Le mouvement inspire des dizaines d'artistes, et non des moindres : Bob Dylan au premier chef. On fait l'éloge de la paresse et de la désobéissance civile, de la liberté sexuelle – donc de l'homosexualité. La société de consommation est rejetée en bloc, symbole de cette Amérique dédiée au commerce de masse. Les *Beats* ne se définissent pas comme des écrivains ou des peintres, mais comme des esprits libres ayant tous les droits. C'est dire combien leur postérité est riche, des collages de Robert Rauschenberg aux morceaux de musique de Charlie Parker. Les jazzmen réfutent cet emprisonnement artificiel sous la mention « Beat Generation ». Ils préfèrent mille fois ce semi-détachement qu'ils ont baptisé « cool ». Miles Davis, en 1950, produit un album intitulé *Birth of the Cool*, ce qui va populariser le mot.

Ainsi, l'amitié entre quatre jeunes gens à la sortie de la guerre a tourné, dix ans plus tard, au manifeste : celui d'une génération qui refuse le visage capitaliste de l'Amérique. La *Beat generation* est à l'origine de la vague protestataire qui atteint son apogée lors du spectaculaire rassemblement de Woodstock en 1968. Le mouvement évolue ensuite. Les hippies succèdent aux beatniks dans les années soixante-dix, fondant leur engagement politique sur le pacifisme et la défense de l'écologie. Jack Kerouac, qui meurt en 1969, n'a pas le temps d'assister à cette révolution dont on veut lui attribuer, une fois encore, la paternité. Seul rescapé de la bande, Allen Ginsberg épouse cette transition et participe à des manifestations contre la guerre du Vietnam. Il prêche aussi pour la légalisation de la marijuana. Kerouac est mort, sa pensée est, elle, bien vivante. Les hippies ont retenu de son œuvre la nécessité de l'errance et répètent sans relâche ce dialogue de *On the Road :* « On y va. – Mais où ? – Je sais pas, mais on y va. »

Rien que la Terre : Paul Morand s'embarque
pour l'Amérique.

Paul Morand

Rien que la Terre. *Le titre de ce livre, qui raconte un tour du monde effectué en 1926, claque comme une devise. Celle du jeune homme qui, reçu major au concours des Affaires étrangères, vient de se mettre en disponibilité du Quai d'Orsay. Paul Morand en a assez des mimiques compassées de l'administration. Il veut explorer le monde, et vite. Il n'a ni le temps ni l'envie de rester « en poste » trois ou quatre ans. Lui qui se décrit comme un « gentleman bilingue et sédentaire qui monte et descend inlassablement dans les ascenseurs d'un immuable hôtel international et qui vénère la contemplation d'une malle » sera un globe-trotter impénitent. En octobre 1929, les Bourses américaines s'effondrent, des banquiers ruinés se jettent par les fenêtres des gratte-ciel, un krach sans précédent contamine l'Occident. C'est là qu'il faut aller. Morand part pour New York comme un reporter partirait sur un théâtre d'opérations militaires : pour voir, pour comprendre, et surtout pour raconter. D'ailleurs, il a croisé Albert Londres l'année précédente, en Afrique noire : il sait la valeur d'un reportage « à chaud ». Il restera deux mois en Amérique.*

L'écrivain pétri de culture classique reprend le récit là où Chateaubriand l'avait laissé : devant les vagues de l'Atlantique qui viennent mourir face à la baie de l'Hudson. À New York, il promène son esprit et sa plume. Rien ne lui échappe. Il note que, dans cette ville, personne ne naît ni ne meurt : on y vient pour travailler, beaucoup et le moins longtemps possible. L'immobilité d'un chat lui fait comprendre brutalement la frénésie d'une ville qui ne s'arrête jamais, où l'électricité brille encore au milieu de la nuit, où les tramways circulent vingt-quatre heures sur vingt-quatre, où le chauffage central ronronne sans cesse. C'est le premier choc : une débauche de bruits et de lumières, si nouvelle pour l'Européen qui ne méprise rien tant que le gaspillage. Pas une ombre, pas un arbre, pas un espace perdu : on peut avoir tous les plaisirs, dans cette ville, sauf celui d'être réveillé par un merle comme au Champ-de-Mars. Mais personne n'habite New York pour son plaisir ; on y reste le temps de faire fortune. « Si l'on est trop jeune, trop vieux, trop las, on vit ailleurs : sur l'île, on demeure entre adultes. » Les pauvres, les ratés, les laissés-pour-compte du capitalisme sont priés d'aller vivre autre part. L'argent, comme l'information, circule vite. On peut s'enrichir en huit jours, mais être ruiné en une matinée. Cœurs sensibles s'abstenir.

Dans cette ville trépidante, surchargée d'électricité, cette détente latine qu'est le déjeuner est inconnue. On mange tout le temps et jamais, l'esprit absorbé par ce demain vers quoi tendent tous les efforts. « L'air est si vif, si pareil à celui des hautes cimes, le cœur vous bat si fort qu'on ne pense plus à dormir. » Le voyageur occidental est enivré par cette énergie. Même s'il en connaît les

New York, ville cosmopolite : dans cette tour de Babel,
on imprime et on s'exprime dans vingt-deux langues…

limites. Le soir, il aperçoit toute une humanité fatiguée qui s'échappe des gratte-ciel, « ces pressoirs à hommes ». Au classement vertical des individus va succéder, pour quelques heures, un rangement horizontal. Géométrie inédite pour un homme qui arrive de la vieille Europe. Simplification des lignes, des idées, des sentiments : New York ne préfigurerait-elle pas l'avenir de toutes les villes ?

New York, organisme vivant, change à toute allure. Quelques mois suffisent à transformer une ville en perpétuel chantier, à démoder des vêtements, à périmer des objets. En janvier 1929, Morand s'était étonné que les malles soient bradées à moitié prix dans un grand magasin. Il s'entend répondre que « c'est le modèle 1928, cela ne se fait plus du tout ». Pays élastique, où il y a toujours de la place pour du nouveau. Ville épuisante pour un Européen habitué à plus de lenteur et de recueillement. Ville cosmopolite, aussi. Dans cette tour de Babel, on imprime et on s'exprime en vingt-deux langues. Néanmoins, tout le monde se comprend ! Bien sûr, Morand s'étonne de ces quartiers en forme de ghetto où cohabitent massivement des Juifs et des Nègres, « des races astucieuses ». Il a les préjugés de son temps...

Morand est fasciné par cette modernité énergique. Et pourtant... Avec son intelligence, il en sait les limites. Dans quelle mesure New York préfigure-t-elle l'Europe future ? « En somme, lui a dit Cocteau avant son départ, tu vas à New York te faire lire dans la main. » Ce qui n'est pas faux. Toute cette architecture en hauteur gagnera bientôt le Vieux Continent. Ces avenues de New York qui, si elles étaient bordées de maisons, paraîtraient larges, ressemblent à des ruelles parce qu'elles sont dominées par des immeubles de quarante étages, nous les connaissons bien maintenant. Ont-elles vraiment le même charme ?

Le récit de son séjour, sobrement intitulé *New York*, paraît quelques semaines après son retour, au début de l'année 1930. Pas de temps à perdre. Déjà, d'autres horizons appellent cet infatigable voyageur. C'est encore l'époque où l'on peut, sur un coup de tête, sauter dans un train vide pour explorer la Terre. Le désenchantement viendra plus tard. Il est pourtant en germe dans cet essai qui n'a pas pris une ride. Ces voyages que facilitent les premiers vols transatlantiques, cette Terre qui se rétrécit à mesure qu'elle livre ses mystères à des touristes assoiffés d'exotisme, cette vitesse qui permet de raccourcir les distances, Morand en devine les inconvénients. « Nous aurons bientôt le tour du monde en quatre-vingts francs », bougonne-t-il. L'éternel voyageur voudrait rester seul de son espèce. Un aristocrate de la planète, somme toute. Bientôt, il n'y aura plus que la lune pour être tranquille, prévient-il. C'est pour lui une mauvaise nouvelle. Morand a eu le génie du voyage, il a eu aussi la lucidité d'en voir les limites. Le premier, il nous a signalé cette vérité en forme de deuil : la terre est ronde, à présent.

Table

La vie vagabonde

Le pays natal

Témoigner de son temps

CRÉDITS PHOTOGRAPHIQUES

P. 12 : Les chutes du Niagara, gravure illustrant les *Mémoires d'outre-tombe* de François-René de Chateaubriand, 1848. © Rue des Archives/Tal.

P. 16-17 : *Niagara Falls*, aquarelle par Thomas Davies, vers 1766, Collection of the New York Historical Society. © Bridgeman-Giraudon.

P. 24 : Portrait présumé d'Angela Pietragrua. © Bridgeman-Giraudon.

P. 28-29 : Loges de théâtre in *Un an à Rome et dans ses environs*, recueil de dessins lithographiés par A. Thomas, 1823, BNF.

P. 34 : Le Caire, grande rue, cour de la mosquée El Moyed, 1841, in *Panorama d'Égypte et de Nubie*, dessin par Hector Horeau, BNF.

P. 38 : Ascension de la grande pyramide, par Henri Béchard, vers 1870, musée des Monuments français, Paris. © RMN/Jean-Gilles Berizzi.

P. 46 : Stevenson et sa femme entourés d'amis aux îles Samoa vers 1890, photographie par J. Davis. © Kharbine-Tapabor/coll. S. Kakou.

P. 56 : Jack London au Klondike en 1910, The Bancroft Library, University of California, Berkeley.

P. 64 : Couverture de l'hebdomadaire *Le Transcontinental* par Georges de Feure, en symbole de la liaison entre Occident et Orient assurée par le Transsibérien. © Rue des Archives/RDA/Adagp, Paris 2008.

P. 78-79 : Inauguration du canal de Suez, lithographie par Édouard Riou, BNF.

P. 86 : Karen Blixen en safari en 1914. © Rue des Archives/RDA.

P. 92 : The Thomson Falls sur la route de Nairobi vers 1936, Library of Congress.

P. 96 : *Autoportrait sous l'influence du haschisch*, aquarelle par Baudelaire, 1844. © Bridgeman-Giraudon.

P. 102 : Frontispisce pour les *Épaves* de Charles Baudelaire, par Félicien Rops, 1866, BNF.

P. 106 : Alice est devant la chenille fumant le narguilé sur son champignon, illustration pour *Alice au pays des Merveilles*, par Arthur Rackham, 1907. © Kharbine-Tapabor/Bridgeman-Giraudon/Succession Arthur Rackham.

P. 110 : Alice est invitée à prendre le thé avec le chapelier fou, le lièvre de Mars et le loir, illustration pour *Alice au pays des Merveilles*, par Arthur Rackham, 1907. © Bridgeman-Giraudon/Succession Arthur Rackham.

P. 113 : Photographie d'Alice Pleasance Liddel en mendiante, par Lewis Carroll. © Bridgeman-Giraudon.

P. 118 : Affiche pour *Le Tour du Monde en 80 jours*, théâtre du Châtelet, 1883, BNF.

P. 132-133 : Nicolas Bouvier et Thierry Vernet sur les routes de *L'Usage du monde*, 1953. © Musée de l'Élysée, Lausanne/Fonds Nicolas Bouvier.

P. 142 : L'explorateur Henry de Monfreid à la barre de son bateau, 1926. © Rue des Archives/Tal.

P. 148 : Jean Seberg et Romain Gary en vacances à Nice en 1962. © Rue des Archives/AGIP.

P. 156 : Romain Gary et sa mère, coll. Olivier et Yves Agid.

P. 160 : Marguerite Duras et Roger Monlau, Viêtnam, 1930. © SIPA.

P. 168-169 : Les colonies françaises en Indochine : la Cochinchine, la ville de Saïgon en 1922. © *L'Illustration*.

P. 176 : André Malraux se reposant entre deux missions pendant la bataille de Teruel en décembre 1937. © Rue des Archives/Tal.

P. 184 : Enfant affamé à Madrid in *VU* du 18 novembre 1936. © Selva/Leemage.

P. 188 : Ernest Hemingway à la pêche à Bimini, Cat Cay, vers 1935. © Ernest Hemingway Photograph Collection, Boston.

P. 192 : Hemingway ambulancier. © Ernest Hemingway Photograph Collection, Boston.

P. 198 : Réfugiés juifs arrivant à Haïfa en 1949. © Rue des Archives/SV-Bilderstiendst.

P. 206 : Pénitencier de Cayenne, une exécution capitale dans la cour du pénitencier, 1906. © Coll. IM/Kharbine Tapabor.

P. 214 : Antoine de Saint-Exupéry, chef d'escale à Cap-Juby en 1928. © Rue des Archives/Tal.

P. 218 : Aéropostale, affiche publicitaire des lignes aériennes Latécoère France-Espagne-Maroc vers 1923. © Selva/Leemage.

P. 222 : Beatniks préparant une manifestation à New York, 1962. © Keystone France.

P. 228-229 : Panneau indiquant le Nevada sur la route de Salt Lake City (Utah) dans les années 1940. © Keystone France.

P. 234 : Paul Morand en voyage vers les USA, 1928. © AKG/Ullstein Bild.

P. 237 : Vue de New York dans les années 1920-1930. © Coll. Kharbine-Tapabor.

Patrick Poivre d'Arvor
dans Le Livre de Poche

Confessions. Conversations avec Serge Raffy   nᵒ 30609

« PPDA est un cas. Il a réchappé à toutes les tempêtes, à tous les complots, à tous les coups du sort, même les plus tragiques. Il dure au sommet avec la souplesse du roseau. L'homme plie mais ne rompt pas… En proposant à PPDA de répondre à mes questions, j'avais une idée derrière la tête : revisiter ces moments de haute tension, comprendre comment un grand journaliste sait accuser les coups avec autant de ferme confiance en soi. Je voulais aussi découvrir, derrière l'icône, l'homme aux cent visages : le romancier à succès, mais aussi le dévoreur de livres, l'amoureux des écrivains. Cet entretien fleuve, pas toujours tranquille, n'a pas la prétention de raconter sa vie. C'est un dialogue entre deux journalistes pour qui la vie, quoi qu'il advienne et quelles que soient les ombres qui la traversent, est un roman sans pareil » (Serge Raffy).

Elle n'était pas d'ici   nᵒ 14146

En janvier 1995, Patrick Poivre d'Arvor bouleversait des millions de téléspectateurs en apparaissant à l'écran au lendemain du suicide de sa fille Solenn. Déjà, dans *Lettres à l'absente*, il nous avait livré avec une émouvante simplicité le dialogue d'un père et de sa fille anorexique. Ce livre lui valut un abondant courrier dans lequel des malades, ou leurs proches, lui disaient leur reconnaissance pour avoir témoigné de ce qu'ils vivaient. Avec la même sincérité et la même pudeur, il nous dit ici ce que fut – ce qu'est toujours – le deuil. Ces pages écrites au hasard d'un voyage en train, ou dans les rares moments d'inaction d'un homme qui voulut se jeter dans le travail pour éviter de souffrir, ont un inoubliable accent de vérité. « Si cette souffrance qui a été la nôtre peut aider tous ceux qui ont été ou vont être confrontés à la boulimie ou à l'anorexie, écrit Véronique Poivre d'Arvor en préface, alors Solenn ne sera pas morte pour rien. »

Les Enfants de l'aube   n° 5777

Le premier roman de Patrick Poivre d'Arvor est un roman d'amour. D'amour fou entre deux adolescents. À l'écart de la comédie des adultes qu'ils récusent. Ils se jettent dans la plus belle et la plus émouvante des aventures... comme des oiseaux contre une vitre dans les couleurs de l'aube. Cette tendre et tragique histoire d'amour, chacun de nous l'a vécue, ou rêvée.

J'ai aimé une reine   n° 30330

En 1774, un jeune gentilhomme auvergnat, Gilbert de La Fayette, se présente à la cour. Entre lui et la jeune Marie-Antoinette, qui n'est pas encore reine, quelques regards suffisent à exprimer une attirance et un désir réciproques. La Fayette aura bientôt l'occasion de briller aux yeux de celle qui est entrée dans son cœur, en devenant un héros de la guerre d'indépendance américaine contre les Anglais. Devenu le fils spirituel de George Washington, il revient à Versailles auréolé de gloire – mais aussi fasciné par un idéal démocratique et républicain qui heurte de plein fouet les préjugés de l'aristocratie. Lorsque éclate la Révolution, devenu chef de la Garde nationale, La Fayette ne cessera plus d'être déchiré entre ses idéaux et le désir de protéger celle qu'il aime – une protection qui, à plusieurs reprises, sauvera probablement la vie de la reine. Mais cet homme résolu à changer l'histoire ne devra-t-il pas le payer d'un amour impossible? C'est dans une bourrasque historique et romanesque que nous entraîne Patrick Poivre d'Arvor, avec ce double roman de l'aventure américaine et de la passion fatale d'un cœur républicain pour la reine de France.

Lettres à l'absente　　　　　　　　　　　　n° 13547

Comme des milliers d'adolescentes en France, Solenn, seize ans, est atteinte d'anorexie mentale : une maladie d'origine psychologique qui conduit le sujet à refuser toute alimentation, au point de mettre sa vie en péril. Solenn est l'« absente » de cette bouleversante lettre ouverte, dans laquelle Patrick Poivre d'Arvor, en marge de la vie trépidante d'un journaliste vedette de la télévision, s'interroge inlassablement sur les causes de cette tragédie, sur l'aide aussi qu'il peut apporter à son enfant. Et dévoile la souffrance d'un père par-delà son aura d'homme public.

La Mort de Don Juan　　　　　　　　　　　n° 30584

Victor Parker, la cinquantaine, comédien et séducteur impénitent, va mourir. Il est atteint d'une tumeur au cerveau. Passionné par Byron, l'homme aux multiples conquêtes et au destin romanesque auquel il s'identifie, Victor s'interroge douloureusement : s'est-il jamais senti exister hors du regard des autres ? Parker, Byron, Don Juan… Même s'il existe, entre le héros de ce livre et Patrick Poivre d'Arvor, de troublantes analogies – le suicide d'un enfant –, le romancier demeure maître de ses secrets. Et nous donne avant tout une méditation authentique, souvent poignante, sur la course au bonheur, la vanité des apparences et l'angoisse de mourir.

Petit homme   n° 15038

Le narrateur de ce livre a quatre ans. Ce dimanche-là, son père ne l'a pas ramené chez sa mère en fin de journée, comme d'habitude : ils partent tous les deux en voyage. Serait-ce que sa mère est morte, et que son père n'ose pas le lui dire ?
L'enfant écoute, observe, devine. Se souvient. Et vit une aventure magique. Un départ en avion. Une île à l'autre bout du monde, un lagon où les baleines viennent faire naître leurs petits… Une fuite, une longue fugue. Ces jours de rêve finiront. Les questions trouveront des réponses. Mais le père et l'enfant sauront pour toujours qu'ils s'aiment.

La Traversée du miroir   n° 6438

« Sans femme, je ne suis rien du tout », avoue Alexis Dorgel, gynécologue parisien de renom qui se laisse happer, à l'approche de la quarantaine, par le vertige d'une vie professionnelle surfaite et trouve dans d'innombrables aventures un exutoire qui le renvoie très vite à sa propre image, celle d'un vide absolu. Des circonstances dramatiques le poussent à « traverser le miroir » et à s'engager, aux confins du territoire cambodgien, auprès de Médecins sans frontière. Capturé par les Khmers rouges, tenu pour mort, il s'évade trois ans plus tard, et revient, méconnaissable, sous une autre identité, rôder autour de sa première vie… Dans le style vif et précis qui valut aux précédents livres de Patrick Poivre d'Arvor un très grand succès, *La Traversée du miroir* est un roman aux multiples péripéties et aussi une chaleureuse et profonde analyse de l'âme humaine.

Un enfant   n° 15482

À 39 ans, Barbara Pozzi n'a pas pu avoir d'enfant. Et cette femme séduisante, journaliste vedette d'une grande chaîne de télévision, se laisse gagner par le désarroi. Surgit alors un nouveau défi : enquêter sur deux scientifiques qui se disent capables de créer un clone humain. C'est au cœur de l'Écosse que Barbara va tenter d'approcher Ian MacPherson, biologiste de génie et misanthrope, réputé pour son goût de la solitude. Elle ne se doute pas qu'au bout de cette enquête difficile sa vie sera bouleversée… Aussi haletant qu'un thriller, aussi brûlant qu'un document d'actualité, ce nouveau roman de Patrick Poivre d'Arvor est aussi le tableau d'un monde médiatico-politique qu'il connaît bien, où se mêlent passions amoureuses et ambitions de pouvoir.

Une trahison amoureuse   n° 14672

Durant l'été 1925, un homme et une femme se rencontrent devant une vitrine de la rue de la Paix. Elle s'appelle Madeleine, elle est chanteuse lyrique. Il est capitaine dans l'aviation, il s'appelle Numa. Entre la jeune femme ambitieuse et le bel officier aux mille conquêtes, c'est aussitôt l'amour fou, absolu, dévorant. Mais le refus de Numa, après trois années de bonheur, de lui donner un enfant va briser l'harmonie. Une infidélité passagère de Madeleine, déçue, précipite son amant dans les affres de la jalousie, puis du désespoir. Il survivra : on peut, hélas, aimer plusieurs fois…

 **www.livredepoche.com**

- le **catalogue** en ligne et les dernières parutions
- des **suggestions de lecture** par des libraires
- une **actualité éditoriale permanente** : interviews d'auteurs, extraits audio et vidéo, dépêches…
- **votre carnet de lecture** personnalisable
- des **espaces professionnels** dédiés aux journalistes, aux enseignants et aux documentalistes

Achevé d'imprimer en mai 2009 en Espagne par
GRAFICAS ESTELLA
Dépôt légal 1re publication : juin 2009
Librairie Générale Française
31, rue de Fleurus – 75278 Paris Cedex 06

'The past is [...] forgotten?'

Ellie moved in exasperation. 'It should be what you want, too.'

When she moved he saw more of the medical clutter on her desk. And in the middle of it was a picture of a boy. A young boy with a big smile. He saw dark hair, thick eyebrows, and there was something about the line of the jaw that he recognised. Then he knew. He shaved that jawline every morning. He felt a sudden aching disbelief. He had a child!

'Is that my son?' he asked.

'No, John! He's my son. As far as I know, you have no child.'

Gill Sanderson is a psychologist who finds time to write only by staying up late at night. Weekends are filled by her hobbies of gardening, running and mountain walking. Her ideas come from her work, from one son who is an oncologist, one son who is a nurse and her daughter who is a trainee midwife. She first wrote articles for learned journals and chapters for a textbook. Then she was encouraged to change to fiction by her husband, who is an established writer of war stories.

Recent titles by the same author:

SEVENTH DAUGHTER
UNDO THE PAST
A FAMILY FRIEND*
A FAMILY AGAIN*
A FAMILY TO SHARE*

Loving Sisters trilogy

A SON
FOR JOHN

BY
GILL SANDERSON

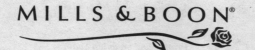

First published in Great Britain 2000
Harlequin Mills & Boon Limited,
Eton House, 18-24 Paradise Road, Richmond, Surrey TW9 1SR

© Gill Sanderson 2000

ISBN 0 263 82224 9

Set in Times Roman 10 on 11½ pt.
03-0003-59068

Printed and bound in Spain
by Litografía Rosés, S.A., Barcelona

PROLOGUE

'Ooh, Doctor, do you really have to?' Mrs Simmonds was being coy again. She fluttered her eyes at John, modestly pulled together the neck of her floral nightie. Mrs Simmonds was eighty-seven but resolutely refused to act that way. John loved her for it.

'Sorry, Mrs Simmonds, it's got to be in your bottom. I could inject you here in your shoulder but there's just not enough of you. You're too slim, that's the trouble.' John gently rubbed the wasted shoulder, feeling the bone so close under the skin.

'You doctors are all the same,' said Mrs Simmonds with a chuckle, then, to the young nurse standing by, added, 'Help me over, will you, dear?'

The nurse slipped back the bedclothes and with John's help turned Mrs Simmonds onto her front, then eased up her nightie. John pulled the skin taut so the injection would not leak afterwards. He depressed the plunger of his syringe till a tiny drop of fluid gleamed at the end of the needle. Then he injected the diamorphine, carefully picking his site to avoid the sciatic nerve. There wasn't much flesh left anywhere on his patient and the injection must have hurt a little, but Mrs Simmonds remained inexhaustibly cheerful.

She had cancer of the colon, and it had metastasised and formed colonies in her lungs and liver. There now was no hope of treatment. Mrs Simmonds came from a generation who thought it improper to bother the doctor unless you had something serious so she had ignored the growing pain and discomfort. When she had complained it had been too late.

5

But she flirted with all the doctors as if she were in the best of health and eighteen again. 'See you later.' John beamed.

The young nurse's name was Melanie and this was her first week on a real ward. She looked lost, frightened. Ideally she should have 'shadowed' a fully qualified nurse for a week or two, but there just weren't enough staff to justify it. She had a willing pair of hands and had been trained—she could pick things up as she went along. John smiled at her encouragingly. 'You're doing fine,' he whispered.

Melanie looked up at him and nodded. 'Yes, Doctor,' she said shyly.

It was nice to be respected, to be called 'Doctor', John thought to himself. Even if he had only been a real doctor for six weeks, and was quietly as nervous as Melanie.

'I'm injecting her with painkillers at the moment,' he said, 'but when her condition becomes worse we'll rig up an IV line and deliver them straight into the vein. That way we can control the supply more easily.'

'I see.' Melanie nodded solemnly.

He swished the curtains back from Mrs Simmonds's bed and moved to the next one. Melanie closed the curtains and they looked down at their next patient. 'Hello, Mrs Apley,' John said, and tried hard to keep the smile on his face. But it was an effort.

Mrs Apley was young, belligerent, aware of her 'rights'. She was just the opposite to Mrs Simmonds, simply too fat. She had just had a cholecystectomy, the removal of her gall bladder. Twice before she had come into hospital and the consultant and anaesthetist had united in refusing to operate until she had lost some weight. The danger of respiratory failure had been just too great. Her GP—for whom John felt a great deal of sympathy—had somehow persuaded her to stick to a diet and she had lost two stones.

Now she had had her operation and was apparently losing

no time in replacing the lost weight. A vast and half-eaten bar of milk chocolate was on her bedside cabinet.

'Didn't think much to breakfast this morning, Doctor,' she started. 'Is this what we pay taxes for?'

John had a great urge to tell her to shut up and stop grumbling, but then he remembered that he was young, he was fit and he hadn't just had an operation. And not all patients were like Mrs Apley, there were just as many Mrs Simmondses. So he smiled even more broadly and said, 'I'm sorry about that, Mrs Apley, but we do the best we can. Now, can we have a look at the wound here? Has there been any pain or discomfort?'

Melanie carefully eased off the dressing and John pursed his lips approvingly at the healthy pink flesh. 'That's very good, very good indeed,' he said. 'You're healing more quickly than we could have hoped.'

'I should think so,' Mrs Apley said complacently. Then she exclaimed sharply, 'Careful, girl, that hurts.'

Melanie had been restrapping the dressing, but now she looked up, worried.

'There's bound to be a little discomfort,' John soothed. 'It's still a very tender area. But I'm sure you've got the character to put up with it.'

Mrs Apley indicated that she was prepared to suffer, and as Melanie drew back the curtains she reached for her chocolate bar again. John walked to the table at the head of the ward to fill out his notes.

Melanie came to talk to him. 'You were good with Mrs Apley,' she said. 'I thought she was going to shout at me.'

'Don't worry, Melanie.' John winked at her. 'I'll tell you a secret. I was trying to get offered a bit of chocolate. But I didn't succeed. I'm a medical failure. Now, I've got to fill in these notes so you skip back to Sister and find out what else she wants you for.' Melanie, now happy, tripped off down the corridor, and John looked after her and sighed. Melanie was about eighteen, six years younger than himself. And yet the gap in ages seemed enormous.

He was more tired than he remembered ever having been in his life before. It was three o'clock in the afternoon and he had been working solidly since eight that morning. There was nothing wrong with that, but he had been on call the previous night, and at half past three in the morning the phone by his head had rung. It hadn't been a great emergency, but the night sister had called him out to a case of hypertension—high blood pressure.

John had found nothing seriously wrong, though the patient had been in some pain and feeling very anxious. A painkiller and reassurance had caused the pressure to drop, but it had been an hour and a half before John had managed to crawl back into bed. He knew his blood sugar was down, but didn't even have the energy to go and get a quick fix—a biscuit or a handful of sweets. He bent over the desk. The first and most important lesson for a house officer—always do your paper-work at once.

The ward seemed hotter than ever. He wished he could take off his white coat—the new long doctor's coat instead of the old short student's coat—and loosen his tie a little. But those who had been doctors for only six weeks had to toe the line. There was a non-stated but definite dress code.

So often the smallest problem caused the biggest outlay of time. When he was a student he had looked at cases—diseases rather than people. Now he had to deal with the complete person. He dealt with the family, the GP, the paperwork, the other health professionals who were just as intent on their particular job as he was on his. Sometimes it seemed that the actual illness was the least important thing.

Out of curiosity he had counted the number of phone calls he had made about one patient who was in hospital for the most minor of operations, the removal of a cyst. There had been thirty-three different calls. He grinned to himself. Was he complaining? He loved it!

He stood, stretched, easing the aching muscles of his back and thighs. His little self-appointed task was finished. He was up to date on all his paperwork. Now he could go to the doctors' room, have a coffee, perhaps even shut his eyes for five minutes.

He was stopped in the corridor before he got to his coffee, his chance of a little rest. 'Doctor, when you've a minute could you come and have a look at Mr Hatton? He's complaining that he's in pain and you might want to look at his dosage.'

Rocking slightly, bleary-eyed, for the first time he looked at Staff Nurse Roberts. Her name was Roberts, he was aware, because he'd seen her name on the duty roster. He knew she was a staff nurse because she wore a light blue uniform, not a white one like Melanie. But he guessed she hadn't been qualified for long. Her uniform looked too new for a start. And he doubted that she was much more than twenty-one, three or four years younger than himself. He'd been busy when she'd come onto the ward that morning, but now he had the chance to look at her.

She was gorgeous.

'First things first,' he said. 'My name is John and you're…?'

'Eleanor. Eleanor Roberts. It's just that the other HO, Dr Pride, doesn't like first names on the ward.'

'Dr Pride is a—' started John, then caught himself in time. 'Sorry, must remember lecture on medical ethics. Dr Pride and I have to disagree, but I want you to call me John.'

'I'd like that.' She smiled, she had dimples! He took his time and looked at the rest of her. Her hair was a glorious pale blonde. He was no expert, but he would swear it was natural, not dyed. It was cut very short, an almost masculine crop, daring for a woman, but it enhanced this one's beauty because it emphasised the high, fine cheek-bones. Unusually for a blonde, she was tanned, which made her blue eyes seem even darker. Blue eyes like mine, he thought, then decided he was showing the first signs of disorientation through fatigue.

'I'm showing the first signs of disorientation through fatigue,' he said.

From her pocket she took a bar of chocolate, broke off a large piece and handed it to him. 'Have some instant blood sugar,' she said gravely. 'The last thing I want is an ill house officer on my ward.'

He bit into the chocolate—dark, as he liked it. 'Brilliant diagnosis, brilliant treatment, Staff Nurse. I think I'm already falling in love with you. But before I do lead on to Mr Hatton.'

'This way...John. I've got his case notes.'

Eric Hatton had been operated on that morning. John checked and decided that there were no post-operative complications—this was a simple case of insufficient analgesia. He was still amazed at how diverse people were, how they felt vastly different amounts of pain from the same operation. He increased the dosage of IV-delivered drug at once, and watched as Eleanor followed his instructions. Together they waited for a result. It came quickly. The pain lines round the patient's eyes and mouth disappeared, his breathing grew slower, deeper, his eyelids flickered then closed. 'Keep an eye on him,' said John, 'but he should be all right now. You could have dealt with that just as well as I did.'

'Nurses are not allowed to prescribe drugs,' she quoted, 'but, yes, I would have done exactly the same as you did. If I had the authority.'

'It's good to know you agree with me,' he said sincerely. 'I know I've still got a lot to learn and I'm willing to learn from anyone.'

'What an unusual doctor you are,' she teased. 'D'you want to come to Sister's office for a coffee?'

'Thought you'd never ask. I think mine is the only human

metabolism there is that functions solely on chocolate and coffee.'

Suspiciously she asked, 'Is that a cunning request for my last piece? The piece I was hoarding for my own low blood sugar?'

'Certainly not,' he said indignantly. 'It's a cunning request for half of your last piece.'

'Here.' She broke the chocolate, and they had half each.

'Now, a cup of coffee and I'll rejoin the human race.'

He was rather looking forward to a short break, a couple of minutes' chat with her, but no sooner had she poured two coffees than Melanie peered round the door. 'Staff, I'm having trouble with Mr Yelland's dressings.'

Eleanor took a great mouthful of coffee and stood. 'I'm coming, Melanie. You'll get used to it in time.'

When she'd gone he waited a couple of minutes in case she returned at once. But it must have been a bigger problem than she'd thought so he took his coffee and walked to the doctors' room. There were a set of TTOs to complete. The 'to take out' form was a prescription to the hospital pharmacy for the drugs patients would take with them when they were discharged, and also a summary for the GP of diagnosis, treatment and further care. Each took time and care to fill in.

John thought a minute about the last form, and then phoned the patient's GP. In easier times old Mrs Gilpin would not have been released from hospital. She needed constant care. But the department had treated her medical condition, and now it was up to care in the community to look after her. Perhaps a few words with the GP might smooth things for her.

When he finally decided to go, the nurses had changed shifts and Staff Nurse Eleanor Roberts had left. He felt a tiny touch of disappointment that she hadn't called in to say goodnight to him but, then, he didn't make a point of saying goodnight to every nurse either. He reminded himself to buy her a bar of chocolate. Then he walked down the three flights of stairs from Ward 27—no way was he going to take the lift— and out into the courtyard of London's River Hospital.

It was good to be outside. The air wasn't exactly fresh, but it was an improvement on the heat of the ward. He looked around at the brutal concrete architecture and decided again that it might be efficient but he didn't like it. Then he headed for the doctors' residence. He knew he ought to take some exercise, but decided that sleep would do him more good.

There was a short cut through the staff car park, and there John heard a noise that never failed to annoy him. It was the whirring sound of a starter motor going on and on. Quite obviously the engine wasn't going to start. It wasn't his problem. His problem was getting enough sleep. The noise got louder as he walked past the serried cars until he came to an old Fiesta. An old and tatty Fiesta. Behind the wheel, looking angry, was Staff Nurse Eleanor Roberts. She hadn't seen him.

He paused for a moment—he really *was* tired—and then decided that it might be his problem after all. He walked over and had to tap on the glass twice before she heard him. She wound down the window. He thought even when angry she still looked gorgeous.

'If you're going to come out with one of those masculine things about women and motors,' she snapped, 'don't bother. And if I have flooded it, whatever that means, then I'm sorry. I've had a hard day and I can do without more aggravation.'

He knew how she felt.

'Pull the release, let me look under the bonnet,' he said mildly.

She looked at him furiously, but did as he asked, without speaking. Wincing, he looked at the engine.

There was everything there but a bird's nest. He checked the oil level, the battery connections, the tightness of the fan belt. There was an overpowering smell of petrol. Then he saw the loose connection that was the cause of the problem.

He walked round to the passenger door and she unlocked it so he could slide inside. 'It *is* flooded,' he told her. 'There's no way it'll start for a few minutes. And you've nearly flattened your battery. My car's on the other side of the car park, I'll fetch it in a minute and help you start yours.'

She was curious. 'Do you know a bit about engines, then?'

He shook his head. 'I know a lot about engines. They've always been my hobby. In some ways engines are better than people. Treat them right and they'll never let you down.'

'Are you saying I've neglected my engine? I put the best petrol in, don't try to go too fast.'

He looked at her judiciously. 'Quite frankly, Nurse, if you treated a patient the way you've treated that engine, I'd report you to the General Nursing Council.'

She looked glum. 'That bad, is it?'

'I'm afraid so. Where did you get it?'

'My brother's just gone to New Zealand—he sold it to me. He said there was another twenty thousand miles in it.'

'You could get more than that if you treated it with a bit of care.' He thought for a minute. 'Look, if you want, I'll spend a couple of hours with you on Saturday, show you what to look for, how to look after it. If your boyfriend doesn't mind, that is.'

'Is that your idea of subtlety?' she asked acidly. 'Let me put your mind at rest. At the moment I am man-free, quite happy about it and not looking for a replacement. But...I really would be grateful if you could give me a hand with the car.' She frowned. 'Why should you, though? You're dead busy, I know.'

He grinned. 'I'll do it for love,' he said. 'I love...engines. Now, don't touch that starter and I'll fetch my car over.'

He had to admit to a touch of male pride when he drew his car alongside hers. He could tell she was impressed. Well, either that or shocked. He had a twelve-year-old Mercedes which shone as if it had left the showroom that morning.

'Did you buy that to impress people?' she asked.

He didn't rise to the bait. 'My hobby over the past two years,' he explained. 'I bought it cheap, spent all my spare time doing it up. Not that I had much spare time.' He rolled up his sleeves, fetched a large toolbox from his boot and said, 'First lesson. Come and see what wonders you have under your bonnet.'

He was not going to do much now, but as he wiped and tightened he said, 'When I'm fed up with patients who are unreasonable, I come and work on a car. It's therapeutic. An engine never lies, never pretends to swallow pills, never makes itself deliberately ill. Treat it well and it will run indefinitely.'

'You've convinced me,' she said. 'I'll give up nursing to be a mechanic.'

He tightened the last nut, and said, 'Try to start it now.' She climbed back into the car, and the engine started at the first twist of the ignition key. He gently lowered the bonnet.

She put her head out of the window. 'Thanks, John, I really am grateful.' She looked at him assessingly. 'Are you on call again tonight?'

He shook his head. 'Definitely off till tomorrow morning. I'll have a quick bath and a sandwich then lots of lovely sleep.'

She appeared to be considering something, then said, 'I live in a flat in Selwyn Road with another two nurses. Number thirty-seven. Supper tonight is leftover spaghetti Bolognese. Would you like to come and share?'

He felt a surge of excitement. He would very much like to spend more time with Eleanor Roberts. But he wasn't going to show how he felt. 'All right,' he said casually, 'I'd love to. A romantic evening. Will we dine by candlelight?'

'Possibly, if the meter runs out. See you in an hour?'

'Already looking forward to it. I'll bring a bottle of wine.'

She pointed at him. 'This is nothing special, Doctor, just a little thank you for fixing my car. And you're out at half past ten 'cos I need my sleep, too.'

He grinned. 'Of course,' he said urbanely. 'In about an hour, then.' The car pulled forward.

It wasn't an uncommon kind of invitation. In the past six years he had been out with a fair number of nurses and medical students. The girls he met seemed to find him attractive enough—certainly he was never at a loss for a party to go to. But his work had to come first and the casual social lifestyle suited him fine. However, Eleanor had impressed him rather a lot. Not only was she gorgeous-looking, she had wit and spirit to her. He was looking forward to his supper.

He went back to his room, had a luxuriant bath in the annexe down the corridor, then dressed in cords and an open-necked check shirt. A group of other house officers was going to the pub later but he said he wouldn't be joining them. Then he went to pump up the tyres of his old bike. A three-month spell in Accident and Emergency had filled him with a horror of mixing drinking and driving.

Selwyn Road wasn't far away, a row of large Victorian houses now mostly converted into flats. A lot of the hospital nurses lived there. He stopped halfway and bought a bottle of red wine from an off-licence, then thought for a moment and bought a bottle of white, too. Not everyone shared his taste for rough reds.

The Fiesta was parked in the drive of number thirty-seven, along with a couple more rather run-down-looking cars. There were bells to two flats, and he rang the one marked Nash, Moran, Roberts. He felt perfectly relaxed, and so didn't quite understand the sudden bump of excitement he felt when Eleanor opened the door.

So far he'd seen her in uniform and in jeans and sweater. Now she'd changed into a blue sleeveless dress which made him uncomfortably aware of how attractive she was. When in doubt, make a joke. 'You've got naked arms,' he said. 'I think they're lovely.'

In fact, they were. Like her face, they were lightly tanned, touched with the faintest of blonde hair. And the curves on them were firm, muscle not fat.

'Thank you, kind sir,' she said. 'Do come inside, we're on the first floor.'

He thought she had rather appreciated his compliment. Good, he had meant it.

They walked upstairs, through the plasterboarded partition into her flat. A typical nurses' place, he'd been to many. She led him into the living room, accepted the bag with the two bottles of wine and said she had to finish in the kitchen. 'Pick yourself some music,' she said, waving at a music centre on a table with a great stack of CDs by it. 'I'll be with you in a minute, I'm a bit behind.'

He flicked through a lot of modern stuff which he didn't much care for, and then found the Beatles. As 'Sgt Pepper's Lonely Heartclub Band' filled the room she called from the kitchen, 'That's my mother's favourite—she bought it for me for Christmas.'

'A lady of taste,' he called back. Then he wandered round the flat, looking at the textbooks he recognised, the duty rosters pinned to the cork noticeboard, the holiday postcards on the mantelpiece. The room was half tidy, half not, as if the people who lived there only did so briefly. This was a world he recognised.

There was a thick notebook on the table with a pen by it, as if he had disturbed her writing something. 'Still studying?' he called. 'What's this on the table?'

Eleanor came smartly out of the kitchen and whipped the notebook from the table. 'It's personal,' she said. 'It's called "Life on the Wards"—a story of how I've learned that doctors know everything and do nothing.'

'You've got us pinned down,' he said. 'How about a glass of wine each?' She fetched the bottle for him to open.

Although there were three girls sharing the flat, only Eleanor and John were to sit down to the meal she had reheated. One girl was away on holiday, the other, Mo Moran, came through, looking smart in a dark dress, and said she was being taken out for dinner. She accepted a glass of white wine and sat with John on the settee for a while. He thought he'd seen her around the hospital somewhere; she was quite a bit older than Eleanor.

'Mike's taking me out on the river,' she said, rolling her glass stem between two fingers. 'It's our anniversary. Anniversary of when we met, that is. We've been together three years now.'

John thought she seemed nervous. 'It's a long time,' he said. 'You must get on well together.'

'Oh, we do. Interests in common, same sense of humour— we get on very well together.' The doorbell rang. She downed the rest of the wine, shouted that she was off and ran to the stairs.

'She seems in a hurry,' John observed.

'Mo is always in a hurry. But we can be more genteel. Dinner is now served, and to establish an atmosphere of gracious living—here's your candlelight.' She placed on the table a single, thick, white candle stuck to a saucer.

'I'm not sure I can cope with this sophisticated life,' said John.

The meal was what she had promised, spaghetti Bolognese made with mince and tinned tomatoes, with grated cheese on top. It was the kind of meal he had often eaten before, the kind of meal that one girl would cook when it was her turn to cook for the other two. Simple, cheap and nutritious. He loved it. They sat, forking and twirling spaghetti and talking easily.

'I think I've had it with medicine for today,' she said. 'Too many nurses work all day then talk about it all night. I want to get away from hospital.'

'I know a fascinating story about the new Jaguar twelve-cylinder engine.'

'All right, you can tell me about the operation you're per-
forming tomorrow.'

They both laughed. She was good company, easy to get on
with. 'What was Mo so nervous about?' he asked her.

'I know all hospital staff love to gossip, but I don't want
this going any further. You can help me—I want a male point
of view.'

'OK, I promise not to gossip.'

She looked at him thoughtfully. 'D'you mean that?'

'Surprisingly, I do. I'm not quite a real doctor yet, but
when I am patient confidentiality will be important to me.'

'Right, then. Mo has been going out with Mike for three
years now. They're about the same age—she's thirty-one.
He's a senior radiographer. He lives in his own house, no
wife or ex-wife, no parents. She stays there once, twice a
week, sometimes he stays here. They're happy together. She
wants to get married, I don't know why. Failing that, she'd
be very happy to move in with him. But he doesn't want her
to.'

'You want the male point of view? Honestly? It's simple.
Marriage is a fine institution, but who wants to—'

'—who wants to live in an institution?' she interrupted him.
'A typical selfish male point of view, Dr Cord. Remember,
men are largely now unnecessary. We women are going to
do without you. Since physical strength is no longer much
use, all we need is one man per hundred women. You men
are going to die out, Cord.'

'The dinosaurs and now me,' he said gloomily. 'Is this how
you encourage Mo?'

'I tell her she's still young, so why bother getting married?
Both she and Mike have careers, be content with that.'

'Have another glass of wine,' he said, pouring her one.

As pudding she had bought fruit, and they had an apple
and a banana each. He offered to wash up but she said they
had a machine to do it. Then they sat side by side on the

couch, drank wine, chatted, listened to more music. He felt at home, under no pressure. After work this was what he needed, and Eleanor was good company.

At five past ten she started to yawn, and couldn't stop. He caught it from her and did the same. 'Nearly bedtime, John,' she said. 'And that is a statement, not an invitation. D'you want a coffee before you go?'

'No, thanks, I'll have a drink before I go to sleep.' He stood and yawned again. 'Probably see you tomorrow morning, but otherwise I'll be here about eleven on Saturday. We'll spend a couple of hours on your car.'

'Thanks. I appreciate that.'

'Oh, and that night there's a birthday party for one of my mates. We've got the back room of the Black Bull and there'll be a bit of a disco. If you like dancing, would you like to come?'

'I love dancing and I would like to come. But right now I would like you to go.' She escorted him downstairs.

In the hall he put his arms around her and kissed her, and she hugged him to her. Then she put her head on his shoulder and yawned.

'Thank you for that tribute to my capacity to excite passion in you,' he said.

They both laughed. 'I think you're a nice young doctor, Cord,' she said. 'Now go home to bed.'

He stole one last kiss and wheeled his bike out of the hall. Twenty minutes later he was back in the kitchen by his room, making his customary evening cocoa. 'Have a good night?' a friend asked.

'Not at all bad. Had spag. bog. with a nurse, bottle of wine.'

When he was in bed, sipping his cocoa, he realised that his casual description of a pleasant but not unusual night hadn't been entirely accurate. Eleanor meant more to him than he had at first recognised, something about her got to him. Still, he was going to see her again. He slept at once.

'And I don't think Mrs Chilton needs a chest drain any more,' the specialist registrar said. 'Take it out, will you, John?'

'Straight away,' John said. He'd never taken one out before but he had observed the procedure and he was there to learn.

Mrs Chilton had had a pleural effusion, a leaking of liquid into the space between the lung and the membrane that lines the chest. The registrar had introduced a tube into the space, and the fluid had drained out. Now the tube could be removed.

First John talked to Mrs Chilton for a moment, trying to put her at ease, explaining what he was going to do. Then, after clamping the tube, he undid the pursestring suture that sealed the entry point of the tube. 'Now, Mrs Chilton, blow out, but don't let the air escape. You know, as if you were making your ears pop.'

Mrs Chilton did as she was told. Gently John eased out the tube, hearing the hiss of the last bit of air as it came out. Then he pulled tight the pursestring suture and applied an occlusive dressing on top. 'That feels much more comfortable, Doctor,' Mrs Chilton said. A job well done. He was learning.

On Saturday morning the rain poured down. John was still in bed when Eleanor rang him to suggest that they should put off looking at her car until the weather improved. He listened to the rattle of rain on his window and agreed. 'But I'm keeping you to it,' she went on. 'You're the only mechanic I've ever met so I'm going to hang onto you.'

'And I thought it was my charm, my wit and my general good looks,' he said sleepily.

'In your dreams. Uh, we are still all right for the party tonight?'

'Very much so. I'll pick you up a bit early—I thought we might go for a bit of a drive first.'

'I'd like that. What time?'

He arranged to pick her up at about seven. As he snuggled under the bedclothes again he found he was very much looking forward to the evening. He was very much looking forward to spending some time with Eleanor. He realised he'd never quite felt like this before.

'You look absolutely ravishing,' he said. The compliment wasn't planned, or half-ironic. He meant every word. She was wearing a simple white dress, long and sleeveless. It was made of some material that clung to her body, and as she moved he could see the line of her thigh, the curve of her breast. He knew she had a gorgeous figure, and this dress made it all the more obvious. Like all the other girls who would be there, she had taken extra care with her make-up. The deeper lipstick, the darkening of her eyes weren't really necessary, but it made her beauty all the more striking.

'Thank you,' she said. 'I'm afraid I can't really say the same for you.' She surveyed him critically. 'I've spent all afternoon working hard to make myself look like this. You look like you've devoted all of ten minutes to getting ready.'

He was dressed in what he knew would be the male uniform for the night—dark trousers, a white shirt, a bright tie that would come off as soon as the dancing started. 'I had the car washed,' he pointed out, 'and I sprayed the inside with air-freshener.'

'What more could a girl ask? Shall we go?'

It had stopped raining late that afternoon, and there was a weak autumnal sun shining. John escorted Eleanor to her side of the car, fastened her safety belt and shut her door with that satisfying clunk. Then he climbed in himself and turned the key in the ignition to listen to the deep musical burble of the engine.

'You know, just for a minute I could feel what the attraction is in a car like this,' she said.

He slid the car expertly out onto the road. 'Go on, tell me.'

'It's partly smell. These seats are creased but there's still the scent of leather. And it's those professional-looking dials, and the sheer comfort of sitting here, and even the engine sounds more expensive than mine.'

'A lawnmower engine sounds more expensive than yours,' he told her uncharitably. But he was pleased with what she'd said. There was a lot about what she said and did that pleased him.

It didn't take him long to get out of London. He had learned all the shortcuts, the quiet routes. They were soon in more or less green countryside, and he could show her how the car would accelerate, corner, brake.

'Are you a safe driver?' she asked.

'I've taken the advanced motorists' course and test. I like to think of myself as safe. And I really enjoy driving.'

'I can tell. I like people who enjoy things. Enthusiasts.' He took his hand off the wheel to pat her thigh. 'That's not very safe,' she said.

He enjoyed the ride and thought that she did too. It was pleasant to have her to himself, to have her look at him in that sardonic but amiable way she had. 'Do we have to go to the party?' he asked. 'I don't want to share you.'

'We have to go to the party—it's your friend's birthday and I'm looking forward to it. But I have no intention of being shared.'

'That's all right, then. Here's the Black Bull.'

As they pulled into the car park she asked, 'Are you going to drink tonight? I know you're a bit particular about drinking and driving.'

'That's right. No, I'll enjoy myself and drink what I like and then we'll take a taxi home. I can pick up the car some time tomorrow.'

'Good. I can relax if I know I don't have to worry about you.'

It was a good party, and Eleanor knew quite a few of the people there. They found a table and sat with a cheerful group of ten or so. Probably they drank a bit more than was good for them, but they were young and healthy and in stressful jobs so they needed to relax as hard as they worked. The disco started and she insisted they dance. She loved dancing and he was happy to follow her as best he could. If she was happy, then he was too.

To the slower music they danced cheek to cheek and he could feel her body pressed against his. She pushed him back gently. 'This dress is tight enough already, John. I don't want you inside it with me.'

'Sorry,' he said, obviously not sorry at all, 'but you can't blame a chap for trying.'

'You are trying. Very trying.' But he knew she didn't mean it.

When there was faster music her skirt billowed out as she danced, showing long, slender legs, and she smiled as if in ecstasy. He thought she was glorious. 'You're the most beautiful girl here,' he whispered, kissing the side of her face as they walked back to their seats.

'Oh, Cord! I bet you say that to all the girls.'

'Certainly do. But with you I mean it.' They were behind a pillar, hidden for a moment from the rest of the room. She stopped, took his head between her hands and pulled him forward so she could kiss him. 'I think you're the most wonderful man in the room. And I don't say that to all the men.'

For a moment he was serious. 'You mean that, don't you, Eleanor? I'm a bit—'

She didn't want to change the mood. 'Certainly I mean it. But I'm sure I'll be sober soon, and things will be different. Now I'm hot and I don't want any more alcohol. Could you get me a lemonade and lime, with lots of ice?'

Shortly after that they left. Many of the other couples were leaving too and there was only a hard core of heavy drinkers still standing by the bar. John phoned for a taxi to Eleanor's flat and she invited him in for coffee. Mo was staying out all night, and as Eleanor was making coffee the other girl came in, said goodnight and swayed off to bed. John sat by Eleanor on the couch, put his arm round her and kissed her. She had taken off the white dress and was now in her dressing-gown. They kissed for a while longer and after a time his hand slipped inside the front of her gown. He felt the softness of her breast inside the half-cup bra, touched gently and felt the growing hardness of her nipple.

Gently, she moved his hand, kissed the palm. 'Not yet,' she said. 'I'm a long way from being ready.'

He felt the pounding of his heart, the urgency of his body, but Eleanor was a girl he—he what? He felt more for her than any other girl he had met for quite some time. If she wished, he would be patient.

'Could I stay the night?' he asked. 'You wouldn't turn a man out to walk home on a night like this.'

'Certainly I wouldn't. I'll phone for a taxi for you.'

'I could sleep on this couch,' he persisted. 'I'd be no trouble to you here.'

'You might start on the couch,' she said tartly, 'but I wouldn't be surprised if you got lost in the middle of the night and somehow wandered into my bedroom.'

'So young and so cynical, Nurse Roberts!'

'So young and so sensible, Dr Cord. Come on, finish your coffee.'

He finished his coffee and decided to walk home. He had things to think about and the walk would clear his head. Downstairs in the hall he kissed her again, a long languorous kiss, and eventually she pushed him away breathlessly. 'Go on before I change my mind. You can phone me tomorrow.'

'I'll do that. 'Night, sweetheart.' He left. It had been a good evening.

After that John saw a lot of Eleanor. Well, as much as he could, and that was far less than he would have liked. The next day was fine. In the afternoon he serviced her car and, more importantly, showed her how to do it herself—what to look for in case of trouble. She was a quick study, he thought, and she now understood something of his fascination with engines. He treated her to an evening meal—Chinese take-aways. After that they smiled at each other on the ward, but it was the following Thursday before they could manage to meet for a quick drink in the pub at the hospital gates. He had to work. She understood, she sympathised and they got together when they could.

Then his career took a different turn. The ward he was working on was a surgical one, and after a six-month period on it he would normally transfer to a medical ward for six months to finish his house officer's year. But something came up. He told her about it as they sat in the back room of the pub late one night, squashed together in a banquette.

'I've been offered the chance to work with Sir James Ogilvie on the obs and gynae side,' he told Eleanor.

She blinked. This was most strange. 'Why you? And they don't have junior house officers on obs and gynae? You have to wait till you're an SHO.'

'Usually, yes, but Sir James can largely do what he likes. He's picked me because I worked for him as a student for a while. I'd be supervised, of course, far more than where I am now, but it's a wonderful chance to learn.'

'You mean it's a wonderful chance to impress Sir James,' she contradicted. 'You've always been interested in obs and gynae, haven't you? It would be a great career move.'

'I know. He's got the reputation for being a slave-driver

and he is, but I wouldn't mind that—I like work. It would mean I'd leave your ward, Eleanor.'

'Don't you dare think of that as a reason for staying. We'll still see each other, won't we?'

'I couldn't keep away from you, you know that. Who else would save me from getting fat by eating all my crisps?'

'You had a pie before I came—look there's the wrapper. John, I'm very pleased for you and in time you'll be a fine obs and gynae man.'

They did still see each other, the usual snatched hours and the longer half-days when both were off. They went to concerts, parties with friends, drives in the country. And sometimes they just sat in her flat or his room, listening to CDs and kissing.

Then one Saturday night they were alone in her flat together. They had decided not to go out. He had cycled down, bringing the usual bottle of red wine, and they'd had a happy relaxed time, not doing anything very much. It started to rain. At eleven o'clock he opened the curtains and looked mournfully at the evil night outside.

'You're not going to kick me out in this?' he asked as he usually did. 'A chap could get wet, catch pneumonia and die.'

'No,' she said quietly. 'You can stay tonight.'

The mood changed at once. He knew what she meant. Both knew they had been moving towards this moment for weeks now—it had only been a matter of time. But now it had arrived John was worried. He sat next to Eleanor on the couch and kissed her, not passionately but gently. 'Are you sure, sweetheart?' he asked. 'It'll be the first time for you, won't it?'

'I'm sure,' she said simply, 'and, first time or not, it doesn't matter if it's with you. But…you will be careful, won't you?'

He knew what she meant. 'I've got something,' he assured her. 'I'll be careful.'

For a while longer they stayed kissing there, and it was she who finally stood. 'Go and get to bed,' she said. 'I'm going to the bathroom. I'll be with you straight away.'

He went to her bedroom where she had a double bed. Quickly he undressed and slipped in, leaving on only the shaded bedside light. She came from the bathroom with only a towel wrapped round her. She stood at the bottom of the bed and the towel was dropped to the floor. 'You're so beautiful,' he said hoarsely. 'Come to me, come to bed.'

She was shy, for a while he did nothing but hold her hand. Then her breathing calmed, and she turned to him so they lay face to face. He put his arm around her waist and drew her to him. She sighed as her breasts pushed against his chest and he felt her shiver as her leg touched his arousal. Then she clasped him, pulled him tight against her. He knew what she meant. This was something that they would do together.

He kissed her, her mouth opening under his, her hand on his neck pulling him closer, even closer. Then somehow she was under him, gathering him to her with arms and legs as well, so he was with her, in her, the sweetness of her body more than he could bear. Some part of his mind hoped that he was not being selfish, but a force greater than he knew was urging him on and with a cry of delight he felt he was exploding inside her. Then he lay there, face down on her shoulder, as she stroked his back.

After a while he rolled over, pulled her so that she was on top of him and kissed her again. 'You made me so happy,' he told her. 'I hope you were happy too?'

'Yes, I was. I never dreamed it could be like that, it was marvellous.' Half-shyly, she went on, 'Now you're supposed to say you love me. But I know you won't, will you?'

'I'm very fond of you,' he said.

After that they spent as much time together in her bedroom as they could. The weeks passed. However, Sir James was a harder taskmaster than John had ever dreamed. Even though they worked in the same hospital, often he didn't see—just couldn't see—Eleanor for three or four days at a time. Life was full but he was happy.

It had been a hard morning. Sir James had performed a Caesarean section with, unusually, a general anaesthetic. John had observed, and had helped a little in the operation. But now the experts had gone off to drink coffee, talk and congratulate themselves, and John was left to sort out the mass of paperwork and to keep an eye on the baby, who was himself drowsy because of the anaesthesia. John didn't mind. One day he would be an expert too. His pager buzzed and he frowned when he saw the number. It was Eleanor. He could ring at once.

As ever, she was direct. 'I've not seen you since Monday, John. Not even a phone call.'

It was unlike her to complain—she knew how busy he was. But still… 'Sorry, Eleanor, I've been hard at it. I think of you a lot.'

Her voice softened. 'And I think of you, John. Look, I've got to meet you. This is something important. Can you get away this lunchtime at all?'

He glanced at his watch and hastily calculated what he had to do. Eleanor made so few calls on his time that he didn't mind reorganising things for her. 'I can get away for half an hour or so at half past twelve. But it can only be half an hour. Shall we meet in the canteen?'

'No. I want to see you somewhere quiet. You know that bench looking over the river by the laundry? We'll meet there—at this time of year it'll be deserted.'

'I know it. I'll bring us some lunch. What exactly do you—'

'Half twelve, then.' She rang off.

'You're what?'

The usual smiling mouth was set in a straight line. 'I'm

pregnant.' The words echoed dully between them.

It was his worst nightmare!

He looked round at the steel-grey sky, the leaden river, the leafless trees. Between them on the bench he had put the meal he had brought, four sandwiches and two plastic cups of coffee. She'd moved her head when he'd tried to kiss her so he'd sat at the other end of the bench from her.

'How long?'

'Three months now.'

'But didn't you know before…?'

'You know how it is. My periods have always been erratic, and with working so many nights I didn't really bother. But I took the test this morning. Like I said, I'm pregnant.'

It all seemed so unfair. 'But we took precautions,' he protested. 'I mean, I was always careful to…'

'Contraception is ninety-nine point nine per cent effective. You are looking at point one per cent.' She allowed herself a grim smile. 'I'm a statistic.'

Now it was sinking in. 'Three months,' he muttered. 'That's not very long. You could—'

'Don't you dare say it! I'd hate you if you did. I want nothing to do with abortion—it's not an option, d'you understand?'

'Of course, I agree with you.' He didn't know what to think, what to say. 'So you're going to have it?'

'Have it? This is a baby, not an it, a boy or a girl, not an it.'

Never before had he seen her so upset. She had always been tough, self-reliant. He moved the sandwiches and coffee, slid along the bench and tried to put his arm round her. She didn't shrug it off but remained unresponsive. And all the time he was trying to cope, to decide what to do. A baby now! Both their careers… Still, he'd just have to deal with it somehow.

'I suppose we'd better get married,' he said.

There was silence. 'Thank you, I shall always treasure the romance of that proposal.'

Now John, too, was angry. 'Eleanor, I'm sorry! This is as big a shock for me as for you.'

'No. The bigger shock is mine. And the consequences will certainly be.'

There was another, longer silence. For want of something to do he picked up a sandwich and offered it to her. 'Here. Keep your strength up. You're eating for two now.'

'Thank you, I already know that.'

He struggled on. 'So, we'll get married, then?'

'No. Not in a hundred years. If you were the last man on earth, John, I wouldn't want to marry you. Just forget the idea, and I'll forget you asked me.'

He didn't know what to say again. So far he felt he was not handling this situation very well. 'I'll support you, of course, it's my responsibility. Whatever you need I'll provide, and when I finish my house job I should be able to get something that pays—'

'It doesn't matter for now, John,' she said impatiently. 'We can worry about all that later. Just do one thing for me. Don't mention this to anyone. I don't want any of your male friends laughing at me.'

'That was a bit uncalled-for,' he said quietly. 'Of course I'll do what you say if that's what you want.'

'It is. You'd better get back to work now. I know you're busy.'

'But there's more to say, Eleanor. We have to make plans. What are you going to—?'

She spoke with sudden anger. '*We* don't have to make plans—*I* do. When they concern you I'll get in touch, but until then I don't need to hear from you. Is that clear?'

'But, Eleanor—'

'I said, is that clear?' Her voice rose almost to a scream.

'It's clear. I'll go now if that's what you want.' He thought it the best thing to do. The bench was to the side of a long path which led to the laundry. When he got to the end of the path he turned to look at her. She hadn't moved. He hesitated, and as he did so his pager buzzed. The number was recognisable at once—he was needed at work. Quickly, he walked back to the ward.

He didn't see much of her after that. He phoned, once or twice he called, but she adopted an attitude of steely indifference. 'I told you, John, when I need to see you I'll be in touch. Until then just keep away from me.'

Sometimes he wished she hadn't made him promise not to tell anyone. Whom he would tell he didn't know. His parents were dead and Christopher, his brother, was away at sea. He had no other friend close enough to confide in. So he kept things to himself, and always there was non-stop work for him to do.

Two months later Eleanor left hospital. John learned it casually, from a friend he'd worked with on the ward. 'Why did she go, then?' he asked, apparently carelessly. He wondered if her pregnancy had become obvious.

Not, apparently, to his friend. 'Who knows? Said something about getting a better offer somewhere else. Perhaps she went back up north, where she came from.'

That night he phoned her flat and got through to a stranger. 'She's left the flat and gone to New Zealand,' a voice said. 'I've got her place... No, she didn't leave any forwarding address.'

A fortnight after that there was a blue airmail letter for him from New Zealand. He recognised the bold handwriting at once, and stuffed the letter, unread, in his pocket. He had work to do and he suspected he would need time to think about the message inside.

He had half an hour at lunchtime so he took his coffee and sandwich to a remote corner of the canteen and opened the letter. The first thing he noticed was that there was no return address, either on the back of the envelope or at the head of the letter. It had been posted in Auckland.

Dear John,
I am making a life here in New Zealand. I have met a man, a little older than me, who has married me and is very happy about the child. You now have no obligations whatsoever. I know you would have honoured your promise, helped me with money, but you no longer need to do so. I ask one thing only. Don't try to get in touch with me, look for me, never talk about me. This episode in our lives is now ended. We had fun times together. One day you'll be a good doctor.

Eleanor

John phoned the ward and said he had an urgent personal problem—could he have the afternoon off? It had never happened before so his surprised consultant didn't mind. John went to his car and drove out of London. He needed space, time. Three times he stopped, took out the letter and read it again.

How did he feel? Relief, he supposed, but also regret. There was a sense of loss—he would have liked to have kept in touch. After all, he was to be a father—even if he wasn't married to the mother. But she had made up her mind, and her feelings were the most important. He turned the car round and went back to the ward early.

CHAPTER ONE

THERE was the quiet but throaty snarl of exhaust pipes as the bright red Jaguar convertible turned into the entrance and accelerated up the drive. The early September sunshine was warm, and the top was down. Two nurses turned to look, and Dr John Cord caught their admiring glances as they looked at the lovingly polished car. He admired it himself when he climbed into it every morning.

It wasn't new, of course, it was two years old, but had been well looked after. John didn't spend much on himself, he didn't really have time. He had no wife, no house, no family. All he did was work, and occasionally tinker with cars. So this was his bit of self-indulgence. His celebratory present to himself.

It felt good to be starting a new job. He was now Specialist Registrar in Obstetrics and Gynaecology at the New Moors Hospital. Ahead of him, at the end of the drive, he could see the new buildings, outlined white against the darker Pennine moors behind.

The hospital had been built with taste, on the outskirts of the little town of Howe. It was a state of the art hospital with state of the art facilities, servicing the collection of small moors towns roundabout. There would be lots of work in outlying clinics.

He had never been here before, even though he had spent the last five years in Sheffield, thirty miles to the south. He had never regretted leaving London when he'd finished his house year. There was space here in the north. He could find open roads for the car. He could try to forget what had happened in the south.

There was a car-parking space already marked with his name—he was impressed by the efficiency. First he pulled up the top on the car, then walked into the hall and main reception area of the hospital.

It was a typical hall and it excited him as all hospital halls tended to do. A hospital hall was like the world in miniature. There were so many different people—some just wandering, some with a sense of purpose. There were visitors, patients in pyjamas sneaking out for a smoke, nurses, orderlies, doctors. There was a bank, a paper shop, a flower shop, a stall set up to sell some kind of ticket—'our very own film première'. It hinted at the vast infrastructure of every hospital.

This was his first day, and his sister-in-law Anna had suggested that he dress smartly to make a bit of an impression so he was wearing what he thought of as his interview suit. It was dark and looked expensive, and he wore it with a white shirt and a college tie.

A receptionist directed him to the office of the head of his new firm, the consultant in obs and gynae, Cedric Lands. Cedric was a consultant of the old school. He came from behind his desk to shake hands. 'So pleased to meet you again, Dr Cord. I'm sure you will be happy here. Your office is next door. I'll show you that and then we'll have a look round and I'll introduce you to a few people. Take a couple of days to get to know the place and then we'll talk about your duties.'

'I'm eager to start work as quickly as possible.'

'Good, good, good. I'm relying on you to bring a breath of fresh air to the department.' He looked thoughtful. 'Perhaps we need younger men.'

John hid a grin. Cedric had a deserved international reputation, but he had not shaken off the attitudes of forty years ago. He didn't care for first names, the new democracy on the wards. He was wearing a three-piece suit, a shirt with a stiff collar. John thought that was going too far.

He had never seen a white coat as starched as the one Cedric put on. He was given one himself and the two men set off to the wing where they would work.

John had seen round the section quickly when he'd come for his interview. Now he had a more detailed inspection. There was the delivery suite, with the normal beds, the pool room, the high-dependency area, the theatre and the recovery room. There were the high and low-dependency wards. Downstairs were the clinics, the ultrasound and X-ray units. He was introduced to a variety of people whom he would later get to know and work with. He smiled and tried to remember all their names.

'...And this is Dr Harris, a senior house officer who joined us recently.'

John shook hands with the personable young man. He seemed a little worried, and after a couple of courteous remarks said, 'Glad I bumped into you, sir. Just a little problem with Lucy Liskeard. You remember, the young primigravida. She's nearly forty-two weeks gone now and she's getting very depressed. Since there's an increased rate of perinatal mortality after this time I wonder if we ought to—?'

'Have you tried sweeping the membranes?' This was a simple technique which sometimes bought on labour and involved stimulating the membrane around the foetus, by touching it with a finger.

'I've tried that, sir.'

Cedric looked thoughtful. Then he said, 'You want to induce. Is the Bishop's score over seven?'

'Well over seven.' The Bishop's score was a means of assessing the readiness for giving birth by giving points to the dilation and length of the cervix, its station, position and consistency.

'Good. In that case, insert two milligrams of prostaglandin gel. If there is no activity after six hours, then buzz me, but I am confident that labour will have started by then.'

'Thank you, sir. I'll see to that at once.'

John smiled to himself. It was a clear, incisive answer, helpful and to the point. He was impressed, but it was what he would have expected.

They looked into the low-dependency postnatal ward, and he was introduced to the sister, who had a couple of questions. Again there was an expert answer.

The section was locked, as all obs and gynae wards were. 'I hate this,' Cedric said as he tapped in the code to open the door. 'I realise the need, of course. We had an…incident in my old hospital where a baby was stolen. But the idea of locking a hospital ward I find abhorrent.'

'It's not always fun, moving with the times,' John agreed.

They stepped inside and Cedric's pager buzzed. He took it from his waistcoat pocket and frowned. 'Not work, a domestic call. My dear wife will be experiencing a crisis with the decorators. Dr Cord, we are expected. While I phone her why don't you walk down to Sister's office? She makes the best coffee in the hospital. I'll join you there.'

John walked to the door indicated and tapped on it. A voice called for him to come in. Vaguely he thought he recognised it, but he wasn't sure from where. He opened the door. It was the usual sister's office, too small, too cluttered, but this one smelling wonderfully of coffee. At the desk was a blue-clad figure, half-turned away, a telephone held to her ear.

There was that achingly familiar line running from hip to shoulder. The hair was short, a golden cap. He was speechless—felt disbelief, excitement, apprehension. The figure put the phone down and turned to meet him. 'Hello, John,' Eleanor Roberts said.

There was nothing he could say. He felt for a chair, sagged into it. It was over six years since they had last met. Her face had changed a little, having lost the slight plumpness of adolescence. By her eyes were slight lines, brought on by maturity or perhaps pain. Her eyes themselves were as blue as ever. She had been a very good-looking girl. Now she was a classically beautiful woman. Perhaps she was a little slimmer, but under the blue uniform he saw her breasts as high as ever.

So far she hadn't smiled. Still with her serene face, she stood and offered her hand. 'I am Sister on this ward most of the daytime week,' she told him.

He managed to stand to shake hands, then collapsed into the chair again. He'd thought of Eleanor often through the years. He'd thought of her a lot, wondered how she was managing, what she was doing, if the baby had been…he didn't even know if it was a boy or a girl. He had felt some anger, though he'd known he hadn't been entitled to the emotion. Then he'd forced himself to forget her. She'd made her decision—he would live with it.

Seeing her again, it was a vast shock. He felt a wave of emotion wash over him, but what that emotion was he couldn't yet tell. For the moment he was having difficulty in coping with it.

'Mr Lands had to make a phone call,' he mumbled. 'He's showing me round… Eleanor, I don't know what to say.'

She remained serene. 'I'm called Ellie now, no one calls me Eleanor. I've followed your career with interest, John. I've heard about you here and there. I knew you'd make a good doctor. But I was surprised when Cedric said you were coming here. I didn't want to meet you again. I felt that fate had played me a dirty trick.'

'You've had time to get used to the idea,' he muttered. 'I haven't. I can't take it in.'

'I'm sure you will do in time. You've done well for one so young, haven't you? I remember how much you loved obs and gynae.'

'I still love it. Eleanor, are we having this conversation?'

'It's Ellie,' she corrected him. 'I was Eleanor in another life. Just one thing before Cedric comes. Something we agreed. Remember, we haven't met before. If people know we've met before they might gossip.'

'The past is dead, to be forgotten?' he asked.

'Yes, of course it is. We're going to have to work together. I'm sure you'll agree that to be strangers is best.'

When he didn't answer at once, she looked at him sharply. 'It *is* best,' she said.

'I was just remembering,' he said slowly. 'Things I've forced to the back of my mind are coming back, all too vividly.'

'Look, we can go over old times later if you have to. Just tell me now you're not going to say that we've met before.'

'If that's what you want.' He didn't know why he was so reluctant.

She moved in exasperation. 'It should be what you want, too.'

When she moved he saw more of the medical clutter on her desk. The usual files, forms, odd instruments. And in the middle of it was a picture of a boy. A young boy with a big smile. He saw dark hair, thick eyebrows, and there was something about the line of the jaw that he recognised. Then he knew. He shaved that jawline every morning. He felt a sudden aching disbelief. He had a child!

'Is that my son?' he asked.

'No, John! He's my son. As far as I know, you have no child.' He wouldn't have believed it possible that she could speak with such intensity, such venom.

'Eleanor—Ellie,' he said placatingly, 'we've just got to talk. Not here, I know, but there are things that we have to sort out.'

She thought a minute. 'Perhaps you're right. Are you free after work?'

There was nothing he couldn't put off.

'There's a pub called the Grapes in a village called North Blyton about ten miles from here, off the main road.'

'I saw a sign to North Blyton as I came here.'

'Right. I'll meet you there at six. Just for half an hour.'

Someone knocked politely. Cedric peered round the door. 'Ah, so you've introduced yourself to Sister. That is good. I don't know what I would do without her. Soon you, too, will find her indispensable. Could you show us round, Sister? If it is convenient?'

North Blyton was three miles off the main road, an attractive little village of gritstone cottages, sheltered in a fold of the moors. It was September and, although it had been warm, the day was now losing its brightness.

Deliberately, he arrived early. He thought he needed time to relax, to consider what was to come. After meeting Eleanor—Ellie now—the day had been more than full. He had concentrated on his job, forcing personal concerns aside until he had the time to deal with them. But it had been hard.

The Grapes was quiet, a pleasant building with a garden to one side. He bought himself a shandy, then sat at a wooden table outside, and took off his jacket and tie. A little time to think.

He knew he had been promoted early, and was looking forward to working with Cedric. He knew he was good at his job, and always he had approached it with a single-minded devotion. He wanted to do that here, and now he was faced with an unexpected personal problem.

Problem? Could he think of Ellie as a problem? And then there was the fact that he apparently had—a son. This morning he had come into work without a care in the world. Now, he had—a son? Not according to Ellie. He was to have nothing to do with the boy. His whirling brain just couldn't cope.

From where he was sitting he could see the car park. A new blue car drew into it and parked by his Jaguar. Ellie stepped out. He was puzzled, remembering her as not being much interested in cars. And sisters weren't all that well paid, not really enough to afford a new top-of-the range model like this.

She raised an arm to indicate that she had seen him, and walked towards his table. He stood as she approached. She was in black trousers and sweater, a casual outfit but one which suited her colouring. Strange emotions tore through him—he just couldn't understand them.

For a moment they stood facing each other silently, then she sat opposite him. Her hands rested on the table. 'You're not wearing a wedding ring,' he blurted out.

'Because I'm not married. Are you going to get me a drink, John? I'd like a lemon and lime.' She was calm, self-assured, and it only made him more unsure of himself. That wasn't like him!

'Yes…yes, of course. Would you like a sandwich or something? I don't know what you're doing after you leave here. I—'

'Sandwiches are good here. I'd like a ham on granary, please, John.'

'Be right back.' Going to the bar, it gave him a small breathing space. Again he thought, that wasn't like him. He was supposed to be imperturbable, smiling, everyone's friend. He'd taken lots of nurses—and doctors—to pubs for a drink. But meeting Ellie, it had thrown him.

The sandwiches would be well made and take time. The landlord had to slice ham and cut bread freshly. John took Ellie's drink out. Her back was half turned to him and he could see again that heart-aching line of her body and her face. She was beautiful, but it was more than that, she… 'Sandwiches are coming,' he said, 'but here's your drink.'

He sat and then jumped back to his feet. 'Meeting you drove it right out of my mind! I should phone Anna, tell her I'll be late.'

Ellie looked at him blank-faced. 'Anna? Are you married, then?'

She seemed to take the news coolly, but he didn't really know how she felt. He rushed to explain. 'No, no, Anna is my sister-in-law. My brother's wife. As it was my first day at work she promised to cook tea for me. She lives close to here, a place called Ruston. I stay there a lot—in fact, I've got a big caravan in their garden where I live and...' He stopped when he saw her smiling. 'What's funny?'

'You're babbling,' she said. 'All right, you're not married. Go and phone to say you'll be late.'

There was a phone in the pub. Anna was well used to him coming in late—medical emergencies were so common that she half expected it. 'No bother, John, it's only a casserole. I'll save you some. See you when I see you.' He didn't tell her where he was, what he was doing.

Another small chance to pull himself together. To save time later he bought another couple of drinks, more lemon and lime for her, a glass of red wine for himself. He thought he needed it. But he would only have one.

He sat opposite her again, took a deep breath and readied himself for a difficult conversation. She sat calm, silent, waiting for him to speak first. 'Ellie,' he said, 'I've spent all afternoon—' The sandwiches arrived.

He could see her grinning at his confusion as a young girl courteously placed plates in front of them both. No, he didn't want mustard, yes, please leave the pickle, no, they were all right for drinks at the moment. When the girl had gone John breathed a long sigh of relief.

Ellie picked up her sandwich, bit into it. 'If this is going to be a long conversation I'll need to get my blood sugar up.'

Memory flashed back. 'That was nearly the first thing you ever said to me. You gave me chocolate. Next day I bought you a bar back.'

Her mood changed—he saw that he had shocked her. She wasn't as confident as she had been before. They were both transported back six years, when things had been different—

they were different. He felt long-repressed emotions tear through him.

'That was a long time ago,' she said harshly. 'Those times are finished, gone, dead.' It was a complete condemnation. He sipped his red wine—he needed it.

'Shall I tell you about me first?' he asked. 'Then you can do the same?'

'As you like.' It wasn't much encouragement.

'When you…when we… After London I decided I wanted to be an obs and gynae man. I liked the work. I got a place in Sheffield as a senior house officer and somehow I stayed there. I worked like mad, didn't even find a place of my own. I was happy to stay in the hospital. You remember my brother's in the Navy? He's a lieutenant-commander now. He bought a house in Ruston, which is close to here. His wife's Anna, they have two kids, Abbie and Beth.

'Well, I've got a self-contained caravan in their garden. It's handy for Anna—at times I can give her a hand when Christopher is away at sea. Anna is a friend as well as my sister-in-law. We get on well together.'

'So you never married, then? You don't have anyone in mind?'

He decided to be ruthlessly honest. 'I've had a fair number of girlfriends. But I've been busy working, and I've always made it clear that all I want is a casual relationship.'

'That's all right if you're a man, John. I always thought of you as one of nature's junior doctors. Only interested in work, cars and having a trouble-free good time.'

'I'm a bit old for that now,' he pointed out, 'and I'm not a junior doctor any more.' It was a weak reply, and he knew it.

He didn't think he'd convinced her. But he thought he'd told her enough about himself. 'Ellie, what happened to the man in New Zealand? I'm sorry if things didn't work out for you.'

She eased her shoulders forward, with the air of someone about to pick up something heavy. Then, flatly, she said, 'There never was a man in New Zealand. I never went there. In fact, I came here to Howe.'

'But…I got a letter…you said…'

'My brother lives in New Zealand. I just wrote the letter and sent it to him, asking him to stamp it and post it. You never doubted it, did you?'

'No.' He felt the first faint pricklings of anger. 'You just disappeared, Ellie. I know you had the right, but I would have liked to know how you were getting on. I didn't even know if you had a boy or girl, and, yes, I did want to know. In fact, three years ago a friend went to New Zealand on an exchange programme. I asked him to make cautious enquiries. I just wanted to know that you—and the baby—were all right. He wrote saying that he had tried hard but could find no trace. Now I know why. Why did you do it, Ellie?'

She showed no emotion that he could see, but continued speaking in that flat, monotonous voice. 'I was going to have a baby. You wanted nothing to do with it. I decided I'd rather cope on my own. So I took you out of my life completely. Why ruin two careers?'

'But, Ellie,' he protested, 'I wanted to do what was right. I told you I would support you, do whatever I could. And I meant it. Perhaps in time we might have—'

'We didn't *have* time, John! Or, at least, I didn't have time.' Now at last she was showing some emotion.

'I offered to marry you.'

He recognised the effort she was making to calm herself. Her eyes no longer flashed with anger, her mouth was no longer in a tight, unforgiving line. And she wasn't calm and distant as she had been before. He caught just a glimpse of the old Eleanor, who had been so happy in his company.

'I know you offered to marry me, John. And I respect you for that. But when you asked me your face begged—please, don't let her accept. Didn't it?'

'Yes,' he said slowly, 'I suppose it did.'

She reached over and patted the back of his hand. 'All right, John, don't worry. You did everything that could be asked. I understand.'

'I don't want to be understood, I want to understand myself. You didn't think that I should have had time to get used to the idea? Perhaps at first I didn't have the right reaction. But I might have changed in time.' He knew his voice was rising, but he couldn't help it.

'I didn't have time.'

He sighed. It was a simple but complete answer. 'How did you manage?'

She shrugged. 'In fact, it was all quite easy. I didn't need a husband. I came back up here, lived with my mother—I still do. I had the baby and after a while went back to nursing part time. My mother loved helping with the baby—she used to be a nursery nurse herself. Then I started nursing full time and now I'm a sister.'

He guessed there was an awful lot more heartache in the story than she had told. 'You always were tough,' he said. 'I had forgotten that.' For another moment both of them were silent.

'You've never married yourself, then?' he asked.

'No. I've had a couple of offers—in fact, there's a man in my life at the moment who wants to marry me, but I'm waiting till I'm absolutely sure.'

He knew he had no right to the ignoble shaft of jealousy that cut through him, but he felt it all the same. 'So, where do we go from here?' he asked.

She was brisk and efficient now. He felt as if she was withdrawing from the first hint of intimacy he'd just felt. And he didn't like it. 'We don't have to go anywhere. We are colleagues, I know you're good at your job, I expect we'll get on well together. We'll be friends in a limited way. I know you're the friendly type.'

'Friends! Ellie we were—'

'You're right,' she broke in. 'We were. But that was then. What's done is past. I'm entitled to ask one thing of you. Forget it, never mention it. To me or anyone. I've been through enough in the past six years. I don't need this now.'

'You've been through enough?' he asked softly, 'Ellie, do you know how that makes me feel?' Something she had said earlier struck him. 'Ellie, this morning you said you'd followed my career with interest. You must have known I was at Sheffield. For six years we've been only thirty miles apart.'

'I trained with one of the scrub nurses on your unit in Sheffield. Sometimes we phone each other and gossip. She talked about you without ever knowing that I'd...met you before.'

'And you never thought of getting in touch? Never considered dropping me a line to say how you were? Did you think I wouldn't be interested?'

She pushed her second glass of lemon and lime to the centre of the table. 'I don't think I want this. Could I have a glass of red wine, please?' She glanced at his glass. 'I think I'm finding this as stressful as you are.'

He fetched her drink, and when he returned she was calm again. He was not. He was rationing himself, one sip of red wine at a time. He needed a double whisky, but he wouldn't have one when he had to drive.

'To answer your last question, I didn't think of getting in touch with you because you were out of my life for good. It would have been pointless, embarrassing for both of us.'

Well, that was straightforward enough. He couldn't blame her. Then he realised there was something else they had to talk about, perhaps the biggest thing of all. 'Tell me about the baby. Your son.'

There was a smile on her face that he recognised. It was a smile that mothers often gave when they'd just had a baby, a knowing smile that said they'd just done something, produced someone, that was theirs and absolutely unique. 'Nicholas John Roberts. We call him Nick. He's just five.'

'Is he called John after me?'

She seemed surprised at the question. 'No, why should he be? He was named after my father—he was called John.'

There was no way he was going to let her know how much he was hurt by her throw-away remark. On the table was her handbag. He pushed it with his finger. 'Every mother has a picture of her child in her handbag. Show me yours.'

She frowned a moment, then took out the picture he'd guessed would be there. He took it from her. It was different from the one he'd glimpsed in the hospital, more recent. 'What's he like?' he asked, hoping that his voice would stay casual.

'At the moment he's mad keen on cars. Has a garage full and they spill all over the floor.'

'Heredity, then. He takes after me.'

It had been the wrong thing to say. 'He's not in the least like you. Lots of little boys like cars.'

He knew it was foolish but he felt he had to make a point. 'He *is* like me. Look at that forehead, those eyebrows. He's obviously my son.'

Her voice was icy. 'No, John. He's *my* son and mine alone—don't you ever forget that. He's nothing to do with you.' He realised again that she had grown, matured, wasn't the girl he used to know. She was formidable. He said nothing.

She picked up her handbag, stood and smiled. 'Don't come yet, you haven't finished your drink. It's been interesting seeing you again, and I'm glad we've got things sorted out. I'll probably see you on the ward tomorrow.'

He had to make one last effort to break through to her. 'I don't think—well, I don't feel—that things are sorted out, Ellie. I'm a different man now—in some ways I've grown up. I want us to be more than colleagues. Have you no regard left for me at all?'

For a moment he thought he had got through to her. She looked puzzled, almost upset. But then her expression settled and she spoke, as calmly as before. 'Perhaps you are a different man, but I'm also a different woman. I have a son, a good responsible job—I'm even thinking of getting married. Yes, I still have some…regard for you. But it won't affect any of my decisions. Goodbye, John.'

He also rose, watched her walk to her car and efficiently back out. Before leaving, he saw her glance at him, but she didn't wave.

When she had gone the little village was silent, apart from the call of birds in a stand of trees to the side of the pub. Funny, he hadn't noticed them until now. He drank the last mouthful of his red wine. He didn't feel at all good. He wasn't sure what he was feeling. It was a set of emotions he'd never experienced before. There was anger, largely at himself, and a sense of opportunities lost, perhaps for ever.

CHAPTER TWO

JOHN forced himself to drive slowly. He couldn't concentrate. The fifteen miles between North Blyton and Ruston slipped by in a blur. Usually he gave his driving all his attention. But this was different. He drove on autopilot.

He had a son! No, he didn't. He had to admit Ellie was correct. He had fathered a child, but because he had taken on no responsibilities he was entitled to no rights. He knew it logically, but it wasn't the way he felt. He felt that he had a son and that he had been unjustly deprived.

Ruston was bigger than North Blyton, almost a small town. He drove through the centre past church and school, then turned into the drive of a large Victorian house. From the lawn in front of the house two small figures came hurtling towards him, shouting something. This was custom. They had to have their twenty-yard drive to the garage. He leaned across to open the door for them and as they piled in he heard why they were so excited. 'Daddy's coming home.'

He kissed seven-year-old Abbie and six-year-old Beth. They were dressed as strikingly as ever, in coloured French smocks and bright tights. Anna thought children were entitled to stand out.

Christopher, his brother, was at present on a three-year period on board the frigate *Yorkshireman*. The ship had been off the African coast, but now was stationed nearer home, taking part in NATO duties. 'We're going to go on Daddy's ship,' Abbie told him.

He took the alternative drive round the side of the house, and there, hidden by thick bushes, was his little retreat. The caravan had been there when his brother had bought the house; with much help from Anna, John had painted and generally improved it. It was a good place to retire to when he needed peace and calm, and it really was his only home. He wondered what Ellie would think of it. Then he realised that he had never thought of bringing any of his girl friends here. Why should he think of inviting Ellie?

He settled the two in his tiny living room and went to the bedroom to change. The caravan was almost bulging with boxes of his possessions brought from Sheffield. He had decided at last to buy somewhere larger, more permanent.

When he'd changed into jeans and T-shirt he lifted a child onto each shoulder and walked up to the house. Anna was in a dark blue caftan, looking as exotic as she always did. He kissed her affectionately.

'I've fed the kids,' she said, 'but I thought I'd wait and eat with you. How did the first day go?'

'Good,' he said. 'I think things are going to be fine. It's always difficult, moving into a new place. I think I fancy a whisky.'

She looked at him curiously, before saying, 'you know where it's kept. I'll fetch the meal through. There's a pile of mail for you.'

He took a mouthful of the neat whisky, shuddered and decided to sip it in future. For something to do he leafed through the pile of letters Anna handed him. Most was the vast amount of advertising mail that every doctor got and, after checking that there was no free gift he could give to Abbie or Beth, it went straight into the bin. But there were also packages from three estate agents.

Encouraged by Anna and Christopher, he had decided to look seriously at what property was available in Howe. It was time he settled down, they said. He had written to the three estate agents, setting out his requirements and what he was prepared to pay. He tore open the packets. Two agents had just sent him lists of what they had available, without apparently referring to his letter at all. He decided not to bother with them unless he had to. The third agent had sent details of just two properties, both of which he thought might be of interest. There was also a map of the town. He decided to drive round and look at the two when he had a chance.

Anna returned with the casserole and opened a bottle of wine. They sat and the meal, as ever, was excellent.

'Couple of flats here I might be interested in,' he said as they ate. 'I'll ask around and find out what kind of area they are in.'

'We can talk about houses later. I'm more interested in the day you had.' As usual, Anna was blunt.

He took a sip of wine. 'Well, early days. It's a good department and I'm sure I'll fit in there.'

'You're not telling me something.'

He winced. He loved Anna dearly, but there were times when she was more observant than was comfortable. 'I met a girl there. I knew her years ago when I was much younger. It's always a surprise when people get older, isn't it?'

'It is,' she agreed. 'Were you close to this girl, then?'

'Closish,' he said carefully, 'but it was a long time ago and it's all over now.'

'That's all right, then. More casserole?'

He knew he hadn't fooled her, but she'd realized that he didn't want to talk. He couldn't talk to her—at any rate, not yet. He didn't know what to say.

'Morning, Ellie. I got here early, thought I'd have a look through a few case notes before I saw any actual people.'

In fact, he'd not slept well, and so he'd tried to take refuge, as he always had, in work. To the surprise of the night sister John had arrived an hour and a half before expected, and had asked to see the case notes of everyone on the ward. It had been a busy time for the nursing staff, and he had kept out of their way, sitting quietly in the doctors' room. Now Ellie had come along to find out what was happening.

'You really upset poor old Sally Williams, the night sister. She thought you were checking up on her. Not many specialist registrars turn up at this time unless they've been called out.'

He hadn't thought of that. 'I'm sorry. Please, tell her that I'm just a new broom, trying to sweep clean.'

'I'll leave word for her. If you want to come along to my room I'll pour you a coffee before I start my morning round.'

He followed her. If she wanted to play at being professionals, just Doctor and Sister, with nothing but that between them, then for the moment he was quite happy about it. But as he looked at the slim form in front of him, the golden hair that shone as if it had been burnished, he knew that some time quite soon that would have to change. He just couldn't get Ellie—and Nick—out of his mind.

He accepted the cup of coffee, noticed that the picture of Nick had disappeared and went back to his room. Once he was on top of the paperwork, he'd be an efficient doctor. He flipped through case notes and GPs' letters, pencilling in queries on a sheet of paper. Finally he was ready. He was going on a full-scale ward round with Ellie and Jerry Harris, the SHO.

He was dressed in his usual deceptively casual outfit. He had given it some thought. Under his white coat he wore cords, a dark shirt and a brightly coloured tie. He knew that a lot of young mums—and most mums were young now—were a bit frightened of the hospital, and he felt that the traditional formal hospital wear would only frighten them more. His dress was supposed to make him more approachable. He hoped it did.

The first three or four cases were very straightforward. There was a breech presentation, a pre-labour rupture of membranes, a couple of very young mums who were in largely because they couldn't cope. In each case he tried to chat to the patients, make them feel at ease before making any kind of examination.

All his tutors, all the sisters he had worked with, had told him how important this was. But it was Anna who had really brought it home. She'd told him once that all the staff in the hospital where she'd had Abbie had been wonderful—but for one junior doctor. Perhaps he had been overworked, tired, busy, but his examination had been abrupt, his manner unpleasant. 'He nearly spoiled the whole pregnancy for me, John,' Abbie had said. 'I know it probably wasn't his fault— just my hormones running riot. But a bit more care and I would have been happy.'

'I'll remember that,' John had said. And he had.

In general he was pleased with the performance of Jerry Harris. The young doctor was hard-working and competent, and John agreed with every treatment, every diagnosis. 'You're going to do me out of a job, Jerry,' he told the SHO. 'I'm not needed here.'

'Oh, thank you, sir,' Jerry said with a slight blush. 'Good of you to say so.'

'If we're not in front of patients, it's John,' John told him.

He already knew the last case was going to cause problems. From the notes he found that Angela Grogan was twenty-five, a single mother, with a boy of four. She had a council flat and a job at night in a café. She was thirty-two weeks pregnant and when she'd come to the clinic downstairs for an antenatal check-up Jerry Harris had insisted on admitting her at once. She was suffering from IUGR—intrauterine growth retardation. Her baby had stopped growing at a normal rate. At the moment she was in a side ward to herself.

'Morning, Angela,' he said cheerfully as the little party trooped into her room. 'I'm Dr Cord. I think it's decision time for you.'

Angela was listening to the hospital radio, earphones

clamped to her head. She scowled as she removed them. 'There's only one decision I want. I've gotta go home.'

This was the reaction John had been expecting, and afraid of. 'Well, let's have a look at you first, shall we?' Ellie moved back the bedclothes so he could palpate the patient's abdomen.

'Uterus small for dates, longitudinal lie, cephalic presentation, head not engaged,' he murmured to Ellie. Apart from the size of the baby, there was no immediate cause for alarm.

'Well, what's the verdict?' Angela tried to make her voice hard, but John could hear the anxiety underneath it.

'First of all, your baby is small but there's nothing apparently wrong. Dr Harris gave you an ultrasound scan and everything seems to be fine. If you do as you're told, take things easy as we say, then there's no reason why you shouldn't have a normal, happy birth.'

'Great! So can I go home now.' Angela's relief and pleasure were obvious.

'I didn't say that. We'd prefer you to stay here so we can keep an eye on you, see that baby starts to grow again.'

'I can't stay here!' Angela was horrified. 'My mam's taken a couple of days off work to look after Gary, but she can't afford to give up her job.'

John knew he had to pick his words with care. 'Is there no one else who can help you? The baby's father, perhaps?'

'He doesn't know I'm pregnant yet. He's off in Saudi Arabia, getting some money together so we can buy a house of our own. We're neither of us much for writing.'

'I see.' John wondered what the best thing was to do. Too many obs and gynae decisions were based on social considerations rather than medical ones.

Sensing that he was weakening, Angela said persuasively, 'I'll promise to stay in bed, I'll give up my job if only I can stay at home. You've got to think of Gary and my mam.'

'Angela, the person I'm thinking of first hasn't been born

yet. The second is you. Leave it with me and I'll have a word with Social Services. If we can sort something out with them—and *only* if—then you can go home.'

Angela was submissive. 'Thank you, doctor.'

The little party broke up, and Ellie and John went back to her office.

'I've not met the social workers yet that we deal with,' John said. 'What are they like?'

'They're pretty good. Like us they're underpaid and overworked. They have tremendous budget problems and they won't like what you're suggesting. They'll think you're just trying to free a bed and let them cope with what should be a medical situation.'

'I can see that. But if we can arrange some kind of home help, regular visits and, of course, the district nurse and midwife, she should be all right. Would you have done what I did, Ellie?'

They had now reached her office. She dumped the cards on her desk and turned to face him. 'Yes, I would. I can sympathise with Angela and her problems, but I'm a bit surprised you can. Six years ago you would have seen this purely as a medical matter. Perhaps you were right then.'

He shrugged. 'We may still have to keep Angela in. But I've been quite closely involved with my brother's family for the past few years so I know what being apart can do to people.' He looked at her a moment and then went on, 'People can change in six years, you know, Ellie.'

'If you mean yourself, I don't believe it,' she said tartly.

He smiled at her amiably. 'Why have you moved Nick's picture?' he asked. It was the first time he'd used his son's name. It felt odd.

Ellie was obviously not going to back down from a fight. She reached over to a large shopping bag and showed him the picture, before returning it. 'It's here. I'm taking it home.

You'll be in here a lot—I didn't want you coming in and seeing it.'

'In case I felt guilty?'

She sat behind her desk and folded her arms in the traditional posture of defence. 'I don't know what you feel, John. It's no concern of mine.' When he didn't answer she went on, 'Why did you never get married?'

Perhaps she was entitled to ask. He would attempt to give her an honest answer. 'I've had quite a few girlfriends. But I wasn't ready, and none of them quite seemed to fit. One or two I was really fond of, but I suppose it's better to be certain than to make a mistake.'

'Good enough for bed but not for marriage?'

John was surprised at her venom. 'Why so angry, Ellie? I thought we'd passed all that.'

She seemed surprised herself. 'So did I. It's just that I thought you might have changed, but you're still the same...casual man you always were. A good doctor, but no emotional baggage.'

He needed to defend himself. 'I see. I suppose that seems a fair charge. But you forget that I spend much of my time with my brother's wife and children. I'm envious of what Christopher has got. I'd like that myself. And while I'm looking I never lead anybody on. Not after...'

'Not after me,' she flared up. 'Well, I'm glad I was good for something. I showed you the way to treat other women.'

Now he was angry. 'Ellie! I want to be friends with you, but if we can't be friends we still have to work together. We're colleagues now and there are patients we have to think of. I can't work with you if you pick a fight with me every time I walk in your office.'

The silence between them stretched unendurably. Then she said, 'Of course, you're right. It won't happen again.'

He guessed at her plan at once. She would draw back into a relationship with him that was cool, formal and proper. No one could object to it. But he wanted far more than that. Without really thinking of the consequences, he said something which, he guessed, might upset her. 'Will you give me that picture of Nick?'

'Never!' she snarled. 'That boy is *my* child and nothing to do with you. The very idea...'

Someone knocked at the door. A junior nurse opened it, looked round and said, 'Sister, Mrs Smilson is haemorrhaging quite badly and Dr Harris is busy.'

They were both professionals. 'I'm coming, Judith. John do you want to...?'

'I certainly do.' There was no need to say that their quarrel was over—if only temporarily.

Mrs Smilson had had her second child three days previously, so this was a secondary haemorrhage. She knew that this bleeding was excessive, and presented a worried face to the trio entering her little room.

John beamed at her. 'All the work's done now, Mrs Smilson. You've got a lovely little girl and this is only a minor problem. Now, is there any unusual pain?'

Mrs Smilson relaxed visibly. 'Not really, though I have felt better in myself.'

'We'll do all our doctor things then we'll get you a nice cup of tea. Have you decided on a name for your little girl yet?'

John carried out the usual checks—pulse, blood pressure, temperature—and then, internally, the fundal height and uterine tenderness. He also took an endocervical swab.

'Well Mrs Smilson, as I thought, there doesn't seem to be anything really wrong with you. You may have a low-grade infection—I'll prescribe some antibiotics. And we'll keep a special eye on you.'

'Thank you, doctor.' Mrs Smilson, now quite at ease, sank back into her bed.

John wrote up the prescription and Judith hurried to see to

it. Ellie and John walked back down the corridor, their previous disagreement forgotten because of the pressure of work.

When they got back to her office, John wondered if Ellie would take up the argument they'd been having before. But it was lunchtime and she had better things to do.

'You must excuse me, John, I've got to meet someone in the canteen. If you need me I'll be back in an hour.' He was dismissed. Thoughtfully he took up a couple of folders he needed to look through, and headed for the doctors' room.

He'd only been there for five minutes when someone knocked, and once again it was Judith. 'You spend your time peering round doors,' he accused her. 'That's no way for a nurse to behave.'

She smiled uncertainly, and held up a purse. 'I think Sister lost this,' she said. 'It must have fallen out of her pocket when she was leaning over Mrs Smilson.'

John took the purse. 'She's down in the canteen. I'll take it to her—losing your purse is always upsetting. Besides, she might not be able to pay for her meal. It would be dreadful if Sister was locked up.'

This time Judith laughed properly. Good. He didn't want any staff to see him as a frightening or unapproachable figure. They had to feel they could ask him anything, otherwise there could be mistakes.

As he walked along the corridor he persuaded himself that, taking the purse down, it was just a friendly act. He didn't really want to see who she was meeting—like the man she might marry. He wasn't nosy, was he?

The canteen was nearly full. Eventually he saw Ellie, facing him, sitting opposite a grey-haired woman. The fact it was a woman pleased him, and he felt a twinge of guilt at his pleasure. Couldn't she meet whomever she wished? Ellie was laughing. It struck him that he hadn't seen her laugh much in the past couple of days. She used to laugh a lot. Had his arrival upset her so much? He guessed it had.

He walked over to the table and dropped the purse on it. 'Sister, you lost this. Judith was panicking in case you couldn't pay for your meal.' He smiled, to show it was a joke.

Ellie seemed rather uncomfortable. 'Thank you, John.' Just as he was about to move away she went on, 'This is my mother. Ma, this is Dr John Cord, who is our new registrar.'

John turned and shook hands. 'Hello Mrs. Roberts. Good to meet you.' His first impression was of an older Ellie, with the same serenity. His second impression was of a keen, watchful gaze. This woman was no fool.

'Call me Marion,' she said. 'Would you like to sit down? It so happens that we have an extra cup of tea. I bought one and Ellie bought two.'

He looked at Ellie. 'I don't want to intrude,' he said.

'You may as well drink it,' said Ellie gracelessly.

He sat. 'I hope you'll call me John,' he said to Marion. 'Now I can see where your daughter got her good looks from.'

'Ah. I like a man who's a charmer. Where are you from, John?'

'Sheffield, for the past few years.'

'I used to go there a lot. It was a lovely city before they spoiled it. Did you do your initial training there?'

He shook his head. He had started in London.

'You remind me of someone,' Marion said, looking at him closely. 'You say you're not from round here?'

'No,' he answered uneasily. He was beginning to wish he'd stayed on the ward.

'I must be mistaken, then. How are you settling in here?'

'Ma, you're in inquisitor mode again,' Ellie put in. 'Leave John alone.'

'I've been reading your magazines,' Marion retorted. 'To interest a man you have to get him to talk about himself. John, we have an occasional party at home. Would you like to come?'

'If I'm invited, I'd love to,' he said, a little surprised.

'Let him get started at work,' Ellie said. 'Partying time later.'

John drained his little plastic cup of tea. 'I need another one of those,' he said. 'May I fetch everyone a refill?'

'Yes, please,' said Marion. 'No,' said Ellie, then added, 'Oh, all right, then.'

'Three teas it is,' John said smoothly. 'Anything more to eat?' He was beginning to enjoy himself now.

'Tell me a bit more about the area, Marion,' he said when he returned. 'What should I go to see, where's the best countryside? As Ellie says, it'll take me a while to settle down, but when I have I'm going to start walking again.'

It had been the right question to ask. Marion was an enthusiast. She knew the local history and she was still a formidable walker. Before he knew what he was doing John had agreed to come out with the local rambling club—in time, of course—and to attend a meeting of the local historical society. By his side he could see Ellie, visibly relaxing.

After a while he'd finished his second cup of tea and knew he should return to the ward. There was still work to do, and he shouldn't intrude on this meeting between mother and daughter. 'Must go,' he said. 'Marion, I do hope we meet again.'

He stood. Marion offered her hand and held his for a moment. 'I'm sure we shall,' she said, smiling faintly. 'You know, you've got a good face, a striking one, full of character. That strong brow, those eyebrows. Now I know where I think I've met you. You remind me very much of my grandson. Have you met him yet?'

The canteen was noisy—there was the clatter of knives and forks, the roar of conversations, the rattle of feet. But a cone of silence seemed to encompass the three of them. Marion still held his hand, still smiled faintly.

Eventually, he said hoarsely, 'No, I haven't. I'm…I'm looking forward to it.' He swallowed. 'Marion, you have a formidable daughter. Now I know where she gets it from.'

His hand was released. 'How nice of you to say so. Till the next time we meet, then.'

He realised he had been dismissed, and turned and went back to the ward.

He opened the door of Ellie's room, and there was Judith, poring over a large medical textbook. She looked up as John entered and blushed. 'I was just looking up haemorrhage,' she said defensively, 'I wanted to know a bit more about Mrs Smilson. You said it was a low-grade infection and I wondered…'

John sat opposite her. 'Not quite, Judith,' he said. 'I said she may have a low-grade infection. Now, I think, because of the large number of cases I've seen, that that is the most likely cause. But there are other possible causes. Is that what you're looking up?'

Judith's face became even more red. 'Well, I was interested…' she faltered.

'I'm glad you were. I like people who try to find out for themselves. Now, the other possibility, of course, is retained products in the uterus. If I thought it was this, we'd have to give Mrs Smilson a general anaesthetic and arrange for an evacuation. In the first week you can generally do it by finger alone—no need to use an instrument and risk damaging the uterus.'

'I see,' Judith said. 'Thanks for the talk, Doctor. I understand now.'

Then Ellie came into the room and Judith shut the book and stood.

'I'm stealing your job,' John said amiably. 'Judith and I were discussing Mrs Smilson's treatment.'

'I'd better be off,' Judith said hurriedly. 'There's work to be done.' Replacing the book, she darted out of the door.

'In time she'll be an excellent nurse,' Ellie said absently. 'Good of you to take time with her, John. Now, I know you've had plenty of tea but do you want a coffee as well? You look as if you need one.'

'You're telling me.' Both of them knew they weren't talking about Mrs Smilson's medical problems.

They were safely in her room, coffees in hand and the door shut. He said, 'Ellie, I didn't mean to disturb you or pry. I just thought you might worry about the purse.'

She shrugged. 'You're not to blame. Ma is a very observant woman.' She sighed. 'I thought this was going to be a lot easier. We've got a secret, and you never keep secrets in a hospital.'

'True. But we can try. I want this coming out as little as you do.'

'Ashamed of your son, Dr Cord?' she asked angrily.

He was angry in return. 'No, and it does you no credit to suggest it. I'm ashamed of myself that I didn't insist on doing what was right. And if you'd given me a chance I would have done. You know that.'

She spoke reluctantly. 'Yes, I guess I know that, and I'm sorry for what I said. Still, if I get married it won't have to be kept secret for long as I'll be leaving here. Will you do something for me?'

'Of course I will. If I can.' He thought he would do anything for her. But he wished she hadn't reminded him that she might get married. That he didn't like.

She told him what she wanted. 'Find one of your women friends, bring her round here and show her about so that people can gossip about you two, and not us. Can you do that? It's not a lot to ask, is it?'

He thought. There might be someone he could invite over

from Sheffield. 'I suppose I could do it,' he said reluctantly. 'It'll take a while, though.'

Perhaps she didn't think it much to ask, but it was. He didn't want to bring another woman here. He wanted to see more of Ellie.

CHAPTER THREE

IT WAS just the flat John wanted. The young estate agent was good at his job. He knew when to keep quiet, but answered questions briefly and efficiently. A well-known firm of local builders had converted a big old house into four flats. The conversion had been done with care and sensitivity, with no hastily erected plywood partitions.

The flat was on the first floor, at the front. It overlooked a park and in the distance was the line of the moors. There was a feeling of spaciousness. He looked at a well-equipped kitchen/breakfast room, a major bedroom and a much smaller one he could use as a study and a reasonable bathroom. But what really attracted him was the living room, the old master bedroom. There was the original marble fireplace with mahogany surround, polished wood on the floor and round the doors. It was a corner room with windows on two sides, and on the corner there was a turret extension, with just enough space for a table.

He liked it. 'I want to bring someone else to look round,' he said. 'Is this evening suitable?'

The estate agent considered a minute, then said, 'I'll leave you the keys. If you could post them back through our letterbox after you've visited?'

John agreed he could, and the agent went on, 'Is it just for yourself, Dr Cord? We do have larger properties similar in style to this.'

'Yes, it is,' John said thoughtfully. 'I want a place just for myself.'

The agent gave him the keys and left, and John had another look round. Yes, it was the place he wanted. He didn't need to look at other flats—something told him he wouldn't get another like this.

After locking up carefully, he drove through the park and round the area. There was a small shopping mall within walking distance, a reasonable-looking pub with a restaurant attached and a small school with blue-sweatered, yelling children. He could settle for a while in this district; he'd feel at home.

He stopped in the park and took out his mobile phone. 'Anna? Have you any time this evening? I think I've found the place I want.'

Anna was doubtful. 'Already? You've not looked at many places. Aren't you hurrying a bit?'

'I'm fed up with being a gypsy, living in a caravan. Now I'm a registrar I really ought to have somewhere where people could come and visit me. I want you to look round, advise me on things like furniture and decorating. I think I need roots. A bit of solidarity.'

She laughed. 'You'll be saying you want to settle down, have a family next,' she teased.

It had been meant as a joke, he knew. But just for once it didn't seem all that funny. However, he said, 'I'll stick to the family I've got—you, Christopher and the kids. Otherwise, I'm one of nature's bachelors.' It was a slick answer, and up to a fortnight ago it would have been a true one.

'OK. Give me the address. I'll farm out the kids and see you there about seven.'

'Good.' His pager buzzed. 'I'm wanted. See you then.'

It was Jerry Harris, the SHO. John had seen quite a lot of him and he thought the man showed promise. 'John? Not really an emergency, but are you coming back in this morning?'

'On my way now. What's the not real emergency?'

'Primigravida, name Val Woods, thirty-eight weeks. She's a breech presentation, and when I told her she might have to have a Caesarean she got very upset. Nothing I can't handle, but I'd like you to take a look, tell her if there is any alternative.'

'You know, I prefer not to do Caesareans if it's not necessary. Be there in twenty minutes.'

Now he was a registrar he could afford to be more flexible about his hours. He'd taken an hour off at the morning, knowing that he would more than pay it back in the afternoon and early evening. And he never was more than half an hour's paging distance from the hospital. This time it took him twenty minutes.

He hurried through the busy hospital foyer, noting the stall selling books, with a placard over the top, OUR VERY OWN EILEEN JAMES. There was always something new. The hospital had a very go-ahead League of Friends.

Jerry was waiting for him. He put on his white coat, collected Ellie and the three of them walked to the room where their patient was waiting. As they walked Jerry told John a little about Val Woods. 'A lady who knows her own mind. Not been to any of the antenatal classes, says she could look after her own body. She's a vegetarian, but not fanatic about it, grows as much of her own food as she can. Believes that we are getting too far from nature, our life is too artificial.'

'Wait till she's been in labour for twelve hours,' Ellie muttered. 'I've had these "life is simple, life is easy" clients before. They're usually the first to yell for the Entonox.'

John grinned but said nothing.

Val Woods was aged about twenty-five, small, very sunburned—all over, John noticed—and in very fine physical condition. There was no fat on her body, but the muscles were wiry. After introducing himself and conducting a swift examination, John said, 'The first question is, are you eating enough for your baby and yourself?'

'My diet is carefully controlled, I'm probably better nourished than most people in this hospital. Fat is bad! But I'm looking after my baby well. Here's what I've eaten over the past three months. And there isn't a single poisonous, chemically enhanced item there. All my food is additive-free.' She passed John some carefully written-out sheets.

'Very commendable,' said John. He looked through the lists of food Val had eaten—it was indeed a good sensible diet.

Sensing that she had a reasonably sympathetic audience, Val said, 'I just don't want to be cut. I think birth should be a natural process. I'm not ill—why should I have an operation?'

'There is a brutal answer to that,' John replied. 'If you don't have what is a very simple operation you may well be endangering your child's life and your own. Now, I've every sympathy with you, and I don't want you to have a Caesarean section. We'll do what we can. But if I think there's any risk at all you're to have the operation. OK?'

There was silence for a minute, then she said, 'You're like my partner. He smiles a lot and seems reasonable, and always gets his own way. Yes, I'll have a section if necessary, but, please, try to avoid it.'

'Now we know where we stand. Val, you've got a breech presentation. Dr Harris here has seen that on the ultrasound. It means your baby is the opposite way round to the more usual head-first position. You also have a narrow pelvic girdle and the baby looks to be a good size. That means that there might be some difficulty in delivery, and the baby could suffer. Normally in that case I'd order an instant section.'

'I suppose that's fair,' Val mumbled.

John went on, 'What I'm proposing to do is an external cephalic version. This means I'm going to try to manipulate the baby through your abdomen wall and turn it round.'

'I don't care if it hurts,' said Val, 'but don't risk the baby.'

'There's no chance of that. And it might be uncomfortable but it won't hurt. Just two things you should know. First, it might be pointless. Quite often the baby turns back the way it was—they can be awkward little blighters. Second, you're not due for a fortnight. The manipulation might precipitate birth.'

Val thought for a minute. John was pleased—he didn't like people to make decisions without due consideration. Then she said, 'If you don't mind, I'd like this version thing.'

'First thing this afternoon, then.'

Val lay on a bed with its foot elevated. Ellie dusted her abdomen with talcum powder and Jerry leaned over and listened to the baby's heartbeat, using a Pinard's stethoscope. He nodded to John. 'A good strong beat.'

'We've elevated the bed so the baby's buttocks will slide out of the pelvic brim,' John explained. 'Now, I want you to try to relax, Val. I'm going to hold the baby's head with one hand and its buttocks with the other. Then I'm going to rotate it gently.'

'I'm relaxed,' Val said calmly. 'You can start now.'

John felt across Val's abdomen for the baby's head and buttocks. His right hand lifted the head fully out of the pelvis, his left hand eased the head forward. It was tricky work, but he felt the baby turning easily. He maintained pressure until he could feel the head lying at the pelvic brim.

As he moved back from the bed, Jerry stepped forward and checked the baby's heart rate again. 'Just a bit slower,' he said.

John nodded. 'That's normal. We'll record it over the next half-hour, but I don't anticipate any problems.'

He smiled at his patient. 'Val, we've done all we can now. You're not going to be awkward if we have to do a section, are you?'

'I guess not, Doctor Cord. Ow!'

John looked up, alarmed. 'Are you in pain?'

'Not from where you were working. A bit lower down,'

'I'll send for a midwife,' Ellie said. 'I think we're about to have a slightly early birth.'

'I told you this might happen,' John said to Val with a smile.

She smiled back. 'At least it won't give the little tyke chance to wriggle back round, will it? Doctor, I know I might still have to have a section. Could you do it? Please? I know it might be a lot to ask, but I'm starting to get frightened now and you give me confidence.'

John looked thoughtful. It wasn't a request he would normally accede to—but why not? 'You might be hours yet,' he told Val, 'but since it's you, I'll stay up all night if necessary. But now just do what the midwives tell you.'

When he was writing up the notes Ellie came to look over his shoulder. 'You meant that, didn't you?'

John frowned at her, puzzled. 'Meant what?'

'Meant that you were quite happy to stay up all night. But it's not your turn—you're not on call. You know that patients tend to fasten on one nurse or doctor, think that they're the only one who can do a job. It's something we have to put up with.'

'I know. It just gives them a bit of confidence.'

'You don't mind having another interrupted night?'

He stretched and yawned. 'I'd prefer not to, of course,' he said. 'But if it makes Val there just that little bit more easy, I don't mind.' He looked at Ellie's thoughtful face. 'I do have some good points,' he said mildly.

His answer irritated her. 'I know you do. And you're a different kind of doctor from when I last knew you. You're more ready to bend the rules a little. More relaxed with the patients.'

'I should hope so. I've learned a lot in the past six years. My first few weeks of doctoring I was permanently anxious as well as permanently tired. I kept on asking myself if I was doing the right thing.'

'I know,' she said. 'I remember you.'

They looked at each other in silence, memories flooding over them. He didn't know what to say. Then she offered, 'I think you're now a very good doctor. It's just that...' She frowned, as if she wasn't sure what to say.

He grinned. 'I *am* making progress.' He reached down to his briefcase and pulled out a set of papers. The details given to him by the estate agent fluttered to the desk.

She picked the sheet up and looked at it. In a much harsher voice she asked, 'What's this?'

'I'm looking for somewhere permanent to live. That's a flat I really fancy—in fact, I've almost made up my mind to buy it.'

She was upset. 'You can't live here! I don't want you to.'

He didn't point out that where he lived was no concern of hers. Instead, he asked, 'Why not? It seems a very respectable area.'

'It is a very respectable area. But it's near where I live. We have to work together but I want us to be apart the rest of the time.'

Thoughtfully, he said, 'I saw a primary school nearby. Kids in blue sweaters. Is that where...your son goes?' The words 'your son' seemed to stick in his mouth.

'Yes, it is. It's an excellent school and it's very handy.'

'And you don't want me to have anything to do with him. Just being in the same street as him won't harm him, you know.' He was angry now. Why had he got more angry in the past couple of weeks than he had in the past few years? Why did Ellie have this effect on him? He went on, 'Don't you remember that I'm quite a reasonable person? Don't you remember that about me?'

'I remember a lot about you,' she said. 'Some good but not all of it.'

'All I want is—'

He might be angry, but she was fearless. 'I've already suffered enough by doing what you wanted,' she interrupted.

'And don't say again what you were willing to do. Not only did I save you the trouble and expense of having an...' her voice faltered '...unwanted encumbrance, I made sure you didn't have any problems with your conscience.'

Somehow he forced himself not to be angry. She was right. 'Don't worry, Ellie,' he said. 'I would never do anything to upset you or your son. If that's the way you feel then I'll find another flat.' Briefly his anger flared again. He added, 'Right at the other end of town.'

'I suppose it doesn't really matter. You'll probably never see him anyway. And there's a good chance we'll be leaving soon if I decide to get married.'

He couldn't help himself. '"If I get married,"' he echoed. 'Doesn't sound like the love affair of the century, does it?'

She turned on him. 'What d'you know about love? You wouldn't recognise it if it bit you. Ask one of these ex-girlfriends you get on with so well when you've finished with them. They might know about love. I know you don't.'

She'd had the last word and she walked out of her office. Angrily he collected his papers and went to the doctors' room, fortunately empty.

There was no way he could work. He'd have to wait till his anger subsided. Ellie didn't know what she was talking about! No one had been hurt in any of his past affairs. He'd been fair, he'd told them from the beginning that he wasn't looking for a serious relationship. He was still friends with, well, most of them. Ellie was completely, absolutely, entirely wrong.

Was she? In spite of what he had told his previous girl-friends, could it be said that one or two of them had, perhaps, fallen in love with him? Now he thought it possible they had. When he looked back he realised that he could have hurt them—quite badly. Certainly he hadn't intended to. But telling them when he'd first met them that he'd only been interested in a fun relationship, it just hadn't been enough.

Opening his briefcase, he decided he'd better start work. All this self-examination wasn't doing his ego any good at all.

Ellie wasn't on the ward—she'd gone to some kind of meeting. Shamelessly, John chatted to one of the senior nurses, showing her the picture of the flat he was thinking of buying. 'Ellie told me she lives quite close,' he said, not lying at all. 'D'you know what street she lives in?'

'Grove Street,' the unsuspecting nurse told him. 'Number 21. You can't miss it, there's creeper climbing up the front.'

'Great. I could get a lift in the mornings if I needed one. Now, how's Val Woods getting on?'

He just couldn't settle to work. He walked out of the hospital, drove slowly past the school and saw once again crowds of children playing. One of them might be Nick. He still couldn't think of the child as his son. To do so would be to start thoughts that he was not yet ready for.

Next he drove down Grove Street, looking for number 21. He wasn't quite sure why he did it, but he got a surprise. It was an imposing house, detached with large gardens and a double garage. Much more than he would have thought a sister could afford. Still, Ellie lived with her mother. Perhaps Marion had money of her own.

He realised he hadn't talked to Ellie about Marion, and how she'd explained the situation. Marion was obviously a shrewd woman; he liked her. Perhaps he ought to explain things to her. Not that he really wanted to.

He drove back to the hospital and saw that there was little change with Val Woods. Jerry was keeping a close eye on her. He'd buzz John when it was necessary. John grinned. That kind of thing was what SHOs were for. He decided he had time to meet Anna. There was no need to put her off.

Anna was really impressed by the flat. She thought its proportions elegant, the conversion a real success. 'You must buy period furniture for the living room,' she told him. 'Or bits that feel period. Modern stuff just wouldn't suit.'

'You like it, then?'

'It's wonderful. You've been very lucky. And the price is very reasonable. If I was unmarried, looking forward to living on my own, this is just the kind of place I'd look for.' She frowned. 'You don't seem all that keen, John. Isn't it what you want?'

He shook his head, as if to dislodge unwelcome thoughts. 'Sorry, Anna. Yes, this is just what I want. There's a bit of a tricky problem at work, that's all.'

'Right. Wait till the problem is over, then think again. But I think you should buy it. If you want, I'll give you the name of a good solicitor. And once you're definitely having it, we'll plan colour schemes and furniture. You don't know how lucky you are!'

'How am I lucky?'

'You've got no furniture of your own so you can decorate and furnish right from scratch. Most people your age have already accumulated all sorts of stuff that they just can't get rid of, and yet which doesn't really fit. You've got hardly anything.'

He supposed she was right. For the past thirty-odd years he had travelled light, collecting little. Apart from his car and a few books, he had neither possessions nor...nor a family. He'd been happy that way. Only now was he wondering if there was an alternative.

There were bedrooms on the ward where sometimes husbands would stay. One was free so John decided to sleep there until Val might need his attention. At the moment she was far from ready to give birth. And there was an experienced midwife in attendance. 'Don't worry, Doctor,' she said. 'When we're ready for you we'll send for you.' Six years ago he would have sat up himself anyway. Now he knew enough to trust his staff. He winked at Val, who somehow managed to wink back, and went to his room.

He had a shower, put on green scrubs and sat on the bed. He'd read for a while, have something to eat, and then perhaps catch four or five hours' sleep before he was needed. Just when he was thinking of going out there was a knock on the door. He frowned. Surely it wasn't Val, having her baby already? 'Come in!'

It wasn't Val.

'I'm Wendy McKay, Night Sister, Dr Cord. We've not met before and I just wanted to confirm arrangements. Please, don't get up.' The girl—woman—shut the door behind her and walked over to shake hands.

Sister McKay looked efficient. She had a fullish figure— he guessed she had to diet. Her hair was blonde but, unlike Ellie's, it was dyed, or at least tinted. Her face was vivacious rather than pretty and she was about his own age. Altogether she was attractive.

'Nice to meet you, Wendy. It's John when we're not being formal and working together.' He couldn't help himself. He glanced at her left hand, saw there was no ring there. She wasn't married.

To his embarrassment she noticed where he had looked, and laughed. 'No, John, I'm not married. I was, but it didn't take. I gather you're not married either?'

'No,' he said, wondering who had told her.

'Are you hungry?'

Well, he was. He told her he had been thinking of getting up and going to the canteen.

'There won't be much there at this time. D'you want to leave it to me? I'll be right back.'

Wendy obviously believed in looking after her doctors. She returned in five minutes with a salad, crusty rolls and two boiled eggs. She also brought two mugs of tea, intending to sit with him for a while.

He didn't mind, and Wendy was obviously looking forward
to it, but just as he started eating there was another knock on
the door. A junior nurse had a problem. 'This'll take some
time,' Wendy told him good-naturedly, 'Get some sleep and
I'll see you if you have to get up in the middle of the night.'

In fact, the knock came at half past three. Wendy brought
him a mug of strong black coffee and told him he would be
needed in Theatre in twenty minutes. Actually, he wouldn't
be needed—it was a perfectly straightforward birth and the
midwives could manage on their own—but as he'd asked to
be called... John yawned and stretched, threw cold water over
his face, drank the coffee. Time to go to work.

Most medicine was satisfying. But there was something
particularly satisfying about bringing a new, squalling infant
into the world. The pain-relieving Entonox machine with its
mask remained beside the bed; Val had spurned it. She had
been a model patient, the midwife confided to John, breathing,
panting, relaxing to order. All was going well. John caught
his first glimpse of the top of the baby's head, and gently
eased it forward. The shoulders appeared, and then the entire
body. A tiny yell.

By now John had seen hundreds of births, but each one
still smacked of magic to him. One minute a panting mother,
a minute later two distinct people. A complete new human
being, with a body, features, in time a personality. In fact,
many babies were born with personalities. They acted differently.

The midwife clamped and cut the cord. John had a quick
look to see that all was well, and handed the baby to his
mother. 'It's a boy, Val,' he said. 'He looks a grand lad.'

Val was delighted beyond words, and even at four o'clock
in the morning her pleasure spread to those around her. John
left the mother and baby to the expert hands of the midwife,
and went for a shower. Then he wandered along to the sister's
room. He knew he wouldn't sleep again.

'More coffee?' asked Wendy. 'I was just about to have one myself. Things are very quiet on the ward.'

They settled companionably together. He'd had many talks like this throughout the years. There was something peculiarly intimate about conversations in the small hours of the morning when both people were tired.

'It must be difficult, moving to a new place,' Wendy said, 'especially when you've been promoted. You have to get to know people, make new friends. Don't you ever feel lonely?'

He told her about his sister-in-law, and how he was thinking of buying a flat in Clifton Park.

'Clifton Park?' said Wendy, obviously delighted. 'I live quite near there myself. I've got a little terrace house, not very big but it suits me. Here, I'll show you where it is.' Carefully she drew a map, marked her home with a cross and wrote the address and the telephone number on the top. 'Drop in any time,' she said. 'I usually work nights, but I have quite a lot of time off. D'you know the Bird and Baby—the Eagle and Child?'

He remembered. 'Yes. It's the big pub quite close to where my flat is. There's a restaurant attached. It looks quite nice.'

'It is. I go there quite often, sometimes for a meal, sometimes just a drink. In fact, I'll be there on Saturday.'

'I'll probably bump into you there some time,' he said. 'It'll be my local.' He was enjoying this chat, like so many others he'd had in the past. Wendy was an attractive girl, and he could easily invite her for a drink. He'd enjoy her company and she'd made it clear that she'd like him to do so. But since he'd met Ellie again he wasn't so keen on—Ellie! A thought struck him, and he didn't like it.

'The meal I had earlier, Wendy,' he said, his voice dangerously calm. 'It was really enjoyable. You brought it in especially for me, didn't you?'

Wendy looked confused, a little embarrassed. 'Well, yes,' she said. 'I thought that you—'

'Do you bring a meal in for every doctor who might be staying at night?'

'Not really. Like I said, I just thought—'

'Ellie Roberts put you up to it, didn't she?'

There was hurt and disappointment in Wendy's eyes. 'She did just say that you were a bachelor,' she mumbled. 'That perhaps you could do with a bit of looking after. Sorry, I didn't mean to offend you.'

'No one could be offended, Wendy. That was a beautiful meal, and I appreciated it no end. I'll do the same for you some time.' He saw the hope rising in her eyes and cursed himself again. 'I'll be having a house-warming soon—you must come.'

'I'd like that,' Wendy said.

He felt he'd hurt her, and he hadn't wanted to. Leaning forward, he kissed her on the cheek. 'Babies come at all times,' he said. 'We'll be meeting a lot in the middle of the night. I'm looking forward to working with you. But right now I'm going to sleep again.'

He did go back to his room, did put out the light and did close his eyes. But he didn't sleep. What was Ellie thinking of?

It was mid-morning before he could get Ellie on her own. When they'd met before that he'd tried to be distant with her, but she'd seemed quite happy about him snubbing her. It only angered him more. But eventually they were in her room, and she'd had to ask him if he wanted a coffee.

'I want more than a coffee, Ellie, I want a chat. You put Wendy McKay up to it, didn't you? You told her I was fancy-free, up for grabs, looking for a good woman.'

'Obviously Wendy isn't as subtle as I thought she was,' Ellie said, apparently unmoved by his anger. 'Yes, I thought it better for all concerned if you got paired off quickly.'

'So you arranged Wendy for me.'

'You should know that young, presentable, unmarried doctors are prime targets. Anyway, isn't it what you want? An attractive woman, making it obvious that she likes you? I thought you'd be pleased.'

'Once, perhaps I would have been. Ellie, you can make fun of me, you're entitled to. D'you realise how much you upset Wendy?'

She looked at him thoughtfully. 'Did I upset Wendy or did you?'

'You did. I tried to be as kind to her as I could.'

'And do you care that Wendy was upset?'

'Of course I do! She seems a good nurse, a pleasant person. Why should she get hurt because we're having trouble?'

Ellie looked uncomfortable. 'I'm sorry, then. If I can I'll make it up to her. I didn't want to hurt anybody. I just thought that Wendy was what you needed, and certainly she needs someone kind like you. Her husband was a brute.'

'Ellie the matchmaker. You just wanted me out of your hair.'

'D'you blame me?'

John sighed. 'Perhaps not. Look, we've got to talk again and we're likely to be disturbed any minute now. Can we meet again? Perhaps for a drive or a walk tonight?'

For a moment he thought she was going to refuse. Then she said, 'I suppose we ought to get things straightened out, but I don't want to be seen leaving with you. I'll meet you outside this flat you're buying. Say at six?'

'I'll be there.'

He was waiting when Ellie's car pulled up behind his. She had changed into jeans and a sweater—in fact, the same garb as his. She showed him she was wearing walking boots. 'Hope you've got the same.'

'There's always a pair of boots in the back of the car.'

She climbed in beside him and sank down until she couldn't be seen from outside the car. 'I've had a hard day,' she said. 'Just drive out of town somewhere where we won't be seen together.'

He felt like commenting, but he didn't. By now he was getting to know the town. It was easy to find his way out and soon they were up on the moors, driving along a winding, empty road. This was the kind of country the car was made for, and he heard her laughing with exhilaration. It reminded him of the girl he used to know.

'You used to laugh a lot,' he said, 'but I don't think I've heard you laugh out loud since I started here.'

She didn't answer. He felt a sudden rush of feelings and realised that they were memories that he had deliberately repressed. Why hadn't he felt this way for the past few years?

'I love this car,' she said, 'and Nick would love it too. He likes the fast rides on the fair.' Then she said nothing more, as if regretting she had spoken.

'If you like I'll take him—you both—for a ride,' he offered cautiously.

'No.' The answer was flat, monosyllabic. He felt angry, but said nothing.

They skimmed though moortop villages, up a long slope and eventually stopped on a little parking space by the side of the road. 'We can walk here,' he said. 'I've been here before.'

'I haven't.' She walked to look down the road as he pulled on his boots. He could stare at her from behind, seeing the slimness of her legs, the curves of her body only hinted at by the baggy sweater, the brightness of her blonde hair. He wanted to call out to her, to tell her that he... He didn't yet know what. But he knew that he had something to say to her. It might only be to get her to know that he was sorry.

The walk started at a little outcrop of gritstone to the side of the car park. He climbed up it first, then turned and offered Ellie a hand. She hesitated, then took it. He pulled her up to him, then said, 'Look at that.'

There was a scarp slope below them and they could see into the far distance—fields, woods, farms and villages. To the side the footpath followed the ridge, skirting rocks, through the heather. They set off together, and for a while both were content to remain silent. John found himself thinking of walks they had taken in the past.

'Remember how we used to walk though the London parks, and along the Thames?'

'Yes. I loved it. But that was a long time ago. I was a different woman. Six years make a difference.'

'You don't think I'm a different man?'

'Probably you are. You always were a good doctor, but now you've got a better…feel for people.'

They climbed another little knob of gritstone, the highest point of the walk. By unspoken agreement they sat on a flat rock, side by side. They were alone. In front of them the landscape was greying with dusk, odd pinpricks of light now appearing. 'Six years is a long time,' she said.

He waited a moment, then put his arm round her shoulders. He could feel the warmth of her, the softness of her, and she made no move to shrug him off. Perhaps there was hope, but he didn't know of what.

'What did you want to talk about?' she asked. It wasn't a defiant question, she really did want to know.

What *did* he want to talk about? He still hadn't sorted out his ideas; he wanted her to help him.

'I'm still…very attracted to you,' he said hesitantly. 'I think attracted to you in a different way from before. Six years *is* a long time. I think I've grown up. What do you feel?'

Grudgingly she admitted, 'I'm attracted to you, too. But look where it got me last time.'

'D'you know what a burden of guilt I've been carrying the past couple of weeks?' The cry was torn from him.

She leaned over and, for the first time in years, kissed him on the cheek. 'I think I do. And I don't want you to. I made the decision—perhaps it was wrong of me. John, guilt does no one any good. I know you're sorry, that's enough for me.'

Hesitantly he said, 'Perhaps we could go out once or twice, get to know each other again. Nothing high pressure, just see what develops.'

'I've told you. Someone has asked me to marry him. And I may well do so.'

'Will you tell me about him?' He knew he had to be careful.

'No. It's no business of yours. He's a very caring man, quite a bit older than me. We could be quietly happy together.'

'But you don't love him,' he said eagerly.

'I'm not talking to you about love. And, really, I think you ought to move your arm.'

He didn't want to, but he did. 'I've told you about my life,' he said. 'What about yours? Have there been no other men friends?'

'Who wants to take on someone else's child? Beside, I've been busy. There have been offers, of course, but most of then were from men just interested in quick sex. I learned my lesson, stopped accepting invitations.'

'I made a mess of your life, didn't I?'

She was brutally honest. 'At first, I thought so. But I'm happy with what I've got now. I'm comfortably off, have a good life, love Nick.'

He put his arm back around her shoulders again. She didn't object. After a while, he kissed her. Her lips were soft and cool, and infinitely exciting, but he knew he must be gentle. For a while it was sheer bliss, then she pushed him away from her gently, and said, 'I enjoyed that, but I think it's enough. Time we were getting back. This has been a pleasant evening but I have family things to do.'

He was frustrated by her niceness. Didn't she feel the same

way he did? He was sure she did. For a moment the urge to kiss her with the passion he felt was almost unendurable. But somehow he resisted it—he knew better than to push her. He gave her a hand to help her up. When they were both upright he pulled her to him and felt her body press against him as he kissed her. But he kissed her gently.

'This is different,' he said, 'and it might spoil what we've achieved this evening. But I hope not, I really do. Will you give me that picture of Nick in your bag?'

He was still holding her, and he felt her body tense. 'Let me think about it,' she said.

He would have to be content with that. Hand in hand they walked back to the car.

CHAPTER FOUR

As THEY drove back to Howe John became more and more depressed. The walk had been fine, but now it seemed to have caused more problems than it had solved. Kissing her, it had brought back so much, but it had only served to remind him it was now lost to him. Ellie appeared calm and gave a little smile when he glanced at her. And she looked so good! He must have been mad to let her leave him!

When it came, the decision almost surprised him. But he had been reasonable, understanding, thoughtful, for far too long. There was a desperation inside him. They were nearly at Howe when he pulled off the road onto a layby. It was dark now but he could see her face outlined by the streetlights. 'Will you give me Nick's picture?' He knew his voice was harsh.

She paused, perhaps recognising the strength of his feelings. Then she fumbled in the bag by her feet and handed it to him. There was a map reading lamp fitted to the dashboard, and he turned it on then looked at the picture. This... child...was...half...him. He could see the resemblance—the forehead, the eyebrows. There were hints of Ellie, too, that wide sweet mouth. But mostly he was Nick himself, an individual, five years old, Nick...Nick Roberts. Not Nick Cord. 'I like the name Nick,' he whispered. He wondered if she could hear the anguish in his voice. Perhaps she could.

It was a time for decisions, he didn't know why. 'I want to meet my son,' he said.

Ellie must have guessed what he felt. She was calm but

firm. 'No, John. You want to meet Nick Roberts. You want to meet *my* son. Don't ever forget that.'

He was willing to give way. 'OK. I want to meet Nick Roberts. Your son.'

'Why? Isn't it a bit late?'

He winced. 'You're entitled to that, I know. Have you any idea how it hurts me?'

'Perhaps I have. I know about hurt, John.'

'Will you let me see him?'

She paused, then said, 'Yes, I will. Quite frankly I'm not sure it's a good idea. I'm not sure if it'll be good for you John, but you're old enough to make your own decisions. If you call next Saturday morning you can take us both for a drive. Nick'll like that. But we can't stay out too long.'

There was a weird mixture of emotions throbbing through him. He was so pleased that Ellie had agreed. He was also apprehensive at what the meeting would produce. What would his own feelings be?

'I'm mixed up, Ellie,' he said. 'I've got feelings about what I did to you six years ago, feelings for you now. I'm almost frightened to meet your son even though I desperately want to. And everybody knows me. I'm the hard-working obs and gynae man with the brilliant future ahead of him who doesn't let any emotion get in his way.'

She reached over and patted his hand. 'Welcome to the human race,' she said.

John told Anna he was going to look at the flat and then call on a colleague. Just a social call. 'Good to see you making friends,' Anna said. 'Mind you, you were always good at that.' Yes, he was.

He called at a toy shop and had to restrain himself when he saw the array of miniature cars there. He could have shopped for hours. But he knew an expensive gift would not be a good idea, so he contented himself with buying a diecast model of his own car. The assistant wrapped it in shiny red paper.

Parking in front of Ellie's house, he felt nervous. He wasn't sure how this meeting would go. How do you say hello to the son you've never met? He hoped the boy liked him. He could get on with children—his nieces liked him.

Once again he noticed how expensive, how well kept the house was. He'd never met a sister before who could afford a house like this. Still, it wasn't his problem. He rang the bell.

Inside the house there was the thud of fast steps, the rattle of the doorknob. The door opened, a voice said hello. He looked down at a small figure. His son.

He'd had some idea of what to expect from the photographs he'd seen, but the reality was far more of a shock. Bare feet, blue dungarees, a T-shirt with a racing car on it. Dark hair, a little face looking up solemnly. He could see himself there—how could anyone not know that they were related? Nick didn't speak again, and John just didn't know what to say.

Ellie appeared from the hall, dressed in a tracksuit and an apron. Memories made his heart lurch again. She used to wear an apron when cooking in her flat. She'd take it off and make him wear it when he'd offered to help her cook. Why had he just remembered that?

She was as calm as ever, and as ever it irritated him. Didn't she know what he was feeling? He was supposed to be the calm one.

'Come in, John, I don't think you've met my son, Nick. Nick, this is Dr Cord, a gentleman I work with.'

John wasn't having that. As he stepped inside he said, 'Call me John, Nick. How are you?' He bent down to the boy's level and offered his hand.

'Very well, thank you,' Nick said politely. His eyes were drawn to the shiny package John was holding. He couldn't resist. 'What's in there?' he asked.

John had quite forgotten the present he'd bought. 'It's a...'
He looked enquiringly at Ellie, who gave a little nod. 'It's a
present for you, Nick, it's a car like mine.'

Now it was Nick's turn to look at his mother, and she
nodded at him, too. 'Say thank you to...John, Nick.'

'Thank you, John,' Nick said courteously as he accepted
the parcel. He tore at the wrapping and his voice rose in
excitement. 'Look, Mum! It's a gold car, it's super, I can run
it on my track.' He turned to John. 'Do you want to look at
my track?'

'John will come in a minute,' Ellie said. 'Right now he's
having a coffee with me.'

'Brrrm!' shouted Nick, and ran off down the hall.

'It's very kind of you, John,' she said when Nick had disappeared, 'but—'

'But don't bring a present each time you see him,' John
finished for her. 'I know, Ellie, you don't want to spoil him.
But I am entitled to give him something once.'

It had been the wrong word to use. 'You *may* give him
something,' she corrected him, 'but you're *entitled* to nothing.' Ellie didn't forgive easily. 'Now, come into the kitchen
and have a coffee with Ma.'

He shook hands with Marion again. Like her daughter, she
was imperturbable. 'Hello, John, I didn't think it would be
long before I saw you here.'

'John needs a strong coffee, Ma,' Ellie said. 'I think he's
just had a bit of a shock.'

'Yes, it looks that way. Nice little boy, isn't he, John?'

It seemed as if the entire family was determined to stick
the knife into him. He sat on a tall stool by the table, accepted
a mug of coffee and waited to see what would happen. Marion
picked up a bag and reached for an anorak.

'I have to go out, John. I just waited to say hello. Perhaps
I'll see you here again?'

'I do hope so.' Trying feebly to fight back, he said, 'You make wonderful coffee.'

'My daughter does.' Mother and daughter left the kitchen for a moment, and John looked around.

In some ways it was like Anna's kitchen, obviously the centre of the house. There were paintings, he guessed by Nick, on the wall. In the corner was a toybox. There were four chairs round the central table, and a higher one for Nick. It was a family room. Through the large window he could see a long garden, where there was a slide and a swing.

'It's a very comfortable house,' he said when Ellie returned. 'Is it your mother's?'

Ellie seemed surprised at the question. 'No, I bought it a couple of years ago. But my mother lives here with me.'

'You've done well for yourself,' he said, surprised.

'Well, I worked very hard and I didn't get to go out much.... Sorry, John, that wasn't getting at you.'

'Just for once,' he said.

She hesitated. 'You must understand, John, that I've got through the past few years by casting you as the villain of our little story. If times were hard then it was some comfort to think that being married to you would have been even worse. Now you've turned up again and you're not as bad as I thought—well, the change is taking some getting used to.'

He understood what she was saying. 'I daren't push you,' he said, 'but I'm hoping you'll change your opinion of me.'

Perhaps she thought she had revealed too much. 'You'd better not try to push me,' she said. 'Now, why don't you go and play with your new car? You can help Nick race round the track.'

He finished his coffee. 'I think I'd like that.'

There was a line of cars on the living-room floor. He sat down by his son and they decided to race them in pairs. They were absorbed, playing together, John entranced by the solemnity that some small boys had. The new gold Jaguar was a star performer. He was surprised when Ellie came to say that if he wanted to take them for a ride they'd have to go now. He'd spent an hour with Nick.

They only had twenty minutes. He strapped Nick in tightly, then took him for a safe but exciting drive, letting him feel the acceleration the car had, making the tyres scream on corners, braking suddenly. Nick loved it. Ellie had said they were going out with another family so they had to be back quite quickly.

'Will you take me out driving again?' Nick asked wistfully.

'If we can arrange it with your mother. I think there's a good chance.'

Back in the kitchen he could hear Nick's excited voice describing the ride to the friend who had just arrived. 'What d'you think of him?' asked Ellie.

'For a start, I think you've done a marvellous job of bringing him up. He's enchanting, Ellie. May I see him again?'

She hesitated. 'He certainly took to you, but I'm not sure if you ought to get too close. If we move down to London he might miss you.'

'*If* you move to London.'

'It's a possibility, John. Now, you'd better be off. We're going out with the family next door and there are all sorts of arrangements to make.'

He called goodbye to Nick, then as they were alone, quickly kissed Ellie by the door. 'I've got a lot more to think about,' he told her. 'I'm more bewildered than I have ever been in my life before.'

'It'll pass,' she told him.

'You did what? You had a child on the way, your own child, and you just waved him goodbye. You never once tried to find out if he was happy, if he needed help—you didn't even know if he was alive or dead!'

He didn't think Anna had ever been so angry with him. In

fact, he couldn't remember her ever being this angry with anyone. She was blazing, incandescently angry.

His emotions had been so mixed up after he had seen Nick that he felt he just had to talk to someone. Anna was more than a sister-in-law to him—she was a good friend. Perhaps she could advise him, could suggest what he should do. So he'd told her all about Ellie and Nick. And now she was screaming at him.

'Well, she wrote to me saying—'

'He was *your* child, John. Not some New Zealander's. There are some responsibilities that you just can't… How could you? Didn't you ever wonder, feel curious, feel upset?'

Yes, he had. But he had tried desperately to put the affair from his mind, and eventually he had succeeded. Well, largely succeeded. 'Remember, I was working very hard then,' he offered weakly.

'Everyone works hard at that age. And if you think what you were doing was hard work, you should try having a baby. And bringing it up. God, I hope you're not typical of men. If Christopher had treated me like that I'd have left him.'

He felt there was something he could say in his defence, but decided it would be wiser not to try. Anna crashed round the kitchen, throwing things into boxes, emptying rubbish. 'Shall I go?' he asked.

'No. There are things to be decided. You can't just walk away from the situation again.'

'The situation might walk away from me,' he pointed out. 'She's talking about getting married and moving to London.'

'It would serve you right if she did. How do you feel about her—and him—now?'

'I'm confused. And I'm suffering. I feel I'd like to…well, get to know them both. But I know I'm not entitled to.'

'You're not and you deserve all you get. Now, tell me what she's like and how she's treating you now.'

'She's calm,' he said. 'She seems to have the situation under control, and I know I haven't. The only time she gets really angry is when I suggest that I have…that Nick is really my son.'

'Well, what a surprise,' said Anna, sarcastically. 'I suppose you expected her to fall for you all over again.'

'I've kissed her a couple of times. She seems…to quite like it.'

'Hmm. Give me her name and address.'

He felt worried. 'What d'you want them for?'

'I don't know yet. But one thing is certain—I can't make the situation any worse than you have, can I?'

John was on call on Sunday morning so he didn't go swimming as he usually did. At about ten, when he was gloomily playing with his nieces, his pager buzzed.

'A problem,' Jerry said. 'I think it's too big for me to handle. Linda Benson, married, aged twenty-seven, came into A and E this morning, thinking perhaps she had appendicitis. Rapid pulse, skin damp, pain in lower right abdomen. A and E don't think it's appendicitis and as she's four months pregnant they've sent her up to us. She's started vaginal bleeding. I've given her a scan, of course.'

'So, what's your diagnosis?' John asked, knowing that Jerry would have got things right.

'Ectopic pregnancy. We'll have to do a laparoscopy to have a look and make sure we're right, but after that I suspect the Fallopian tube will have to come out.'

'Get her prepared for Theatre and lay on an anaesthetist,' John said. 'I'll be there in half an hour.'

On John's arrival at the hospital, Jerry took him through the other observations he'd made as the pair of them scrubbed up. The nursing staff had prepared Linda and she was on her way to Theatre.

'I had to give her the likely bad news,' Jerry said, 'but when I told her that she could still conceive through the other

Fallopian tube, or that there were other techniques we could use to get her pregnant again, she seemed to accept the situation.'

'I'm glad you told her that this pregnancy wasn't likely to progress,' John said. 'It's always wrong to offer hope when there really isn't any. Come on, let's get started.'

The laparoscopy—examination of the suspect area through a tube inserted through a small hole cut in the abdomen wall—merely confirmed their suspicions. Assisted by Jerry, John cut down through the abdomen. The foetus had started to form in one of the Fallopian tubes, which ran from ovary to womb. Why this should happen no one yet knew. It was just an unhappy accident.

John tied off the two ends of the ruptured tube, cut and then removed it. As the tube had already ruptured there was the danger of infection and Linda would have to be treated with antibiotics. But as Jerry helped John close the abdomen both men knew that far more serious consequences had been averted. Linda would be able to conceive again.

Linda was, of course, still drowsy when she came to. John waited until he saw that she had properly recovered, wanting to be there if she needed to talk to him. He knew that Jerry had explained to Linda what would happen, and that she had willingly signed the consent forms, but after an operation of this kind there was always a sense of loss.

First he reassured her that the operation had gone well. Then he waited as Linda wept silently into her pillow.

'It was our first baby,' she sobbed, 'and Michael was so looking forward to it. He's decorated the baby's room and bought the cot and everything.'

John had already checked with Jerry. Linda's husband was on a course in the South of England; he had been informed and was coming back at once. 'Michael will be here soon,' he soothed. 'You'll feel better when he's with you. Now, this has been a shock for both of you, I know. But you're both young—you'll have another baby soon.'

'I don't want another baby, I want this one! Was there no chance you could save it? It's just not fair!'

John had to choose his words carefully. 'Sometimes life isn't fair, Linda. And, no, we couldn't save the baby. It just wouldn't...develop.'

'But why me? I did everything right!'

To this there was no answer. 'It just happens,' John said sadly, 'and we have no idea why. We feel it, too, Linda.'

After that Linda seemed to calm a little. John squeezed her hand as he stood to leave, promising to see her again.

'I'm glad you stayed, Doctor,' Linda muttered, 'and Dr Harris was ever so nice.' Her eyelids fluttered, and closed.

'The operation was a good job well done,' John said a few minutes later. 'Next ectopic pregnancy we deal with, you can operate, Jerry. Now I'm going home.'

He walked back down the ward corridor and was surprised to run into Ellie. She wasn't in uniform and he knew she wasn't on duty. During the week he expected to see her, but over the weekend it gave him a shock, he didn't know why.

'What are you doing here?' he asked.

As calm as ever, she said, 'I left something in my locker. I've got the week off so I came back to pick it up. I gather you've had a bit of an emergency.'

He wanted her on the ward where he could see her. But... 'Doing anything special while you're off?'

'As a matter of fact I'm going down to London. There's a bit of business I have to attend to there.'

'Will you meet the man who's asked you to marry him?' What had made him ask such a stupid question? He knew what her attitude would be the moment the words had passed his lips.

'It's nothing to do with you but, yes, I will,' she said coldly.

Now he'd started he just had to continue. 'And will you decide if you're going to marry him or not?'

'If I do, you'll be the last to know. Bye, John. Have a good week.' She left him gritting his teeth.

'Aren't you going back home?' asked the SHO, coming down the corridor.

'I may as well. I was thinking how good life would be if I were an amoeba. It's the simplest living thing, and when it wants to reproduce it divides in two. Think how easy things would be if, instead of all this problem with sexual reproduction, we could get a giant headache and just split down the middle.'

'I gather you're having woman trouble,' said the SHO. 'I've got some spare kit in my bag. D'you fancy a game of squash?'

They played for two hours. At the end of that time John felt better. In fact, he felt exhausted.

Not all of John's work was concerned with operations, with life-and-death situations. He looked forward to his clinics when he could see the vast majority of mums who enjoyed relatively trouble-free and happy pregnancies. The midwives dealt with most queries, but a few came to him.

Val Woods asked to see him in person when she brought baby William in for a check. 'I want to thank you for turning the baby,' she said. 'And, more than that, for staying here all night just to satisfy my silly feelings. Now I know another doctor could have done just as well, and you lost sleep because of me.'

John stroked the wisps of hair on William's head, noted the throbbing in the fontanelle where the bones of the skull had not yet united. For him, this symbolised the vulnerability of babies. 'I was happy to do it,' he said truthfully. 'For a start I knew you'd be a good mother. And that's not true of all the patients we get in here.'

'That's very kind. I've brought you something, a little present. I know a lot of mums bring chocolate—have you read what they put in a bar of milk chocolate? Any way, this is something different.'

She offered him a carrier, inside which were half a dozen jars. 'That's honey I made from my own bees,' she said. 'That's a real sweet.'

Then there were the apparently tiny problems which could cause an awful lot of misery. He dealt with many cases of women having trouble breastfeeding, suffering from engorgement, nipple pain or cracks and bleeding. His first priority was always to make sure they didn't give up breastfeeding. Breast was best!

About one woman in a hundred suffered from painful varicose veins. Support stockings and anti-inflammatory drugs—usually ibuprofen—was the answer here.

What he was particularly concerned with was the possibility of psychiatric problems. He knew that over half of his new mums suffered tearfulness, sadness or sleep disturbance in the first seven days. The cure for this was TLC—tender loving care. A few mums might develop more serious depression, and this needed counselling, perhaps even antidepressant drugs. But worst of all were the rare cases—perhaps one in seven hundred—where a depressed mother might harm herself or her baby. John liaised very closely with the midwives if he thought there was a danger of this.

He hadn't realised how much he'd enjoyed having Ellie on the ward. Even if he hadn't talked to her, the sight of her in the distance had given him a definite boost. But now she was away in London, and he was missing her. By Thursday he felt he had to do something so at lunchtime he phoned Marion. 'I wondered if I could come round for a chat?' he said.

Marion was suspicious. 'You know Ellie is away?' she asked.

'Yes, I'm missing her.'

'So you want to come round and see Nick while she's away?'

'I'd love to see Nick, but at the moment I don't think it's a good idea to come while his mother's not there. I want to talk to you.'

'I'd like to talk to you, too.' She went on, 'But there's no way I'll go behind my daughter's back. I'll tell her you called.'

'Wouldn't have it any other way.' He was invited to come round when he finished work.

Nick was at a neighbour's house when he arrived so John walked in the living room while Marion made the tea. He hadn't had a chance before, he'd been playing with Nick. Now he could look around. There were photographs of Nick growing up, some on his own, some with Ellie. One, with Nick in a pram, he recognised as having been taken in Clifton Park. He realised how much he'd missed. There was so much joy in watching a child grow up.

Marion came in with the tea.

'Have you—that is you, Ellie and Nick—always been in Howe?' he asked.

'I've always lived here. Ellie was born here and she came back here just before Nick was born.'

'It seems odd to me, thinking of Nick growing up here while I was just down the road in Sheffield. I must have come up the year he was born.'

They sat in silence a minute, then she said, 'You are Nick's father, aren't you?'

'Yes. But not according to Ellie. She says whatever rights I might once have been entitled to have now gone.'

'That's an understandable reaction,' Marion said, as calm as her daughter. 'Rights have to be matched with responsibilities, and you haven't contributed much, have you? I hope you're not going to make trouble for my daughter.'

'I wouldn't. You know I thought she was happily married and living in New Zealand? It was a great shock when I saw her here.'

Marion looked puzzled. 'I know nothing about New Zealand. She's had a hard time on her own, you know, even though I was here to help. Life hasn't been easy for her.'

'I can understand that. You don't have to stick the knife in me, I feel it already. Did she ever say anything about Nick's father…me?'

Marion smiled, the smile of a mother who knew her child's faults. 'Never. She takes after her father—my late husband. Both very determined—a better word might be stubborn. He was in the army, you know. Reduced to the ranks in Malaya in 1953 for disobeying orders. But he was one of the most successful soldiers they had fighting the Communist insurgents. He was decorated for bravery. And killed in a stupid plane crash out there which had nothing to do with the fighting.'

He didn't interrupt or ask questions, but waited. Marion sipped at her tea and then went on, her voice a little stronger. 'However, that's long over. Ellie just told me you weren't going to help, and we were to forget you. So we did. I've never asked her about you.'

'Did she…hate me?'

Marion smiled sardonically. 'I don't think she ever thought about you. You were dismissed, now of no consequence.'

'Thanks. I think I would rather have been hated.' He thought for a minute, and then went on, 'Do you mind if I tell you my side of the story? I don't come out of it very well, I'm not very proud of myself. But perhaps I'm not quite as bad as you think.'

'I'd like to hear,' Marion said. 'But remember, I'll tell her everything you say. I'm not hiding anything from her.'

So he told her about the unexpected pregnancy, the offer of marriage, the letter he thought had come from New

Zealand. 'I won't hide the fact that I was glad she didn't want to marry me, was more glad when she seemed to have worked out a life of her own. But I would have supported her.'

'How do you feel now?'

'I wish I'd acted differently. I did wonder about…about my child. In fact, I tried to make enquiries in New Zealand but, of course, they came to nothing. Now I want to get to know Ellie again, want to get to know my son. But not if it's going to cause either of them any heartache or pain. Any relationship would have to be permanent.'

He frowned as he realised what he had just said. *Any relationship would have to be permanent.* He'd never thought of it that way before. Now he realised that was what he wanted.

'And what do you want from me?'

What did he want from Marion? He just felt he had to do something. 'I guess I'm asking for your support. Ellie told me she was thinking of getting married.'

'Yes. For real this time.'

He winced. 'Do you know the man?'

'I know him. I like him, too, but I'm not going to talk about him to you.'

'Fair enough.' He drained his tea. 'I think I'd better go now.'

She accompanied him to the door. 'Did coming here to see me take a lot of nerve?'

'It did rather.'

'Well, I'm glad you came. I know you better now, and I think you might be quite a nice man. But I can't influence my daughter that much. Bye, John.'

For the next three and half days John was away from the New Moors Hospital, working in local smaller hospitals. But at lunchtime on the fourth day he found himself back at New Moors, and went to the canteen. Unenthusiastically he bought himself a sandwich and a coffee and found an uninhabited table. It was a week since he'd been to see Marion, and all he'd done had been to work.

'May I join you? Are you expecting anyone?' Surprised, he looked up and there was Ellie. He hadn't been expecting to see her, hadn't expected the way his heart beat, the way his breath was hard to get, the way his chest constricted.

'Join me? Please, please, do.' Hastily he tried to clear a place for her, knocked over his coffee and swabbed at the growing stain vainly with his napkin.

Ellie put her tray down. 'I wouldn't let you operate on me today. Why don't you go and get another cup of tea? I'll clear up here.'

So he fetched his tea. They sat facing each other and he watched her eat her cottage pie with apparent enjoyment. Suddenly he wasn't hungry.

'Been a hard morning,' she mumbled. 'A girl needs to keep her strength up.'

He had to think of something to say. 'How was the trip to London?'

She looked at him keenly. 'You mean am I announcing my engagement?'

He felt as if something was stuck in his throat. 'I guess that's what I meant.'

'Well, then, no, I am not announcing any engagement. But don't look relieved, there's still plenty of time.' She looked at him hard. 'I remember you as a bit reckless, but you took a chance, didn't you? Going to Ma behind my back?'

'Yes, I did. I want to try everything I can to…to have your good opinion.' It sounded weak, even to him. He went on, 'Are you angry with me for trying?'

She frowned. 'No-o—not yet. I'm not sure what you want from me. Are you short of a girlfriend at the moment? Think you might as well rekindle an old flame?'

'No! Nothing like that!'

'Are you sure? I'll bet you've never been short of female companionship over the past few years, have you?'

'Not really,' he mumbled. 'I've got a lot of friends and I—'

'But there's no one special at the moment and I'm handy?'

'No! I told you, it's not like that!' He guessed she was teasing him, but for the moment his sense of humour seemed to have deserted him.

'Then what is it like?' she challenged.

He chose his words carefully. 'I've never before made a romantic declaration in a canteen. I think I was very wrong about you—what I did—years ago. Only now am I realising what I turned away. And I'm deeply regretting it.'

'You're a bit late, that's all,' she pointed out.

'And then there's Nick.'

Instantly she was alert. 'What about Nick?'

'I don't know. I've been a confirmed bachelor for so long that I don't understand the feelings I have for him.'

'You will,' she told him grimly. 'Anyway, there's another thing you've done that concerns me. Your sister-in-law, Anna Cord, phoned me. She's invited Nick to a party next Saturday night. Apparently for your two nieces, Abbie and Beth.'

'Good Lord! She never said she was going to do that. She went behind my back, Ellie. I'm sorry.'

'Now you know how it feels.'

'So you know that I told her about us?'

'There is no ''us'',' she reminded him. 'But I quite took to Anna. She promised to be discreet, and I'm sure she will be. Nick's got no cousins, two would be nice so we're coming to the party. Will you be there?'

'Oh, yes. Anna runs the party, I help with the catering.' He had to think about that. Ellie and Nick would be coming to the nearest thing he had to a home. The prospect was exciting, and a bit frightening. 'You will like Anna. When I told her about you, what I'd done, she got really angry at me.' He thought for a moment more. 'In fact, I think you've got a lot in common.'

'See you there, then. Nick's looking forward to the party. How were the clinics you took?'

It took him a while to realise that she was referring to work now. 'No trouble really. I've referred a couple of cases to come here—we need to have a closer look. But I'm glad to be back here.'

She stood and to his amazement he saw that she had finished her cottage pie. 'Things to do, John. No, you can't come, you haven't even started your sandwich. May see you on the ward later. Bye.'

He sat and finished his sandwich. For the first time in his life he was lost, didn't know what to do. No. Correction. It was the second time in his life. But he thought that this time there might be some hope.

It would be a good party. Anna was an infants' teacher, working part time in the local school and she'd organised games, goodie bags—even found a young lad who was starting as a children's conjurer. John would spend most of his time in the kitchen, quite happy to prepare and cook.

He saw Ellie's car arrive, and went out to greet her and Nick. Again he felt that strange feeling, but guessed this wasn't the time to think about it. He introduced Anna to Ellie and then fled back to the kitchen.

Of course it was a good party. It seemed to go quickly, and in no time, it seemed, parents were picking up their children. He helped with the coats, and when he got back to his kitchen found Anna and Ellie there deep in conversation.

'Ellie is staying to tea,' Anna told him.

'So long as she likes plenty of jelly. And she'll eat all the mince pies. She always does.'

'That's a risk we'll have to take.'

Abbie, Beth and Nick now seemed to be firm friends, and

after the excitement of the party were content to sit and watch videos. The three adults had a scratch meal around the kitchen table. He saw that Anna and Ellie were getting to know each other, so didn't say much himself. Ellie was curious about how Anna coped with Christopher being away so much. 'It's his life,' explained Anna. 'He loves it. He'd leave the Navy if I asked him, but I would never do that.'

Then the three children trooped in. 'Can Nick stay the night, please?' Abbie asked. 'Then we can all go swimming with Uncle John in the morning.' Before Ellie could say no, Anna put in, 'You could both stay if you wanted. It would be no problem putting you up. You'd be staying with me, not John, of course. But perhaps your mother would worry?'

'My mother's given up worrying about me,' Ellie said, 'and, yes, we'd love to stay if I can phone to tell her where we are.'

Anna looked at the three yawning children. 'In that case,' she said, 'it looks like bedtime right now.'

John sat in front of the fire as the two mothers giggled upstairs. When they came back downstairs, Anna said, 'Well, I'm going to have a glass of wine. Do you two want to join me, or would you like to wander down to the pub? I'm happy to babysit.'

John looked to Ellie for an answer. Ellie hesitated, then said, 'Yes, I think I would like a short walk. And a drink would be nice.' The two fetched their coats.

They were silent on the way down to the Dragon. John thought of holding her hand but decided to wait to see what would happen. The Dragon was a good pub, a bit like the one they had visited at North Blyton. John was known there and after saying hello and buying the drinks, he found them a quiet seat, a tiny alcove where they'd be undisturbed.

'I like Anna,' Ellie said, 'and the two children. You're very lucky to have a family like that, John.'

'I know. The kids all got on very well together. I hope they can see more of each other.'

'I'd like that, too. You're very good with your nieces, John. It's a side of you I've never seen before. I wish Nick could have had someone like you.'

He crashed his glass on the table and the beer spilled over the top. 'No more, Ellie! I've said I'm sorry. What more can I say? You're still condemning me for one solitary act. All right, I acted badly. But only once. Your mother said you take after your father, that you're headstrong. Ever thought you might be wrong? You made a decision that didn't involve me. Who knows what might have happened if you'd stayed in touch? Certainly I'd have given you money, but what else might I have given you if I'd had the chance? If I'd seen Nick when he was born, if I'd seen him growing up? Things could have been a lot different. Ever thought that your stupid pride might have robbed Nick of a father?'

Now she was angry too. 'Robbed him of a father! You couldn't wait to get away from us both. Sorry I didn't inform you. You say things might have been different, but they might also have been the same. I didn't suffer just to irritate you!'

He looked at her—the golden hair, the wide blue eyes, that gorgeous, gorgeous mouth. They were alone in their little alcove. He grabbed her, pulled her to him and kissed her. First she writhed angrily, tried to push him off. He held her harder. Then she stopped struggling. Her arms wrapped round his neck. She returned his kiss. After an eternity he let her go. 'Don't ask me to apologise for that,' he muttered. But she wasn't angry. To his horror he saw large tears well and roll down her cheeks.

'I didn't want this to happen,' she sobbed. 'I thought I could control it but I can't. You've brought all the old feelings back. And I've kept them down for so long.'

He couldn't believe what he was hearing. 'So you still… feel for me. Do you love me?'

'I always have. Why d'you think I walked away from you? But things are different now, we just can't turn back.'

'We can! Not straight away perhaps, but in time. All we need is time.' There was so much he wanted to say but he didn't dare say it. If they had time things could come right.

'I want to go back now. I don't want to talk any more, I need time to think.' So they walked back, hand in hand through the darkness. Neither of them spoke. Just before they went into the house he kissed her, held her gently and tasted the salt dampness of tears on her face.

'It'll only take time,' he said. 'And you're worth waiting for.'

'I've changed—my life's changed. I don't know whether I can change back. There's so much you don't know about me.'

He didn't know what else to say.

CHAPTER FIVE

JOHN had decided to buy the flat, and Anna's solicitor had moved with unusual speed. Soon it would be his officially, but he could start thinking about redecoration and furnishings. Anna had given him some suggestions about colours and what to buy, but she was insisting that he make his own mind up. 'This is your first real home,' she said. 'You've got to make the decisions.'

And that was what he was doing. On the floor were a number of carpet swatches, and he was trying to work out which he preferred. 'Your carpet is the first and most important decision,' Anna had told him, 'because all your decorating, curtains, even furniture, have to match it.' There was more to this home-furnishing business than he'd ever thought. Could he really live with a cherry-red carpet?

He was rather enjoying it. After a life largely spent living out of a suitcase he was looking forward to having some roots. And he was surprised at the number of things he had to see to. A telephone, gas, electricity, council tax, insurance—most had been done for him in the past.

The front doorbell rang—his first visitor! He glanced out of the window. Ellie's car was parked there. Ellie! There was no one he wanted to see more. The flats were fitted with an intercom and door-release, but he ran downstairs anyway.

He hadn't seen much of Ellie in the past week. She had stayed the night with Anna, and the two families had gone swimming together on Sunday morning. He had loved being with them. But they had all been together so there had been no chance for a further private conversation, and after swimming Ellie had driven straight home. On the ward on Monday she'd told him she was thinking about what had happened, but that he was to give her time. The old, tough Ellie had reappeared. He had given her time, hoping that not crowding her was the right thing to do. But it had been hard, and he was getting impatient.

Now he realised it had been the right thing to do! She knew his new address and had come to see him.

He opened the door, and somehow managed to keep the smile on his face. Ellie was there—but also her mother. This was not going to be the intimate meeting he had hoped for.

Somehow he managed to be hospitable. 'My first visitors,' he said. 'Do come in.' However, he suspected that from the semi-secret smiles the two women exchanged, that they knew what he had been hoping.

'I told Ma about your new home,' Ellie said, 'and she very much wanted to come and see it.'

'When I was first married I lived in a flat in a house just like this,' Marion said. 'This brings back memories.'

'It's still empty,' he said, 'but I can do three mugs of tea and there's a packet of biscuits. You can tell me what you think about my ideas for furnishing.' The smaller rooms were soon surveyed, but it was the living room that attracted all the attention. Marion especially was entranced, walking round and touching the polished wood surrounds, caressing the marble fireplace, standing and turning in the little turret alcove.

'I'll put the kettle on,' he said, 'and we'll have that tea.' Ellie followed him into the kitchen.

'I'm glad you called, very glad,' he said when they were out of earshot.

Ellie shook her head, half-smiling. 'It wasn't my idea, it was Ma's. I told her about this place, and she wanted to come at once.'

'Wouldn't you have come on your own?'

She realised that the question was about more than just a visit. 'I don't know, John, I just don't know. I'm confused' and I don't like it. I thought I'd got my life straightened out and you came and messed it up. I was reasonably happy. I don't know whether you'll make me more happy or miserable again.'

'Ellie, I—'

'John, I love this place.' Marion appeared in the doorway. But she was still engrossed in the flat, and she didn't appear to have overheard any of their conversation. 'Which carpet are you going to pick? You know that's what you've got to do first?'

He laughed. 'You must meet Anna,' he said. 'You'll get on well. I've almost decided on the dark fawn. If I do, I'll have the entire flat carpeted in it.' He handed out mugs of tea and they returned to the living room.

Marion looked at the fawn carpet sample on the floor. 'That's a lovely choice! You know, this was the bedroom I came to when I was first married. Not this house, of course, but one just down the road just like it. They pulled my house down and built a little block of flats.'

'Do you like the flat?' he asked Ellie.

'Yes,' she said coolly, 'but it wouldn't do for me. This is a bachelor flat, I have a family.'

'I hadn't thought of it that way. This was to be my first step towards becoming a proper, respectable member of society.'

'What plans have you for furniture, John?' Marion's enthusiasm was infectious. He told her about Anna's suggestion that he should concentrate on a few good items, perhaps antiques. He noticed Ellie's quiet smile as he and Marion discussed whether a desk or a table should be bought first.

It was another ten minutes before Ellie said, 'Time to go, Ma. We've got to pick Nick up in a quarter of an hour.'

'Right, then. John, I have enjoyed looking round.'

'Please, come at any time. Are you having a busy weekend?' He looked at Ellie, who picked up the hint at once.

'Very busy,' she said. 'See you on the ward on Monday, John.'

When they had gone he felt dissatisfied. Just to see her excited him. But he felt that things between them would be decided soon. They couldn't go on like this!

John needed to call in at the hospital on the following Monday to collect his mail. He was working at one of the local hospitals for a week as one of the resident doctors there was off ill. After taking out the important letters, he skimmed through the customary mass of advertising material in his cubbyhole. He dropped most straight into the waste-paper basket.

There was one unusual envelope, in a soft blue colour. A crest in one corner said 'Bluebird Films', and he noticed that it had been hand-delivered. As he glanced at the other cubbyholes he could see similar envelopes. Interesting. He slit the envelope open.

Inside was a formal invitation to Anna and him to attend a film première at the local cinema complex the following Saturday. There would be a reception, buffet and a chance to see the film. Black tie, please. He recognised the title of the film, 'A Nurse's Story'. He guessed it had been adapted from a book some nurse had written. He vaguely remembered having seen reviews of it, but he had never read it.

It would be nice to take Anna out. He knew she enjoyed dressing up for the occasional formal party so he rang her at once.

'I'd love to go,' Anna said. 'I've heard of the book but I haven't read it either. Apparently there are four of them. They're supposed to be funny but sad.'

'Just like medicine,' John said. 'Listen, I've decided on the colours for the flat. The fawn carpet and the paint you suggested. You know I'm working at one of the other hospitals this week so I'll buy the stuff next Saturday morning. Fancy giving me a hand on Sunday afternoon?'

'I'll bring the kids,' Anna said.

He should have set off for the other hospital at once but instead he wandered along to Ellie's ward. She was deep in conversation with a younger nurse and they couldn't have the few minutes' private talk he wanted.

He waved his invitation at her. 'I'm going to a film première next week,' he said. 'I'm taking Anna. Are you going too?'

'I'm going,' said Ellie. Her face was more expressionless than usual. 'My mother's coming with me.'

'Would you both like a lift? I'd be happy to pick you up.'

'We've already made arrangements, thank you, but I'll see you there. You're going over to Lasterdale Hospital?'

'Just for a week.'

'You've left us very busy here. I'll probably put in some extra time.'

There was a hint there, he knew. Don't phone her. And when he looked at the set expression on her face he knew she meant it. 'See you at the première then,' he said.

The SHO John was working with at Lasterdale Hospital wasn't half as efficient as Jerry Harris. Norman Harker's medical skills were adequate, but he had no confidence. Either he would send for John for a problem he should have solved himself, or he would muddle on with a situation that needed expert care.

Natasha O'Leary was an example of him muddling on.

'She's a gypsy,' Norman explained disapprovingly to John as they stood in the corridor outside the ward. 'She's been to no antenatal classes, there are no doctor's notes for us, her family caused chaos downstairs and she's not even very clean.'

'Not always easy to shower in a small caravan,' John murmured. 'And we do treat everyone to the best of our ability don't we? No matter what we might think of them?'

'Yes, Doctor,' Norman said sulkily, no doubt wondering why he had gone wrong again. 'Anyway, she came into A and E a while ago, suffering from severe headaches, vomiting and what she called flashing lights in front of her eyes. As she was obviously pregnant they sent her up here and—'

'Have you checked her blood pressure yet? Have you given her a urine test?'

'I was just about to do that. I had a difficult case on the ward and—'

From the ward burst a frightened-looking junior nurse. 'That new patient's just started convulsing,' she gasped. 'Sister's holding her down but she's foaming at the mouth and it's all bloodstained. I—'

John slammed back the door of the ward and rushed towards the curtained-off bed. 'Can't you tell when a patient is suffering from eclampsia?' he snarled at Norman.

The fit was now nearly over. Natasha was in a coma, her breathing stertorous. The red-faced sister, a middle-aged woman, whom John thought very competent, gave Norman a baleful glance, but said nothing.

John made the hastiest of examinations. The baby was suffering distress. 'We need an immediate Ceasarean section,' he said. 'Sister, this patient will not be able to give consent. Can you send someone reliable downstairs to find the husband or next of kin and get a consent form signed?'

'*All* my staff are reliable,' Sister said, looking again at Norman. 'I'll send a staff nurse down.'

'And can you prepare this lady for a Caesarean? I'll write up the anti-convulsive drugs she's going to need. Dr Harker, find us a theatre and an anaesthetist. Tell him that I think we'll need an epidural—we daren't risk a full anaesthetic now. This baby has only got a chance if he's born quickly.'

They had to hurry. In the operating theatre there was a

necessary wait as the anaesthetist carefully eased his needle into the spine and started to deliver the drug that would stop all feeling in the lower half of Natasha's body. She was still comatose, but no one knew how long that would last.

John sliced neatly though the abdomen wall, and then cut into the lower half of the uterus. Carefully he reached in and brought out a tiny, sticky figure, still attached to the umbilical cord. There was a cry, small but it filled the theatre. 'I think we're in luck,' John said. He handed the little girl over and peered back inside the abdomen.

The rest of the day wasn't spent practicing medicine. It was taken up with forms, meetings, arrangements for after-care, considerations of the family. John knew it was all necessary, but at times it irritated him. Still, Natasha had her baby—in fact, her first. Mother and daughter were both doing well and Natasha was delighted. John tried to keep his temper and explained to Norman that he had got his priorities wrong. Perhaps Norman understood the point—John hoped so. But while he was at the hospital he would keep an eye on the man.

It wasn't a big London première but there was a very respectable turn-out. Just out of the town was a multiplex, a big block of different cinemas, surrounded by a vast car park. On this occasion parking had been reserved for the première guests, and when John showed his and Anna's tickets they were directed to a place near the front of the cinema.

He had to show their tickets again before they were admitted to the foyer. There, he and Anna were offered glasses of champagne and invited to walk round. The guests of honour would arrive in twenty minutes.

'Look, there's a crew from the local television station,' Anna said. 'They're filming the crowd.'

Unashamedly John put his arm round her waist and manoeuvred her to the front of a group. 'If the kids see their

mother on the telly,' he said, 'they'll think she's *very* important.' Anna was enjoying herself. She was wearing a red dress
which she had made herself, and even though she was his
sister-in-law John thought she was stunning.

The mayor was there in his chain as well as assorted civic
dignitaries and quite a lot of medical staff. John said hello to
a few of them, carefully making it clear that Anna was his
sister-in-law. He knew that if he didn't, the story would be
all over the hospital. He looked for Ellie, but couldn't see her.

They were taking to David Miles, the consultant paediatrician, and his wife, when they heard a buzz of excitement
behind them. People started to applaud, the TV crew turned
their camera and there was an explosion of flash bulbs. The
guests of honour were coming in. And the first one was Ellie.
What was she doing there?

She was wearing a simple white gown with a scoop neck
and arms and back bare. It contrasted well with her bright
hair and tan. 'She looks absolutely ravishing in that dress,'
Anna whispered to him. 'It costs a fortune for a dress as
simple as that.' He decided to ask about that puzzling statement later. What was Ellie doing with the guests of honour?

She was accompanied by an older man of perhaps forty-
five, prematurely white-haired but elegant and handsome. It
was John's turn now. He knew by the cut that the dinner
jacket had cost a small fortune. Ellie smiled at the man—they
were obviously friends—and John felt jealous.

Behind the couple there were others. Marion was there,
looking elegant, as were a couple of actors John thought he
had seen on television. Not that he watched very often. The
party was now shaking hands with a small reception committee made up of the mayor and a few others. Among them,
John recognised the financial director of the hospital.

'What's going on?' he asked David. 'Why is Ellie apparently the guest of honour?'

David looked at him, surprised. 'You didn't know? Of

course, you've only just joined us. Ellie Roberts is our hospital author. Done quite well out of it apparently. This is the film of her first book. I thought she would have told you.'

'No,' said John, 'she didn't.'

'Well, perhaps it's a good thing to keep the two halves of your life separate.' David turned as a passing acquaintance stopped to speak to him.

Anna pulled John to one side. 'You haven't read any of her books, have you?' she asked.

Now he was feeling alarmed. 'No. I remember she was always scribbling when she was younger, but I didn't know she'd been published. Why didn't she tell me?'

'She has a pen name,' Anna said. 'She writes as Eileen James. I bought one, which I've been reading, but I didn't know it was by Ellie.'

The suspicion was growing to a certainty. 'It's about me, isn't it? I'm in Ellie's book.'

Anna stopped a passing waiter, took another glass from his tray. 'Drink this,' she said to John. 'I think you're going to need it. Don't worry about the car. I'll drive home if you like.' He took half the champagne in one mouthful. He wasn't looking forward to the film.

The guests of honour had broken up and were now mingling with the crowd. Marion came up to them, and obviously took to Anna at once. 'Nick hasn't stopped talking about what a good time he had,' she said. 'I hope you'll come to visit us soon.' Then the two started to talk about the decor for John's flat.

John let them talk for a while, then interrupted. 'I didn't know Ellie was a writer.'

It took Marion a while to register the importance of this question. 'Oh,' she said, 'she hasn't told you?'

'Not a thing.'

Marion frowned. 'I think she should have told you.' In explanation, she went on, 'She always has been a writer, from the time she was a little girl. For a long time I think writing was what kept her sane.' After a pause she said, 'I'm not getting at you, but you must remember she had a hard time.'

Next to join their little group was Ellie herself. 'This is Malcolm Pascoe John, the director of the film. Malcolm, John is our obs and gynae Registrar.' John tried to work out what Ellie was thinking or feeling, but her beautiful, flawless face gave him no clue.

For some reason he liked Malcolm. The man had a firm handshake, a pleasant manner. 'It's always a risk, making a film about a closed professional life,' he told John. 'I do hope we've got it right.'

'I'm sure you will have.' John told a half-lie. 'I'm looking forward to seeing the film.'

Malcolm turned to speak to Anna, and John looked at Ellie, lifting his eyebrows in a question. She nodded slightly. This was the man she might marry. And John found himself liking him.

A few minutes' general conversation followed, then John said, 'Ellie kept her writing a secret from me. Perhaps I should have paid more attention to her as a person rather than a nurse.'

Everyone laughed, and Ellie said, 'I hope the film isn't too much of a shock. Remember, it's a film, adapted from a story, and neither are true to life. Just fiction.'

'Just fiction,' John echoed, and wondered if it was true.

There was an announcement that the film would shortly begin and would the audience, please take their seats? They all filed into one of the smaller cinemas. Malcolm made a short speech, saying that this had been a British film and he hoped—as many had hoped before him—that it would be the first in a British film renaissance. He had to thank many people—actors, designers, cameramen, scriptwriters—but he had to give special thanks to the original author. At bottom, a film was a story. And in Eileen James's story he thought they had a winner.

To much applause—largely from the medical staff—Ellie now came to join Malcolm. She was calm, serene, entirely untroubled by appearing in the limelight. John felt a choking sensation in his chest. She was glorious!

'I hope you enjoy the film,' she said. 'Not my film but our film. The background is as true as I can make it, the story is fiction. I enjoyed writing it and I hope you enjoy watching it. Nursing is a career that has been good to me. I recommend it.'

There was more applause, and then Malcolm spoke again. 'One last word,' he said. 'I learned this afternoon that the film has been bought by a major American cinema chain, and will be released there.'

This time the applause came from the film crew, and it was uproarious. Obviously an American release was something to be pleased about. Malcolm and Ellie walked to sit in the front row, and the lights dimmed. Below him John could see Ellie's golden head. He watched it like a talisman. What was the film going to be like? Beside him, Anna reached for his hand, and squeezed.

John seldom had time to go to the cinema but he enjoyed the film, largely because it was so true to life. The early stages of a nurse's life were very well done. It showed the heroine rejecting the advances of an over-amorous older doctor, and then cut to her dealing with her first death on the ward.

In time the heroine met a man, a young doctor. They didn't meet in a car park but at a roller-skating rink, where he offered to mend her broken strap. The actor didn't look at all like John—in fact, John thought he'd seen him in a television soap. Still, 'That's me,' he whispered to Anna.

Anna squeezed his arm, guessing how he felt. 'You're better-looking,' she whispered back.

They watched the affair develop, against an often comic,

sometimes tragic medical background. As it had been, in fact. And he heard phrases that he sometimes still used, saw scenes that he remembered taking part in. She had changed the facts, but the progress of the relationship was true to life. The screen couple went to bed together. It was shown fairly, as much her decision as his. Then came the scene when the nurse told the young doctor she was pregnant.

The dialogue when she told him she was pregnant was almost exact. Ellie must have remembered it word for word. Well, why not? So had he. But it was so painful to watch it as an outsider. The actor playing him was good. When the nurse told him that she wouldn't marry him there was a close-up of the actor's face, and it was possible to see the concern there but the relief breaking through. Then there was a long shot in which a frozen-faced nurse watched the doctor walking away from her, getting smaller and smaller.

The audience was silent, and Anna said, 'John, you're hurting my arm.' He hadn't known he was holding it so tightly. He mumbled that he was sorry and watched the rest of the film. After that there was a change in mood. The film cut to the nurse having had the baby, and trying to cope with a career and a child. It was richly comic because so much of it was recognisably true. The young doctor never appeared in the film again. When asked about the baby's father, the nurse looked at her child and merely said, 'He gave me something for which I am eternally grateful. I wish him no harm, but he's out of our life for ever.'

John shuddered.

The end of the film was a tease. The nurse met an older doctor and he asked her to marry him. 'Well...' she said, the scene faded and up flashed the words 'the end'. The applause this time was universal.

Anna squeezed his hand again. 'How d'you feel?' she asked.

'Quite frankly, I'd like to go home. I don't at all feel like staying for the second half of the party.'

'But you're going to stay, aren't you?'

'Oh, yes. We Cords display our stiff upper lip at all times.'

The party was much more lively than before. There was a feeling of relaxation, of a job well done. John decided to take advantage of Anna's offer to drive, and had another two glasses of champagne. And in time they got to speak to Ellie and Malcolm again.

'Congratulations, Malcolm,' John said honestly. 'I've never seen scenes about hospital life shown so realistically. You caught it just right.'

'I think you must give Ellie the credit for that. She was technical adviser as well as writer.'

He turned to Ellie and took her hand to shake it. 'I'm truly impressed, Ellie. I didn't know you had such skills.'

'It's easy,' she said. 'You just write from the heart.' She squeezed his hand as she spoke and he wasn't sure what message she was trying to convey. And then they had to speak to another group.

'As a film I really enjoyed it,' Anna said as she drove John home, 'and even though I really sympathised with that nurse I can see what it might do to you. I might even feel sorry for you. D'you want to talk about it?'

'Not really. Ellie was good. She said it was a fiction, but it wasn't. I saw myself on that screen and I wasn't very happy.'

'Six years ago,' said Anna. 'I've know you that long. You've changed, you know.'

'I hope so.'

CHAPTER SIX

SUNDAY morning John took Abbie and Beth swimming as usual, and had to explain to them that he was sure they'd see Nick again soon, but that his mummy had been very busy. When they asked why he didn't bring Nick himself, he didn't have an answer.

He went back to his flat on Sunday afternoon. The solicitor had arranged with the builders that he could start decorating at once. This house purchase would go through smoothly.

He decided to start the painting. He'd done a bit of painting in the past, helping Anna and Chris, so he had some idea. It was rather therapeutic, sitting high on his ladder, sweeping on the primer, getting rather tired. There was a sense of achievement; he could see what he had done.

He didn't want to think about Ellie. He knew he'd have to wait a while, till his feelings calmed. He felt she had let him down, even attacked him. But he couldn't fault anything of what she'd written. Perhaps she should have told him about the film, but he knew it had been shot before he'd arrived in her life again. Anna had lent him her book and he was going to have to read it. But he wasn't looking forward to it.

He still thought it amazing that everyone else in the hospital had known about Ellie, being an author, and he hadn't. There had even been details in the stall on the foyer. But, after all, he was a new boy, with a lot to learn. He'd been too busy to enquire about anything but his own concerns.

The doorbell rang. Excitement flared through him, and he hoped it was Ellie. But when he leaned forward to peer through the window the car wasn't hers. Besides, she would probably be with Malcolm. And, pleasant though he

116

was, he didn't want to mix with Malcolm socially yet. If at all.

To his surprise he found Wendy McKay at the door. That's the second time I've been disappointed in my caller, he thought, but managed to smile anyway.

Wendy's smile and voice were hesitant—she obviously wasn't sure of her welcome. She was dressed in trousers and anorak, and was carrying two plastic bags. 'Please, throw me straight out if it isn't convenient,' she said, 'but I drove past earlier and saw you were decorating. So in this bag there are sandwiches and coffee, and in this one there's my overalls. I'll help you decorate if you want. I'm...I'm quite good at it.'

'Come in, Wendy. You're like a ray of light. I need someone to talk to.'

She changed in the bathroom and at first their conversation was strained. Each was trying to make the other comfortable. But after a while they relaxed. It was easier when they were both working. She hadn't been able to go to the première, she'd been on duty. But she'd heard good things about it.

He told her about the film, how it was an accurate account of a nurse's life. Wendy didn't seem to think there was anything between him and Ellie, and he was relieved about that. After an hour they had a break for the sandwiches and coffee. She hadn't gone over the top, just ham, cheese and pickles. Without bitterness—joking about it even—she told him of her ex-husband who had left her for another girl and then had tried to come back to her.

'I was tempted, though,' she said. 'How I was tempted. But I knew it would only be a year or so before he was off with someone else so I told him to go. He's in Scotland now.'

'You've not thought of marrying again?'

'I've thought of it. I've even had a couple of offers. But now I'm a happy bachelor girl. I have men friends but I like my independence. Have you ever married?'

'No. Too busy, working. The odd careless affair. There was someone once but…it didn't work out. All my fault.' And that is true, Ellie, he thought to himself.

'That's how it goes,' Wendy said, judiciously painting a corner.

They finished the room eventually and John said he didn't want to start a new one. It was getting late. Tentatively Wendy said, 'You could come to my place for a quick meal if you like—it's not too far from here. But I've got to be at work by ten.'

'No, you've helped me decorate, it's my treat. I'll take you to the pub on the corner, the Eagle and Child, and we'll have a proper meal.'

'I'd like that! I'll just get out of these overalls.'

In fact, he enjoyed the meal too, Wendy was good company. Neither of them could drink much—she was going to work, he was driving. When they'd finished, she said, 'We could go back to my place for a quick coffee.'

'No, Wendy. I'll drop you back at my flat to pick up your car, then I have to go back to my sister-in-law's house. I'm staying there till the flat's finished.'

They sat in the car outside his flat and he leaned over and kissed her. 'Thanks for the decorating and the company,' he said.

'I enjoy decorating. I could come back and help some more.'

Gently he said, 'I don't think so, Wendy. I like you…but there's someone else in my life.'

'Oh, well,' she said, falsely bright. 'You can't blame a girl for trying.'

He kissed her again. 'I do like you a lot,' he said, and meant it.

As he drove back to Anna's he wondered why he had turned down what Wendy was offering. She was a pleasant girl, good company. There would probably be no strings, though he wasn't sure of that. So often in the past he had enjoyed such a casual affair. Why not this time? His relationship with Ellie didn't seem to be getting very far. After a while he realised that one reason was that he didn't want to make Wendy unhappy. I must be getting old, he thought.

He was chatting to Jerry in the doctors' room next morning when a midwife opened the door. 'Need the SHO in room four,' she said. 'Not a big problem but we could do with a hand. Looks like this lady might need an instrumental delivery. Name's Mary Shone.'

Jerry raised his eyebrows at John. 'I haven't had all that much experience at that.'

'They want you,' John pointed out, 'but I'll come along anyway.'

In the delivery room it was obvious that the patient, a primigravida, was in some distress. 'I can't do it,' she groaned. 'I'm trying, but I've got no energy left.' She grabbed for the Entonox mask and sucked desperately.

John moved to the side of the room. This was Jerry's delivery; he would watch and help only if asked. He noted how Jerry first glanced quickly at the Cardiotocograph, which continually monitored the baby's heart rate and the maternal contractions. 'Hello, Mary, I'm Dr Harris. Would you mind if I examined you?'

'Do what you want,' Mary gasped. 'Just get this baby born.'

'Primigravida, thirty-nine weeks, spontaneous labour, progressed rapidly, has been fully dilated for over an hour. Head still high at minus two above the ischael spines,' the midwife said quietly. 'Baby's trace has been fine throughout, but is getting a bit tired now. There have been a couple of shallow early decelerations in heartbeat, but they returned quickly to the baseline.'

Jerry put on the sterile gloves offered to him and examined

Mary. Feeling delicately, he asked, 'Could you push down with your next contraction, Mary, as you have been doing?'

Mary obliged. John watched approvingly as Jerry's face gave nothing away about what he was finding. Then Jerry stood, stripped off his gloves and said with a big smile, 'Baby's head is still a bit high and it has a way to come. You and your baby are getting a bit tired now so I think it would be in both your interests if we were to do a ventouse extraction. Is that all right?'

'Learned about them in parentcraft,' Mary panted. 'Just do it.'

The second midwife had anticipated what would happen, and she wheeled in the ventouse and forceps trolley. Then she fetched the Resusitaire. Mary looked at the great machine anxiously. 'It's all right,' the midwife soothed. 'It's just that when your baby is born it might have had a shock and this machine will help the pediatrician check the baby.'

Jerry washed his hands and put on a sterile gown as the midwives lifted Mary into position, with her legs in stirrups. Jerry sat in front of the birth canal, gave a local anaesthetic and performed an episiotomy, before applying the suction cup to the baby's head. The midwife switched on the vacuum. Jerry waited for the next contraction and pulled as Mary pushed. There was the head. Jerry took off the suction cup and checked for the cord around the baby's neck. On the next contraction he gently delivered the rest of the baby and placed her—it was a little girl—on her mother's stomach. Then he cut the cord as the first piping cry echoed around the room.

There was the placenta to deliver, but now Mary was only concerned with holding her new baby. Then the midwife took her away so the paediatrician could make a quick check. Jerry sutured the episiotomy and then disposed of his own sharps.

'You didn't need me,' John told him. 'That was fine.'

'I enjoyed it,' Jerry said.

*   *   *

'On Saturday there's a conference for all the northern obstetrics and gynaecology departments,' Cedric Lands said to John and Ellie. 'The subject is new techniques for dealing with pre-eclampsia and eclampsia. We decided that the department had to be represented and that Ellie and I were to go.' He bowed to Ellie courteously. 'Now I find that I have a finance committee meeting. You do understand that nothing can get in the way of a finance committee meeting. Therefore, I wondered…'

'I'd love to go,' said John. 'After that case I had with the gypsy lady last week, I need a refresher.'

It was Tuesday, and they were in Ellie's office. He still hadn't had a chance to speak to her, and she looked worried. Or was it defiant?

'We'll travel together to save expenses,' John said. 'D'you mind going in my car, Ellie?'

'No. I'd rather like it.'

'Splendid,' beamed the consultant. 'I'll leave you two to sort out the arrangements.' He walked out of the office, leaving them alone together.

'Are you sure you're happy, travelling with me?' John asked. 'I would understand if—'

'Are you sure you want to take me? I'd understand if you didn't.'

'You mean because of the film? No, you were very fair to me in it.'

'I'm wanted on the ward,' she said abruptly. 'You need to pick me up at about ten on Saturday. Do you want to arrive at nine and have breakfast with Nick? He's been asking about you.'

'I'd very much like that,' John said.

He found life on the ward with Ellie easier after that, now he knew that they'd have the chance of a long conversation. He would have asked her out one evening, but Anna had caught a really bad cold, and he spent the nights helping out with his nieces. When he told Ellie this she said she'd like to help with the girls—could they cancel their weekend trip? Certainly not, said John. He wanted some time alone with her.

On Saturday he arrived early, as promised, to have breakfast with Nick. Remembering what Ellie had told him, he didn't take another toy—though he really wanted to. Instead, he took a pile of old motoring magazines. Nick could cut the pictures out of them.

His son was sitting at the table in the kitchen, wearing pyjamas with more cars on them, ritually tapping the top of his boiled egg. John was now recognising the feeling he had every time he saw the little lad. It was love. A different kind of love from any he'd experienced before, the love of a father for a son. And it could be quite as painful as any other kind of love.

'Hello, Nick,' he said, his voice husky.

'John! It's John! Look, I've got some toast. Will you make me some soldiers? I can't do the big knife yet.'

John reached for the breadboard and carefully cut two pieces of brown toast into strips.

'What have you got under your arm?' Nick asked, eyeing the magazines with interest.

John laid the magazines well out of sight. 'Nothing until you've eaten your breakfast. Are you having orange juice with your egg?'

'I want to see Abbie and Beth again. Can you cut the top off my egg?'

A cup of coffee and another piece of toast appeared in front of John. 'I'll just go upstairs and finish getting ready,' Ellie's amused voice said. 'You appear to have the situation under control here.'

Breakfast with young children was nothing new to him— he often helped Anna with her two. But with his own son it was different. This was *him*! He liked boiled eggs with soldiers. Abbie and Beth preferred their eggs scrambled. And Nick liked talking about cars.

Marion came down to look after Nick. Ellie was ready, it was time to go. Ellie hugged Nick and kissed him, then the boy turned to John, his arms open. John picked up the tiny body, squeezed it gently. Nick smelled of sleep and toast. 'Thank you for the books,' he said. It was the first time John had really held his son, and he was amazed at the emotions that surged through him.

The conference was to be held in Kingley, a village just out of Sheffield. John had picked a route starting over the moors. They drove in silence for a while until they were out of town. Then, when they were skimming through the dark green countryside, he decided to talk.

Being carefully offhand he said, 'We've not had chance of a private talk since…well, I was very impressed by the film.'

'Impressed?' she asked impishly. 'That's a careful choice of words. Tell me what you enjoyed about it.'

'I didn't enjoy it, you must know that. It hit too near home. And it came as a bit of a shock to know you were an author.'

'It's only fiction, John. You wouldn't begrudge me a little success. Nurses don't get paid all that much. And writing about things helped me to…come to terms with them. It made life more bearable.'

'Fair enough. But it wasn't fiction, was it? A lot of it was reporting.'

She sighed. 'That's true, I suppose. Perhaps it was a bit self-indulgent. I got into the habit of compartmentalising my life… No, I'll be honest. There was just a bit of revenge in writing about you. Something I went through so why shouldn't you suffer, too?'

'Fair enough.' He knew it was fair enough.

'So I'm forgiven for making you the villain of my film?'

'I could forgive you anything, Ellie. The question is, can you forgive me?'

'Probably. I think so. In time. Yes, I can forgive you—in fact, I think I have. But what you're asking is can we start again, isn't it? You must realise that that's a different question.'

She had forgiven him! Well, that was a start. He said, 'There were places I had to laugh in the film, even if sometimes it was against myself. And couldn't you have found someone a bit more butch than the man who played me? I've got twice the shoulders he has.'

'Delany Thorpe is a heart-throb! Lots of girls will go just to see him. Anyway, what about the woman who played me? If I were as delicate as she was, I'd have been ruined long ago. D'you know, she had to have a double when she picked that patient up off the floor?'

'Did she? And I think your figure is...nicer.'

She hit him, a friendly blow across the chest. 'John! If she heard you say that she might never recover. She is fashionably...slim.'

'Skinny,' said John.

'And remember, you saw the film. There's a lot of change in emphasis from what it says in the book.'

A few miles previously they had turned onto the motorway, and now John slowed at a service station. 'I need petrol. Do you want a drink as well?' He sent Ellie in to buy a pot of coffee while he went into the shop.

She poured the coffee while he showed her what he had bought—a new edition of 'A Nurse's Story', with a photograph from the film on its cover. 'Anna bought a copy and lent it to me. After watching the film, I was half afraid to read it. But I'll read it now. Will you sign it?'

She took the book from him, opened the front cover and frowned, then smiled. Quickly she wrote, then passed the book back. He looked at the dedication.

'To John, without whose aid this book could never have been written.'

'Aid,' he said. 'I've never heard it called that before.'

She took the book back from him, flipped through the pages. 'This is the section when I—when my heroine first tells the man she's pregnant.' She started to read aloud.

'I watched him go. Not a bad man, a good man feeling trapped. I felt the same, that fate had been unfair to me. Still, whoever said that life should be fair? I knew that if I called to him he would turn round and come to do what he thought was the honourable, the proper thing. Out of sheer pressure of circumstances I knew we would get married in time. But he didn't need marriage now. He was still a bit thoughtless, very young, learning to be a good doctor. Probably he'd be a good father. But I couldn't stand the thought of him ever looking at the child—our child—and thinking that he had held back a promising career. So I let him walk out of my life. And never have I regretted it.'

John took a great mouthful of coffee as she lowered the book. The coffee was too hot, but the pain in his mouth was welcome—it stopped him thinking about what he had heard. He swallowed with difficulty, his eyes watering. Hoarsely, he said, 'That's good. I suppose it puts me in a better light than the film, but it doesn't make me feel much better.'

He bit into the croissant she had bought him. 'I'll read all the book now. Then can I talk to you about it again?'

'If you want to,' she said, then smiled. 'We authors are always on the lookout for new ideas. Why don't you tell me your side of the story? I'll write the man's point of view.'

'You can't yet. The story isn't finished. The man has just met the girl again—and the son he didn't know he had.'

'I hadn't thought of that.'

'There's something else. For the first time you've let me call Nick my son, without instantly saying that he isn't my son but yours.'

'Just carelessness,' Ellie said, but without much conviction. He thought she might be getting used to the idea. He'd made a little progress, he wasn't going to hurry her.

'Will filming the book make much difference to your sales?' he asked. 'This is obviously a new edition, and I gather there are going to be new editions of the other three.'

'My agent says that sales will shoot up. He wants me to write another quickly, and, of course, I get money from the film. If I wanted, I could probably afford to give up nursing entirely. If I move to London... You don't want to talk about that do you?'

'No,' he said morosely. 'And I can't object to you making money, Ellie. My pay is about three times what yours is—you're entitled to the cash.'

'Glad you think so,' she said drily. 'Shall we go?'

'Not for a minute. There's something I've got to tell you, though, I suppose, a bit of it is your fault. I saw Wendy McKay last Sunday.'

'It's not my business,' she said coolly.

'I want it to be your business. She came round with sandwiches and said she wanted to help me decorate, she was being neighbourly. But I knew what she wanted. I took her for a meal and turned down an invitation to her flat. I can't think we'll see much more of each other. I tried to discourage her.'

Blank-faced, Ellie said, 'Nice girl, Wendy McKay.'

'Yes, I liked her. But I'm telling you that I won't take what I think she's offering.'

'You *have* changed, haven't you?'

'No,' he said. 'While we were together I was always faithful to you, Ellie.'

There was a silence then Ellie said, 'I'm sorry for that remark, it was uncalled for. And I'm glad you told me about Wendy. I'd hate to hear it from somebody else. D'you know, I think I'm jealous?'

'That *is* good news,' he said.

'If I tell you some other news, you won't instantly read more into it than I intend, will you?'

He looked at her keenly. 'I probably will,' he said. 'Is it good news?'

'Depends on your point of view. I told Malcolm that I wouldn't marry him. It wasn't fair to keep him wondering. We'll still stay friends and we'll work together, but that will be all.'

John felt a great surge of exhilaration, but tried not to show it. 'I can't say that I'm sorry,' he said, 'but from the little I saw of the man I liked him. Have you broken off with him because of me?'

'No. Because of me. Now, shall we go?'

They were happily driving down the motorway, enjoying the ride and the scenery, before she spoke again. And then she sounded apprehensive. 'The film,' she said. 'The main character is obviously me, I've got no problems with that. But what happens if you get known as the man? Can you imagine the publicity?'

'Oh, dear,' he said. Yes, he *could* imagine the publicity.

They had an interesting conference. It took place in a newly built conference centre, well away from the town. The surroundings were green and pleasant, and it was easy to park. The subject was an important one. Eclampsia was a condition that was dreaded in every labour ward. Hypertension—an unexpected increase in blood pressure—and other symptoms could lead to convulsions and threaten the life of mother and baby. It was made worse in that there was no discernible cause. The speaker was clear and enthusiastic. He advocated the giving of anti-convulsive drugs and described American trials of them. Afterwards the delegates divided into smaller groups, into medical and nursing staff. So he didn't see much of Ellie. They even had lunch separately.

Afterwards there was the chance to meet old friends and acquaintances. He knew many of the people there—obstetrics and gynaecology was a small world after all. And eventually he saw Ellie again. Reluctantly, he said perhaps they ought to go.

'I'm enjoying myself too,' she said. 'Why don't we both book into the hotel? I've checked—they've got rooms vacant and they'll save them for us. I can phone Ma, she'll look after Nick. We can have another drink then.'

John looked at her, but couldn't read her expression. 'All right,' he said, 'I'd like to stay.'

'Then I'll book us both in. Carry on with your conversation. I'll see you later.'

By seven all the other conference delegates had left, and John found Ellie sitting and reading a magazine in the lounge. She had changed out of her neat grey conference suit and was now wearing trousers and a sweater. 'I brought a change of clothes,' she told him. 'I intended to get out of my conference suit when I could.'

'I've got a change in the car, too.'

'They sell portable overnight packs in the lobby, you know, a razor and so on. I've got you one. And here's your room key.' She appeared to have organised everything.

'I'll change and then we'll go for a walk,' he said. 'We've been indoors too long.'

They strolled down to the village, enjoying the cool evening air. He didn't know what the evening would bring and was content to let things take their course. They chatted about what they had learned at the conference, a safe topic.

When it was fully dark they decided to have a meal at a pub, instead of going back to the hotel. Between them they had a bottle of wine, a rich, oaky Rioja, and a home-made game pie. The two went well together and it was an enjoyable meal. Then Ellie said, 'It's been a full day, I'm getting tired. Shall we go back to the hotel?'

'Whatever you want,' he said tensely. He wanted to go back to the hotel.

'I know what you're thinking,' she teased.

'You do? And me having the stone face that no one can read?'

'You're wondering if you'll finish up sleeping in my room.'

'Sorry to be so obvious,' he said gloomily. 'No stone face at all. Here I am, trying to be a sophisticate, and this is what happens. Everybody knows what I'm thinking.'

'It doesn't matter. It's one of the things I like about you—you don't hide your thoughts. Good thing you don't want to be a spy.'

'One of the professions that never tempted me at all,' he agreed. 'Let's walk back to the hotel.'

Their rooms were in the same corridor.

'I'll come to your room,' she told him, 'in about twenty minutes. You'd better get a condom—we don't want a repeat of last time. And I'll want a coffee. Make me one with the kettle in your room?'

He felt he was in a dream. This was all he had wanted over the past few weeks. Why was she taking over like this? He was amazed.

'Don't you want me?' she asked pertly as he gazed at her without speaking. 'I've brought a book—I can always read.'

'Of course I want you! Ellie, I—'

She drew herself up to kiss him quickly on the lips, evading his clutching arms. 'Not in the corridor. Leave your door open. I'll be twenty minutes, like I said.' She walked rapidly to her room.

His was a pleasant room. He undressed and showered, using the little overnight pack. As he had no pyjamas he wrapped a fluffy towel round himself. He boiled the kettle and prepared two cups of coffee. Then he sat on the bed to wait.

He was not sure what was happening—or rather not sure why. Since this was all he had dreamed of for so long, why was he still hesitant, a bit uncertain? Then the door clicked open and Ellie appeared. He was hesitant no longer.

She was wearing a long white dressing-gown. When she saw him she giggled. 'You look like a Roman in a toga with that towel. Where's my coffee?' She climbed onto the bed and sat beside him, their two backs against the padded headboard.

He gently eased the collar of the dressing-gown aside. Underneath he could see the broderie anglaise of a nightie. 'You brought a dressing-gown and a nightie,' he said accusingly. 'You must have expected—intended—to stay the night.'

'Let's just say that I'm not entirely surprised. I thought I might get an offer. And a girl can't go running up and down corridors stark naked.'

'I should think not,' he said.

She put out a finger and ran it down the side of his face, across his neck and then touched the muscles of his chest. 'I'd forgotten how slim, how strong you were,' she said softly.

He took her hand and kissed the palm. He could smell the floral scent of soap on her, see the odd damp lock that had escaped from under her shower cap. 'I'd forgotten so much about you, too,' he whispered. 'Well, not really forgotten, I think I hid it from myself. But now it's all coming back, and I think I must have been mad. How could I have let you go?'

She frowned and wriggled away from him. 'I want my coffee now. Is the water hot?'

He had arranged it all by the bedside and leaned over to flick on the kettle again. 'Everything is prepared.' He poured two steaming cups, handing one to her. If she wanted to tease, then he would also tease. 'I remember you liked digestive biscuits. You can't have one of these two until you take your dressing-gown off.'

She grabbed a biscuit. 'I've got my winter nightie on, my Wee Willie Winkie one. You'll think it's frumpy.'

'No, I won't. Show me.'

She wriggled and threw the dressing-gown on the floor. Her nightie was, as she'd said, old-fashioned, made of some thick white material—flannelette, possibly—with a high neck, long sleeves and coming down to her ankles. It covered her completely, but he could see the curves of her shoulders, breasts, thighs. It made her look incredibly attractive. She had cleaned off the little make-up that she wore, and that also made her look younger.

They drank the coffee and ate the biscuits, sitting companionably at the head of the double bed. John was content to let things happen slowly. They finished their drinks, then put their cups on the side. Ellie wriggled over to him, put an arm round his naked waist and pulled him to her.

He only kissed her gently at first, marvelling in her beauty, but she pulled him harder against her, and his kisses grew more insistent. He heard her sigh, felt her relax into his arms. Then she tensed, and said fretfully, 'There's too much light.'

By the headboard there was a console, and he turned off everything but one shaded bedside lamp. She slid off the bed and stood to pull the nightie over her head. It was wondrously arousing to watch in the dimness, to see revealed the long slim legs, the touch of golden hair, the trim waist. Then there were her breasts, perhaps fuller than he remembered but still erect. And the shoulders, the head and the now dishevelled hair. She was heart-stoppingly beautiful.

She leaned over him, pulling at the towel to reveal his nakedness in turn, showing his arousal. He caught her and pulled her down till she was kneeling on top of him, her breasts sweetly touching his chest. The delicacy of the caress was exciting, and he felt her sigh with it too, saw the hardening of her rose-pink nipples.

Slowly she lowered her head so they kissed—slowly, passionately, sensuously. Then eased herself back kissing his chest and further down till he cried with the ecstasy of it.

'John,' she whispered, 'there's one thing I want, you must promise. Don't say anything. Don't talk. I won't, and I don't want you to.'

'Ellie, whatever you want, but—'

'Hush! I said no talking.' She kissed him again. 'Now I want to lie by you.'

He knew that they both felt an urgency, but they both wanted to hold back. Now it was his turn to kiss her, first her face then further down her body. There was so much of her to kiss, and all so lovely—her neck, her arms, her body. Then, as she sighed under his caresses he felt a growing need that would not be denied. Soft fingers tightened on him, eased him so he was on top of her, grasped him round his waist, moved him so he was poised.

He had a desperate need to tell her how wonderful she was, how much he wanted this to go on for ever, how much indeed that he loved her. But he had promised. Some distant cautious part of his mind told him this was an instruction he should obey.

Infinitely gently, he lowered himself, her warmth encompassed him. It felt like coming home. But he couldn't lie still, neither could she. Their movements grew, from sweetness to excitement and then frenzy. He couldn't help himself. 'My darling,' he sobbed as they climaxed together, and she moaned something he couldn't detect, perhaps not even words. Then he lay there, on his front by her side, pinning her with one arm and leg. They slept.

Twice in the night he woke, kissed her. She murmured something and they both went back to sleep. Then he woke

again to find light flooding the room. Beside him was only a
scent, she had gone. He was disappointed.

He checked his watch—it was seven o'clock. Not too early
for a nurse, and they'd not been late, coming to bed. He
followed the instructions on the telephone by his bed, and
rang her room direct. Fortunately he remembered the number.

'Room 137.' Her voice was clear, even amused. She knew
who was calling.

'Why did you leave? We don't have to go home yet.'

'A question of reputation, John, yours as well as mine. We
did book two rooms.'

'Come back here, we've got an hour before breakfast. Or
I can come to your room.'

'I must say I'm tempted,' she said, 'but I think not.'

'Ellie, last night was wonderful. You must know things
have changed between us now.'

Her slightly teasing tone vanished. 'Yes, it was wonderful,
and I suppose things can't be the same again. But how they've
changed I'm not sure. I won't come to your room. We'll have
breakfast together, in about an hour. If I'm not there, you
start without me. And promise you won't call before then?'

'I promise. But I don't understand you, Ellie.' He rang off,
perplexed. Last night he had thought that all was slowly coming well between them. Now he wasn't so sure.

He was one of the first in the dining hall, and ordered the
full English breakfast. He had started eating before Ellie arrived and said she would have just coffee and rolls. He wondered if it was his imagination, but she looked even lovelier.
'See you're trying to keep your strength up,' she said, indi-
cating the meal.

He grinned. 'I need to, don't I?' he said, and she blushed
slightly.

'I wish you'd stayed,' he went on after they had eaten in
silence for a while.

'I was tempted to, but I think we need to set out some

ground rules. I'm sorry if I...if we rather rushed things last night.'

'I'm not sorry,' he said cheerfully.

'All right, wrong choice of words. Perhaps we started something last night we should have thought about first. You think we can go back to how we were six years ago, but that's just not possible. I hope we can be friends and sometimes I'd like us to be lovers. You can get to know Nick—as a friend. But remember he's my son. This will be a pleasant, relaxed relationship for both of us.'

'But I want more than that! I want...'

She looked at him in surprise, though perhaps it was mock surprise. 'What's the matter, John? This is all you've ever wanted, sex and no ties. Why aren't you happy?'

'Why aren't I happy?' He lifted his cup, thinking she *had* to be making fun of him. 'The prospect of making love to you again makes me very happy. Any other affair I've had in the past few years is pale in comparison with it. But I want much more than that now, Ellie. I love you. I want to marry you.'

'I'm afraid you're years too late,' she said.

He could tell by her white face that she meant it.

CHAPTER SEVEN

AS EVER Ellie was a good nurse and they worked perfectly together as a team. She could anticipate what John wanted, knew what he was going to do. But on the few occasions that they were alone together she managed to be both friendly and distant. She had spelled out the conditions under which she was willing to see him. If he didn't like them, that was too bad. And he didn't like them! He wanted far, far more than she was willing to give.

They were sitting in her room, discussing Muriel Lodge, a primigravida aged twenty-one whom he had admitted the previous week. She was twenty-six weeks pregnant. Muriel had been referred to him by the midwife in the antenatal clinic. John had noted the dry skin and deep-set eyes that suggested dehydration. When Muriel tried vainly to lick her lips he spotted the coated tongue and smelled her breath. The urine sample she had given to the midwife had been dark in colour.

'I just can't eat or drink or keep anything down, Doctor,' Muriel said, and burst into tears. 'I know you're supposed to get morning sickness, but it just hasn't stopped. I'm sick all the time, all the time. And it can't be good for my baby!'

'I don't think we need worry too much yet,' John said carefully. 'Some mums do suffer from excessive nausea, but we can generally cope with it. Now, I'd like to admit you into hospital so we can have a look at you, do a few tests and try and feed you up a bit. Is that all right?'

'Jeff will worry! Mind you, he's been worried enough anyhow. Can you talk to him, Doctor?'

'I'll look forward to seeing him,' John soothed. 'So, is everything all right at home, Muriel? No problems at all?'

Muriel looked at him uncomprehendingly. 'Of course everything's right all at home. We're having a baby, aren't we?'

John had decided that Muriel was suffering from hyperemesis gravidarum, excessive nausea and vomiting. There were possible physical causes, but in the majority of cases it was brought on by personal problems. He had talked to Jeff Lodge, the husband, and had taken to the man. He seemed genuinely concerned for his wife, and was looking forward to being a father. So John had asked Ellie to make the odd discreet enquiry herself to see if there was anything worrying Muriel.

'She's got no problems at all that I can find,' Ellie said. 'Husband, parents, parents-in-law—all happy, all supportive. I wish all my mums were as well looked after.'

John had prescribed IV fluids to get Muriel feeling better, and had asked for a battery of tests. Urea and electrolytes, haematocrit, liver function tests, an ultrasound scan. None had shown any cause for alarm. 'We can't find anything wrong with her,' he said, 'and I've tried everything.'

'Just one of those cases that spontaneously cure themselves,' Ellie suggested. 'She's keeping food down now, and seems much happier. In fact, she wants to go home.'

John pondered. Such cases cropped up quite frequently. They were always worrying—had he missed something? He decided not.

'We'll send her home tomorrow,' he decided, 'but I want the midwife to keep a close eye on her.'

'I'll go to tell her. She'll be delighted.'

On Tuesday night John was in his flat, talking to Anna. There was now just enough furniture for him to live there in some comfort, and he was alternating between the flat and the caravan. He liked his new home. He felt that pride of possession he'd never had with any of the little rooms he'd occupied.

The phone rang—it was Marion. 'I don't want Ellie to

know I've invited myself,' she said baldly, 'but may I come round? I want to have a word with you. Ellie's taken Nick to the cinema.'

'You're very welcome,' he said, intrigued. 'You can say hello to Anna again.'

Marion rang the bell only minutes later, and came upstairs, carrying a roll of something under her arm. John went to make tea for the two ladies, and when he returned he found they were talking about being service wives. Of course, it was something they had in common. He wished Marion could be part of his family.

Marion unwrapped the roll she had been carrying. 'This is forward of me,' she said, 'but I like the flat so much that I wanted to give you a little house-warming present. This is a rug my husband brought back from Arabia. It's only small, but I thought it might go in front of the fire. And it'll match the wood.'

She unrolled the rug. It was some kind of Middle-Eastern pattern with the predominant colour a rich red, which did indeed echo the mahogany fireplace. It was beautiful. More than that, although John knew nothing about such things, he had an uneasy suspicion that it was valuable. It *looked* valuable.

Anna was in no doubt. She knew it was valuable. 'You can't give that to him,' she cried out. 'It's worth hundreds.'

Marion shrugged. 'There's nowhere it will fit in where I'm living now, and it's a pity to keep it in a cupboard. I think things like this should be looked at.'

'Well it shouldn't go on the floor. What about on the wall, John? D'you think it would look well over the mantelpiece?'

He thought that a good idea, and Marion agreed. Apparently there were frames you could buy from good art shops which would display the rug, and he decided to buy one the next day.

Anna had to go shortly after that and, after promising to

bring Abbie and Beth round to see Nick, set off for home. 'I wish she was a proper part of the family,' Marion said. 'I wish we could get things settled.'

'You've come to talk about Ellie,' John said. 'You want to help me.'

'Yes,' said Marion after a pause, 'but I'm not very happy about going behind her back. I think she's been betrayed enough in the past few years.'

'Thanks,' said John.

'Sorry! Didn't mean it. It's just that it's taking some getting used to, discovering that the man I've thought an absolute swine all these years is really someone quite sensitive and personable. Remember, I knew nothing of you from Ellie. She just wouldn't talk.'

'A woman who knows her own mind,' John said gloomily.

'Apparently you had a row over the weekend,' Marion said. 'I was surprised because I thought things were going well. She was in a singing mood when she left. She told me she'd probably stay away overnight, and I thought the worst—or best. Then she came back distinctly angry.'

'I can't object,' John said. 'She's treating me like I treated her.'

'How's that?'

'Well, she likes my company and so on, but doesn't want to enter into a relationship that seems to lead towards marriage.'

'And is that what you want?'

'Yes. Like an idiot, I asked her—that's why she's angry. And, please, don't tell me I'm a bit late making up my mind—I know that.'

'She's not a vicious girl,' Marion said carefully. 'She doesn't cause pain deliberately. She hasn't really been out with anyone since she had Nick. Just a couple of hesitant relationships and they were quickly over.'

'What about Malcolm?'

'Ah. He was different. They worked together a lot, you know, and he was very patient with her. But you know that's over now.'

'I know. I thought that it might be…because of me. But now that doesn't seem likely. I asked her to marry me, tried to pressure her over the weekend—that's what went wrong. She won't be pushed, Marion!'

Marion was still calm. 'That's how she is. I know you want what's best, and I know you're right about Ellie. I wonder if—' The doorbell rang.

He groaned. 'Sorry, Marion, I forgot. I'm having furniture delivered. I'll just let the men in.' Shortly afterwards two men efficiently carried a double bed upstairs and deposited it in the bedroom. John signed the order form and tipped them.

'A double bed?' Marion questioned when they had gone.

He shrugged. 'A man can dream.'

'When she came home Ellie would never sleep in a double bed. We had one in the house, but she changed it for a single one. I think a double bed was symbolic for her. Since she was going to be single, she wanted a single bed.'

'I know how she feels,' John growled.

'My brother's ship is docked in Grimsby,' John said to Ellie the next day at the hospital. 'On Friday the ship's having an open day for family members of the crew. Anna's taking Abbie and Beth and she asked if Nick would like to go as well. He could see the engine room, look at the guns and the helicopter.'

Ellie was enthusiastic. 'He'd love that! And it's half-term too.' Then her face darkened. 'But Ma's going away for the weekend and I'm going to the Lakes on Friday. I'm giving talks on Friday night and Saturday. I suppose they'd get back quite late on Friday?'

'I'm afraid they would,' he admitted.

'You see, I have to take him with me on Friday 'cos Ma's away. And I have to set off promptly.'

He thought for a moment. 'Nick could stay with Anna on Friday night, then I could bring him up to the Lakes on Saturday morning.'

'In that red thing!'

'You know I'm a good driver. And I would be extra careful with my...with your son with me. You know that.'

'Yes, I do.' She stood, pondering.

'Mind you, I'm sure Christopher will try to fit him in on another occasion,' John said. 'I think they're staying at Grimsby for a couple of weeks.'

She smiled. 'That's the decider. Of course he can go with Abbie and Beth. You're sure you don't mind bringing him to the Lake District on Saturday morning? I could arrange for you to stay the weekend, if you like. It's a writers' conference. We're having it in a college hall of residence.'

'I'd love to stay,' he said. 'Look, we'll sort out the fine details later. I'll just let Anna know Nick will be coming.'

We get on very well when we're just being reasonable and friendly, John thought to himself as he walked down the ward. We can organise things, see each other's point of view. But I want more that that. I want to tell her I love her. I suppose I'll just have to wait...

It was the kind of complicated arrangement you had to make when you had children. John was bemused by it, not having realised how difficult things could be. Ellie was to bring Nick round on Thursday night to stay with Abbie and Beth. Remembering how delighted his nieces had been with similar gifts, John bought him an overnight case and showed him where to put his toothbrush, slippers and pyjamas. 'You would have been a good father,' Ellie said, her statement being the more cruel because she hadn't intended it to be.

After working on Friday, Ellie set straight off for the Lake

District, having told John she had a workshop to run that evening. Anna took the three children to Grimsby, had a good day and came back late and tired, with three sleeping children in the car. John spent the night in the caravan having helped to put the three to bed. And on Saturday morning he drove Nick to the Lake District.

There was no need to hurry. It was the first time he'd had his son to himself for so long. He strapped him in and they set off at a sedate pace—much to Nick's disgust. 'I want to go fast round corners,' he said.

John knew how short a child's attention span was. The important thing on a journey was to break things up, so after an hour they stopped for a drink of orange and a swing and a slide in a little playground. When they resumed their journey, John asked Nick to look for new road signs, and to tick off those he had spotted on a card he had given him. They also spotted different kinds of cars. After another hour they came to Ambleside, and went for a short walk by the lake. John bought them each an ice cream. 'Mummy would like this pink one,' Nick said.

John knew what children were like, having been intimately involved with the upbringing of Abbie and Beth. He loved them, but had no foolish ideas about their capacities. He knew their pointless angers and interests. But how he enjoyed being with Nick. He told himself it was because of Ellie, but he knew it wasn't true. There was something of him in Nick. He watched the child pottering by the water's edge, throwing a bit of his cornet for the ducks to fight over then retreating rapidly when they splashed him. He felt the tie of fatherhood more strongly than ever. Bleakly he remembered Ellie's threat. *He's my child, not yours. You rejected him.* How could he have? He picked up the boy, hugged him and carried him back to the car.

The last stretch of the journey took less than an hour, along narrow roads through the great scenic mountains. Eventually

they reached Keston College, an old main building with
brand-new accommodation blocks to the side. It was in a
beautiful setting in a wooded valley, with real mountains behind, not like the moors at Howe. The students were away;
the college had been let to the writers for the weekend.

Holding Nick's hand in his, he walked up to reception. He
was given his room key, told that the delegates were in a
lecture right now and that lunch would be served in half an
hour.

'We'll go to see my room,' he told Nick.

'Ellie's on the same floor as you,' the friendly receptionist
said. 'We've managed to squeeze a cot in for Nick there, but
it was tight.'

Throughout the years John had slept in a lot of hospital
and university accommodation, but he didn't think he'd ever
seen a room so small and yet so efficient. The bed sat on top
of built-in drawers, with bookshelves above it. There was no
easy chair—for relaxation you obviously sat on the bed. A
working chair stood by a desk surrounded by cupboards. At
one end of the room was the smallest bathroom he had ever
seen. Nick peered into it, delighted. 'I want a shower!' he
said. So John undressed him and let him have a shower.

He had a wash himself, and then strolled with Nick to find
Ellie. The lecture had now finished, and there were little
groups of people standing and chatting in the hall and the bar
that opened off it. He saw Ellie, the centre of rather a large
group, wearing a very smart green dress.

It was interesting to watch her without being observed himself. A lot of people were competing for her attention—whatever she was saying interested them. He felt a sense of proprietary pride. She looked so beautiful, so competent, too.
Why should he feel proprietary? She wasn't his. His momen-
tary burst of pride disappeared.

Nick saw her and charged forward. 'Mum!'

She stopped talking, swept him up and kissed him. 'I've missed you, darling.'

I wish she'd say that to me, John thought.

They had lunch at the table reserved for speakers and their guests. Ellie was still much in demand and John spent much of his time happily talking to Nick. He had told Ellie that he would like to stay for the rest of the weekend and as Ellie was obviously very busy, was hoping to spend the afternoon with Nick. But Ellie had made plans.

'There's a group of other children going on a trip to the seaside,' she told Nick. 'Would you like to go with them?'

Nick was obviously delighted. 'So, what will you do?' Ellie asked John. 'I don't think any of the lectures will really interest you.'

He shrugged. 'I thought I'd go for a walk around. Have you got any special plans?'

'No. I'm giving a lecture tonight, but I have the afternoon free.'

Elaborately casual, he asked, 'Fancy a walk round with me, then? Just a couple of hours?'

'I'd really like that. I'll pick you up at your room in about an hour. It'll take me that long to get Nick ready and on the coach.'

He wondered if this was a kind of peace offering. 'Room 218 in about an hour, then,' he said, and ruffled Nick's hair. 'Tell me about your trip when you get back,' he said.

'I wish you was coming, John,' Nick said. But this was a coach for young children and volunteer helpers only.

John went back to his room for an hour, made himself a coffee in the kitchen at the end of the landing, took off his shoes then settled on the bed to read. He'd bought the rest of Ellie's books.

Mostly he enjoyed reading them—she was a good writer and could select just the right detail to make a scene come alive. At times, too, she was very comic. But occasionally there was a throw-away passage about how life as an unmarried mother, trying to keep a job, could be hard. Then he wondered how much it had been his fault, how much she still blamed him. Something of her character came through in the books, but there were no surprises. He knew she was tough, self-reliant.

Around him he heard people knocking on doors, making coffee, chatting in the corridor. No one called on him. It felt odd to be a stranger at a conference. If this had been anything to do with obs and gynae, he knew there would have been a dozen colleagues calling.

Someone knocked. His heart beat a little faster, then faster still when Ellie stepped into the room. This was silly, he'd only seen her an hour ago. She had changed from smart dress into jeans and sweater, but looked just as good.

'You're drinking coffee,' she said. 'I've been so busy talking to people I haven't had a chance.'

'Don't hint, I'll fetch you one. And, since you're important, a couple of digestive biscuits as well.' He decided to get himself a refill, and when he returned she was sitting on his bed, having kicked off her own shoes. She was reading the book he had put down. Leaning over her, he put her coffee on the shelf above the bed and sat at the foot of the bed himself.

'That's a good read,' he said. 'I know the author—she's charming, intelligent and, above all, forgiving.'

'I know her, too. She isn't a fool.' Ellie frowned. 'You're not supposed to enjoy your own books, but when I've written them I forget what I've done. Then I go back and I think that, perhaps, I've got things right. Why are you reading this? It's not really anything to do with you. It's about my troubles when I first became a sister.'

He decided to be honest. 'I wanted to see if I could tell what you were like. Get to know you through your books.'

'That's an interesting idea,' she said warily, 'but these are largely fiction. What d'you think you learned about me?'

'I already knew you were tough. I got angry when you were done down by that patronising chief executive. I felt for you then.'

'Ah. That happened. But I changed the sex—it was a woman not a man.'

'And then at the end you worked together, got to be friends almost. What did he—she—think of the book, Ellie?'

Her smile was mischievous. 'Believe it or not, she didn't recognise herself. And I used actual phrases and sentences she had used.'

'But you're still a forgiving woman. It comes through in your books everywhere.'

'Do I detect a bit of self-seeking there?'

'Certainly,' he said amiably. 'Are you still writing?'

'I've got a contract, I have to. And the money's not too bad—that's how I bought the house, you know. But mostly I do it because...it frees me.'

'It frees you,' he said thoughtfully. 'What are you doing next? Have you started another book?'

'I'm thinking about one. I'm thinking of the heroine meeting someone, being tempted to...get together with him, weighing up whether she should or not.'

'Not written yet?' he asked, knowing that his casual tone wasn't fooling her.

'Not written yet. I can't think of an ending. And don't offer me one—people are always coming and offering me stories, and they're never any use. You have to make up your own mind.'

'I see,' he said. He wriggled further up the bed, and rubbed his arm against her feet. She didn't seem to object.

'What d'you think of the room?' he asked.

'I love it. The man who designed it must have designed a space capsule or something. And don't think, John Cord, that just because you're talking to me in that soothing way, I haven't noticed that you're stroking my leg.'

'You could stop me.'

'I didn't say I wanted to stop you. I said I'd noticed. Remember your bed in the doctors' residence?' Then she blushed.

'It creaked,' he said. 'We had to put the mattress on the floor.'

Both were silent for a moment, reliving memories. 'You were always tired,' she said. 'They were happy, careless days.'

He leaned over, kissed her. He kissed her gently, nothing but their lips touching. Then he saw her eyes close. She slid down the bed and pulled him on top of her. 'We can't lie side by side on this bed.' She giggled. 'There just isn't room. Kiss me again.'

For what seemed a happy eternity he kissed her. Then both knew what was going to happen. 'Get up,' she said softly. 'Get undressed.'

But he didn't straight away. He stood there, irresolute, and watched her as she sat up, pulled her sweater over her head and reached behind to unclasp a lacy blue bra. Then she wriggled and pushed down trousers, panties and socks in one movement.

'There's no dignified way of doing this,' she said. 'Why have you still got your clothes on?'

Ellie lay back, perhaps unconsciously, in that most provocative of postures, with her arms behind her head. He looked at her as she lay there, the soft white skin, those wonderful curves of shoulder, breasts and hip. His heart lurched with love for her.

They were on the second floor, but he lowered the blinds anyway. Then he stripped swiftly. She rolled so there was just room for them to lie side by side. 'This is so exciting,' she said. 'In the middle of the afternoon. It seems rather improper, and I like it.'

Their love-making was different from before. Because they were less tired it was slower, more languorous, inventive even. But as before it culminated in a joint sobbing climax. Each time he tried to speak, she kissed him.

They lay there for a while afterwards, and John let his hand stray over her breast. 'No,' she said promptly. 'You promised me a walk. Now, you lie there while I go for a shower.'

He lay there, listening to the drumming sound from the tiny bathroom, and when she stepped out, looking most desirable in his towel, he grabbed for her again.

'No! Get in there—have a cold shower if you feel that way. We're going out, you need exercise.' So he also showered.

They walked across the now deserted campus and onto a path at the back of the buildings, leading upwards through the woods. He had collected a leaflet from Reception with the local walks described in it, and this looked an interesting one. It wasn't long before they were out of sight of the buildings and climbing through an old forest. The good weather had continued, but now they were feeling the crispness of autumn. For about an hour they walked, gaining altitude, seeing the mountain ranges around gradually reveal themselves. Eventually they could get no higher, and sat on a rock by the cairn that marked the summit of the foothill. They had met no one.

'What is going to become of us, Ellie?' The blunt question came out unexpected even to him. He hadn't thought it out.

She didn't seem shocked by it, though. 'I don't know. I've spent years insulating myself from feeling. I don't know if I can unwrap that. In fact, I don't know if I want to.'

Afterwards he was to curse himself for his lack of thought, lack of preparation. He knew what had happened last time but it just tumbled out. 'I'll ask you again. Will you marry me, Ellie?' He heard the words, but was just as amazed as she was.

Perhaps because of her surprise, her reply was equally brutal. 'No,' she said flatly.

He felt he had to go on now, had to try to persuade her. 'I made a mistake before, I know. I was younger then. Can't you find it in your heart to forgive me? You must know I love you.'

'Perhaps I can forgive you. The question is, can I forget?'

'The past is past,' he cried passionately. 'Life must go on. You know after what we just shared we can't go on like this. I want you with me all the time. I can't bear this...semi-detached life.'

'If it gets too bad you can leave,' she said harshly. 'That's what I would do. In fact, I still may. I'm not going to marry Malcolm but there's still work for me in London.'

'You can't go to London. You can't take Nick away. I'm just getting to know him, he's my son. I'm entitled to see him. The courts would—' The moment the words were out he realized how big his mistake had been. He saw the whiteness of her face, the anger in her thin-drawn lips. He remembered how tough she could be.

'You even *think* of going to any court and watch your career go down the pan,' she snarled. 'You'd be on TV, any number of women's programmes, in all the magazines. I'm always being asked for confidential interviews, it would take me just one weekend to make you a medical laughing stock. Don't ever mention your son to me. You haven't got one! Now, I'm walking back, alone. Wait till I'm out of sight. I don't want to see you. Why don't you walk out of my life right now?'

She set off, stumbling down the path, and he knew better than to try to stop her. He waited a good half-hour, staring around him, trying to claim calm and peace from the stillness of the mountains. How could he have been so stupid?

Eventually he, too, set off down the path. When he arrived back the campus was still deserted. Presumably lectures were still in progress. He knew what he had to do. He had to take a chance. He knocked on her door.

'Come in, John.' She was expecting him, and her voice was calm. He didn't know if that was a good thing or not.

She was sitting on her bed, as before she'd sat on his. Her knees were drawn up and she was writing on a thick pad. He wondered what she was writing. 'I'm busy,' she said. 'I haven't got a lot of time. Is it important?'

Ellie was entitled to punish him, of course. He accepted that. 'It's important to me. I'm bitterly sorry for what I said. You know I didn't mean it.'

Her face didn't soften. 'Perhaps you didn't mean it. I didn't actually think you did. But I meant every word.'

'Of course,' he said, and closed the door.

John had hoped to see more of Nick, but the volunteers had organised a programme of activities for the younger children and Nick was enjoying himself. He didn't need John. John felt a touch sorry for himself, but couldn't think of spoiling Nick's pleasure.

He dined at a table of strangers. They were friendly, and went out of their way to make him feel welcome, but it had the effect of making him feel more isolated. After a couple of drinks he went back to his room.

He hadn't realised that Ellie was the keynote speaker. Hers was the most important lecture, at prime time on Saturday evening. The lecture theatre was full when he slipped in at the back. He looked down at the elegant figure below, now in another obviously expensive dress, her brief notes in front of her. From his neighbour he gathered that the talk was one of a set by well-known writers, in which they described how they'd got started and what advice they could give to new writers.

She started, her voice ringing confidently round the room. 'I am a mother first, a nurse second, a writer third and a wife not at all. And I'm happy that way.' It was a brilliant, witty talk, with one strong theme. If you want to, you can. There is always time. John had never heard her address a large group before and was bewildered by her strength. She was both informative and inspirational. At the end of the talk there was a great burst of applause, and then questions—until the conference organiser said they had to stop out of pity for the speaker. She had been good.

He wasn't going to skulk back to his room again. He went to the bar where he saw her, once again surrounded by an admiring group. She waved to him. 'John! Come and join us. I must buy a drink for my babysitter.'

He was introduced to the group as a friend, the doctor she worked for and the man who had brought her son to her that morning. When she insisted on buying him a drink he asked for a brandy. He felt he needed one.

He thought he had found an unexpected ally. An older lady, accompanied by her obviously doting husband, came and asked Ellie if she would autograph her book. Ellie, of course, agreed.

'Could I ask you a question, dear,' the lady said, 'about something you wrote in your book?'

'Of course,' Ellie said. 'I love people saying that they've read what I've written.'

The lady turned to a passage marked by a piece of paper. 'You say this: "So I had a baby but no husband. I was determined that neither he nor I would ever feel the lack. I could have a happy life, and bring him up perfectly well on my own. And I would." Now, my question is, wouldn't you rather have had a husband? Charles and I here have had four children, and I just couldn't have managed without him.'

'I think you're very lucky,' Ellie said gently, 'and if I'd

had a Charles, perhaps I would have felt the same way. But people are different, you know.'

The old lady was like a terrier, she wouldn't give up. She had heard the introduction so, she knew John was a doctor involved with children. She turned and asked, 'What do you think, Dr Cord?'

He was aware of Ellie's sardonic eye on him, and those of the rest of the group as well. He decided he didn't want to be cautious any more. He would say what he thought, and if anyone in the group detected the undercurrent of feeling between him and Ellie, well, that was just too bad. He said, 'I think Ellie has done a marvellous job of bringing up young Nick on her own. But if she'd had a loving, supporting husband to help her, she would have been far happier. Perhaps you didn't give the father of your baby a real chance, Ellie.'

Ellie didn't get a chance to reply. The lady broke in with, 'I agree with you entirely. And what about you, Dr Cord? Are you married, do you have children?'

This was worse than the third degree. 'Well, no, I'm not married, at least not yet. But I suspect that if I ever get married—and have at least one child—it will make me a better doctor.'

'Well said, Dr Cord,' complimented Ellie. 'Spoken from the heart. You're one of the few people who have dared to disagree with me.'

'It's something I feel strongly about,' he said with a thin smile.

Shortly after that Ellie excused herself and left. She said she'd had a hard day, and wanted to see that Nick was all right. One of the volunteers was sitting with him until Ellie arrived. John decided to stay for one more drink. He quite enjoyed talking to the group and there didn't seem to be anything else for him to do. But eventually he, too, went to his room.

Outside Ellie's room he paused for a minute, wondering

whether to knock. But Nick might still be awake, and a visitor was the last thing she'd want. And she knew where his room was. If she wanted, she could call. He turned away—and the door opened. 'All right, you can come in just for a minute,' Ellie whispered, 'but don't make a noise.'

They stood, facing each other, just inside the tiny room. He didn't dare try to touch her. Ellie was wearing a blue nightdress, and he could hear Nick's regular breathing from the cot by the bed.

'I heard your footsteps outside.' Ellie said. 'I knew it was you.'

'Am I forgiven?'

'About threatening me with a court case over Nick? Of course you are. I knew you didn't really mean it, you're not that kind of man.'

'So why did you get so angry?'

She took a deep breath. 'I think it was because I now realise I…think a lot of you, John. I always have. But there's the dead weight of the past few years between us. I've spent all that time convincing myself that I can manage on my own, that I don't need you or any man. I just can't put it behind me.'

'Not ever?'

'Never's a long time, John. When you asked me to marry you, something in me wanted to say yes. But there's something else stopping me. I've worked hard at being self-sufficient, at convincing myself that I don't need a man in my life. It's hard to go against those years.'

He felt a faint flicker of hope. 'But you do still…'

Behind them Nick stirred and rolled over. Ellie turned to look at him, and pulled up the duvet round him. 'You'd better go,' she said in the same soft voice. 'He's been a bit over-excited—it was hard to get him to sleep. I don't want to disturb him again.'

She reached up, kissed John on the cheek 'If it's any consolation,' she breathed, 'I suspect I think about you almost as much as you think about me. Now, off you go!'

He went to his room. But he didn't sleep well.

CHAPTER EIGHT

NEXT morning was even harder for John to bear. Ellie had arranged to go with Nick and two or three of the other mothers to a local village where there was a fair. He was invited but decided not to go as he'd have been the only man. The big plus was that Nick wanted him to go.

So he went to a lecture on criminology, which he quite enjoyed, then walked through more of the grounds and leafed through Ellie's books. He could have driven home, but he wanted to have lunch with Nick.

His thoughts seemed to run in an endless circle. What was he going to do? The relationship Ellie seemed to want just wasn't enough for him. She wanted to be friendly, was pleased to see him, sleep with him even, let him take Nick out. But he still felt kept at a distance, excluded from what he really wanted. And each time he tried to close the gap between them, they had a row. It didn't make him feel any better to know that this kind of relationship would have suited him fine six years ago. That had been then. Now was different.

Lunch wasn't much of an improvement. He was able to talk to Nick for some of the time, but he also had to talk medicine to some of the mothers. And then it was time to leave.

'Thanks for bringing Nick. See you tomorrow,' Ellie said matter-of-factly.

'Aren't we seeing John any more today?' Nick asked, obviously upset.

John was touched by the boy's obvious wish to see him,

154

but he knew his cue. 'Sorry, Nick, but we've all got to get back. Perhaps next time.'

'Please! Well, can we stop and meet and have an ice cream? A pink one?'

'He told me about the pink ice cream in Ambleside,' Ellie explained. 'John, if you want to meet us there...'

'Yes!' shouted Nick.

'I'd love to,' John said, carefully controlling his enthusiasm.

'That's settled, then,' said Ellie. 'But we're not going straight there—I want to follow this scenic route.' She opened a map and showed John what she had in mind.

'I'll follow you,' said John.

One of the other course members had recommended the route to Ellie. John knew how irritating it was to have someone constantly just behind you so he told Ellie he'd wait ten minutes before setting off. After that he enjoyed the journey, across country by tiny roads and then up the side of a great hill. Much higher he could see a couple of lunatic walkers trying to make their own way across a scree slope, ignoring the marked path.

As he dropped a gear, preparing to take the slope ahead, he saw a sign, warning of the danger of falling rocks. He wondered if Nick had told his mother about the sign-spotting game, if indeed they were playing it now. Nick had taken the card with him. He skirted a scattering of small stones on the road.

He rounded a corner and there was Ellie's blue car about a hundred yards ahead. He must have travelled faster than he'd thought. The road was steeper here, and there was a glorious view, with the steep slope of grass and grey rocks rising up to the side. Out of the corner of his eye he saw movement, high above him. At first he thought it was sheep, then he realised that, whatever it was, it was moving far too fast.

He slowed, staring upwards. A small avalanche of stones, probably dislodged by the walkers above, was bouncing down the steep scree slope. At first he was doubtful, glancing from the stones to the blue car below them. Then panic seized him as what had been a vague possibility turned into a likelihood and then a certainty. He tried to do impossible calculations in his head. The stones were heading straight for Ellie's car!

There was nothing he could do but wait. He daren't sound his horn. There was no point in accelerating. All he could do was watch as the car ahead slowed and the rocks bounced down inevitably towards it. He knew that neither Ellie nor Nick had any idea of what was coming towards them. And there was nothing he could do!

The climax came more quickly than he would have thought. There was one big stone, the size of a man's head, and a shower of smaller stones. The big one could do serious damage. There was no one to hear, but still he screamed, 'Look out!'

The big stone hit a protruding rock, bounced in a terrifying arc over the roadside wall and smashed into Ellie's car. He heard the bang as it splintered the windscreen.

Whether she saw the rock at the last minute, he didn't know. But she must have wrenched at the wheel. He saw the car swerve and two wheels lurch down into a ditch. Then slowly, with a shriek of bending metal, it rolled, once, twice, three times. He thought he heard a cry. Finally the car stopped on its side. Small stones bounced down and smacked tinnily onto the bottom of the car.

This was no time to panic, he told himself, he was a doctor. The two people dearest to him in the world were in that car, but he couldn't allow himself the luxury of panic. He was a doctor. Still, he prayed in the few seconds before, with a screech of brakes, his car drew up where Ellie's had left the road.

He grabbed his mobile phone, popped the boot and took

out the doctor's emergency bag he always carried there. It was technically an obs and gynae emergency bag but there were general medical supplies in it. Then he jumped over the ditch and slid down the hillside to the overturned car.

All the windows were smashed. He peered through cautiously, before knocking out some of the crazed glass of the windscreen. There was a hiss of something from the engine, and he caught the smell of petrol. The tank had ruptured. He saw a thin stream of fuel spraying onto the grass. If that ignited, the car would explode! Fear caught at his throat. He had to get Ellie and Nick out!

The driver's side was uppermost. Ellie was still strapped in her seat belt, but hanging head downwards, moaning slightly. She was still alive. Then he did what he should have done first—phoned 999, gave the location and asked for an ambulance, the fire brigade and the emergency services to deal with a couple trapped in a wrecked car.

There was now no danger of the car rolling further. It was jammed between two rocks. He pulled himself up onto the side of the car and managed to prise open Ellie's door, tearing at it with his fingernails. It creaked and groaned as he forced it back. He felt that rush of horror again as he saw how she was dangling head downwards, but as she moaned he realised she might not be badly harmed.

'Shall I get through the windscreen?' came a voice from nowhere.

John looked up and saw two muscular lads in the boots and sweaters of walkers, out of breath through running. 'We were just ahead when we heard the crash,' one offered. 'We ran straight back. I think I could wriggle in.'

It was necessary to do this correctly. Well-meaning aid could actually harm crash victims. And the car might catch fire at any moment. Even for Nick and Ellie he had no right to endanger strangers unnecessarily.

'I'm a doctor,' he said. 'I've done this kind of thing before.

Please, do exactly what I tell you. One of you hold this door back and the other smash out what's left of the windscreen until you can get your arms through.'

All he had heard so far had been Ellie's moaning, but now he heard the whimper of a higher voice. Nick! At least he was still alive, but until they moved Ellie he couldn't see him.

There was a pulse at the side of Ellie's neck, and blood dripping steadily downwards. He thought it was a scalp wound—all scalp wounds bled a lot. 'Ellie, it's John,' he called. 'Can you hear me? Ellie, wake up!'

The sound of his voice must have penetrated for she lifted her head and tried to turn it. 'Don't move yet!' he yelled. 'Lie there.' He scrabbled in his bag, found a hard collar and leaned back into the car again. It was difficult, fixing it on her as she dangled there, but he managed. However, there were apparently no neck injuries, no paralysis. 'Can you move your arms and legs? How does your back feel?' Slowly, painfully, Ellie moved as he asked. 'Back OK,' she mumbled.

He leaned over her, sliding head downwards into the car, and saw Nick for the first time. He had been in a child seat in the front. The seat had been torn away and Nick's body was covered by a mass of twisted metal. But his eyes were open. John saw him blink.

The two walkers reached through the windscreen and supported Ellie's body while John unclicked her safety belt. The three managed to lift her out of the side of the car, then carried her some distance and lowered her onto the ground, well away from the vehicle. If it caught fire she'd be safe.

'The car might burn,' John said. 'You've been a great help but I want you to stay away from it now. You're not to risk your lives.'

'They're our lives to risk,' one of the lads said. 'We saw the kid in the car. We *want* to help.'

'Don't worry, if I need you I'll shout for you, but for the moment stay away.' John gave Ellie a lightning-fast examination. Perhaps she wasn't too badly injured. He gave one of the lads a pad to fasten to the head wound, then sent the other to fetch a blanket from his car. 'Keep her lying down,' he instructed. 'Keep her warm, and if she comes to tell her that I'm looking after her son. Don't let her get up and don't let her touch that collar.' He didn't think there was any cervical injury, but she could wear the collar till an X-ray showed he was right. He daren't risk paralysis. Then he went back for Nick.

Taking infinite pains not to rock the vehicle, he climbed back onto the side and jammed the door open with his medical bag. Nick was below him, and a wave of despair hit him when he saw the impossible position the little boy was in, the extreme whiteness of his face. His head, shoulder and one arm were visible, the rest trapped under the wreckage of the car door. Once again John slid forward head first, then wriggled so that he was on the back seat and could look at his son. It was incredibly awkward. And the car was now filling with petrol fumes. One spark, one electrical short in the engine and… John shuddered. He must concentrate on what he could do!

He probed at the metal pinning the boy, but there was no way he could pull it aside. He slid his arm under the metal, down the side of Nick's body.

Nick's legs were trapped. He could feel the line of the left tibia, the shin-bone—it was bent unnaturally. The bone was broken. There was some blood, but only from minor scratches. Carefully John felt the scalp, the neck. There didn't appear to be any looseness, any sign of fracture there. Thank God for that.

The pulse was very rapid, one-twenty. He reached for his sphygmomanometer and managed to get the cuff on Nick's arm. Blood pressure was low, sixty over thirty.

'The lady's asking after the kid,' a voice said from close by. 'Is there any way we can get him out?'

'I told you to keep away till I shouted for you!' John snarled. Then he caught himself. It had been a genuine offer of help. 'Sorry, I'm a bit on edge. No, the child's trapped. We'll have to wait till the experts get him out. I have phoned them.'

'Right. What shall I tell the lady? She's getting a bit upset.'

'Tell her that everything will be fine,' John said, praying that he was telling the truth.

'John, my tummy hurts and I can't move my legs.' Appalled, John looked down. Nick's eyes had flicked open and he was looking at John with an expression of—hope? Trust? He didn't know. Fortunately Nick didn't seem to be in too much pain. Probably shock had anaesthetised him to a certain extent.

'We'll have you out soon Nick,' John said gently. 'Now shut your eyes and stop worrying. Where is it that it hurts?'

Carefully he pulled up Nick's shirt and palpated his abdomen. There was scratching, evidence of deep bruising on the left side. He tried to work out just how Nick would have been injured as the car had rolled over. The door was smashed inwards and there was a spike of metal protruding, which would have struck Nick hard on the left side. John groaned. He thought Nick had a ruptured spleen. Because of its construction it was an organ that could easily bleed internally. Nick could bleed to death without there being an external sign on him. If the capsule, the thick bag of membrane that enclosed the spleen, was intact, Nick stood a chance. Once in hospital there would be little problem—a splenectomy was not too dangerous an operation, and people coped very well without one. But Nick needed blood now... There was Haemaccel in his medical bag! It was a bottle of plasma substitute which could be used temporarily to fill out the volume of blood. John used it when mothers had lost too much blood.

Carefully John half crouched, half stood on the back seat and reached out of the open door above him for his medical bag. He pulled it towards him. Perhaps there was a mild breeze, perhaps the car had settled a little. He looked up just in time to see what was happening and tried to pull his arm out of the way. He was just too late. The medical bag tumbled inside the car but then the door slammed shut on his hand. He felt some of the phalanges—the tiny finger bones—break.

He must have cried out; the agony was almost too much to bear. From outside he heard the call, 'You all right, Doctor?' He managed to sob a reply. 'Fine. Just stay there till I call for you.'

Fortunately it was his left hand which had been trapped. He eased it out, after pushing up the door with his shoulder. The hand was in a mess. Not only were there broken bones, the flesh had split and cut. It would need an intensive session with a good A and E man. And if anything, the pain was getting worse. In his bag he had a couple of phials of powerful pain-killers, but he didn't dare dose himself. He needed to be completely alert.

Clumsily opening his bag with one hand, he pulled out a set of dressings and somehow contrived a bandage that would at least stop his blood dripping everywhere. The slightest movement caused him almost unendurable agony. He had to ignore it! He reached for the bottle of Haemaccel and the giving set, the tube that would lead from the bottle to Nick's vein.

The space he had to move in was intensely constricted and as he moved, bent almost double, he felt a great wave of nausea hit him—the effect of shock, pain, the fumes of petrol in the car. Looking down, he saw that his right hand was shaking. All he wanted was to be out of this place, somewhere where he could stretch out, breathe, have his hand seen to, his pain dealt with. No chance. He had his son's life to save— he *had* to remain calm and competent.

It took a massive effort of will, but he knew he could do

it. He sucked in a chestful of fume laden air, and looked in his bag again.

He slapped Nick's forearm to find a vein. It wasn't easy, the system was shutting down. Eventually he found one, and cleaned the site with an alcowipe. First he inserted the Venflon into the vein, then pushed in the cannula gently, while withdrawing the needle. With only one hand, it was hard! When the needle was out he dropped it. It didn't feel right. Some distant part of his mind reminded him—sharps always go into the sharps box. He remembered a sister telling him that years ago, very forcibly.

Nick's blood seeped out of the cannula, and John capped it. Then he fastened it into place on the arm. He attached the giving set to the Haemaccel bottle and balanced the bottle precariously on the visor above the passenger seat. The plasma ran through the giving set and he let a little escape so that he could be sure there was no air delivered into Nick's vein. Then he connected the giving set to the cannula. Another wave of nausea broke over him. He leaned his head against the cold metal of the doorframe and forced himself to concentrate. Pain was throbbing all the way up his arm, but he had to get it right. He adjusted the rate of flow.

He thought Nick's face looked a little less white, but perhaps it was his imagination. He slumped against the side of the car. All he could do now was try to relax and wait. And that was hard. He shouted to the lads explaining what he had done, then he feverishly went over every decision he had made, every action he had taken. Had he made a mistake? Was there anything else he could do? No.

'You're going to be all right, Nick,' he reassured the unconscious body below him. 'You're going to be out of here soon.' Talking helped. He felt that he was keeping Nick alive by sheer strength of will. The Haemaccel dripped through. In the distance he thought he heard the sound of a police siren. Nick had to live. He had to live.

'You all right, sir? Anything we can do?' A policeman was peering through the smashed windscreen. 'The ambulance is on its way and a salvage vehicle as well. There's a smell of petrol.'

John wasn't all right, crouched double, not knowing whether his son was going to live or die. But he knew he had to keep calm. He told the policeman what he had done in case he was unconscious when the paramedics arrived, told him not to take the giving set out of Nick's arm. While he was talking a green-overalled figure appeared alongside the policeman. It was a paramedic. The policeman disappeared, obviously happy to hand over to a different kind of expert and not too keen on the risk of fire.

By now John was ready to hand over to someone else. In a surgery he was far more competent than this man, but at the scene of an accident he knew he was far less able. And he felt as if he might faint at any moment.

'I'm a doctor. This boy is trapped, his leg is broken. I think he has ruptured his spleen so I've put him up a Haemaccel drip.'

'We'll take over now.' The man glanced at the rough dressing on John's hand. 'You don't look too good yourself. Let my mate see that hand. Now, I'll climb on top of the car and you can—'

'There's petrol pouring all over,' John said.

'I can smell it. We'll just have to hope until the fire brigade get here. In fact, I think that's them.' The paramedic had climbed on top of the car. He jammed the door back with a piece of stone and helped John out and onto the grass. Then he slid into the car himself. But John was loath to go before he knew Nick was safe. He peered through the windscreen.

'I want to stay,' he said.

'We're professionals, like you,' the paramedic said, not unkindly. 'We work better if we're not hampered.' As John had done, he was feeling Nick's body under the mass of metal, assessing the broken leg, the degree to which Nick was incapable of being moved. 'There's nothing anyone can do until the heavy-metal men get here, so why don't I help you over out of harm's way?'

Deftly he hoisted himself out of the car and urged John to where another green-overalled figure was bending over Ellie. John collapsed by her side.

'How is she?' he asked anxiously.

'Not too serious. Shaken, nasty skull wound, but I don' think she's concussed. We'll take her in for a check-up. Now let's have a look at that hand of yours. Any other injuries' Pains, anything like that?'

'Just my hand, and that's enough.'

The paramedic cautiously peered under the bandages John had managed to wrap round himself. 'I'll clean this lot up a bit, but you know you're going to need surgery?'

'I can guess,' John said. He turned to see what was happening behind him. There was a fire engine, men in metal hats running towards the car, one leaning in to speak to the paramedic still inside. 'Do they know that there's petrol—'

'They'll know, they're experts. Look, they're going to foam the car.'

As John watched, white foam spurted out of a hose and started to build up on the grass and against the car. 'No chance of a fire with that around,' the paramedic said with satisfaction. 'There'll be no trouble getting the little lad out now.'

John felt a small degree of satisfaction, but that was all. He realised that he had put the danger of fire completely out of his mind. Because the prospect of Nick—and even himself—burning alive had been just too much to contemplate his mind had refused to contemplate it. There was no danger of fire now. But Nick was still trapped.

'I think it would be better if we get you up to the ambulance, ready to move out,' the paramedic went on. 'It shouldn't take long now and—'

'Take Ellie,' John said, 'but if I can't help I've still got to watch.'

The paramedic was silent, then he shrugged. 'Sure,' he said. 'I'd feel the same way myself.' He asked the two walkers to help him fetch a stretcher and lift Ellie back to the ambulance.

The firemen had now fitted a large jack under the foam-sprayed car, and the paramedic climbed out to lie on the ground behind it. There was the sound of tortured metal as the firemen levered, and the car shuddered as it was lifted perhaps nine inches. Then the paramedic shouted, and a fireman leaned underneath with him to help ease out the little body.

There was a trolley already waiting for Nick. The two paramedics laid him on it, made a quick assessment then hurried it back to the ambulance. 'Think you'd better join them,' said the policeman. 'I'll sort out the cars here and be in to see you later.'

'Here are my car keys,' said John.

The paramedics came back for him. 'How's the lad?' John asked.

'Got a fighting chance,' said a paramedic, 'and that's thanks to you. Now we're giving you something for that pain.'

He slept in the ambulance and woke in the familiar atmosphere of an A and E department. 'We've sent for the surgeon,' a ludicrously young doctor said. 'Those fingers of yours need a bit of expert attention. It's straight to Theatre. Now, just a couple of questions…'

John swam slowly into consciousness next morning, as if his body were unwilling to start a new day. That wasn't like him—usually he was awake the moment it was necessary. But not today. He opened his eyes, and there was Ellie, sitting beside him. Her presence gave him a vague feeling of happiness, but he closed his eyes anyway. Then he remembered some of the day before, and snapped awake at once. He wished he were asleep again. His hand hurt.

Ellie looked calm, a bit pale and with a bandage over her temple, but otherwise all right.

'How's Nick?' That was his first terrified question.

'Not exactly good but he ought to survive. He had an emergency splenectomy, and his leg is in plaster. The doctor says if he pulls through the next few days there should be no long-term ill-effects. And his leg wasn't as badly damaged as they thought.'

'If he pulls through?' he asked anxiously.

'Just doctors being extra-specially cautious. He'll be all right.'

He felt a tumult of emotions but didn't want to talk about any of them. All he said was, 'Good.' Then he added, 'And how are you?'

Ellie shrugged. 'I'm all right. I got this bang on my head but I was more shaken than anything. Just to complete the trio of enquiries, how are you?'

He thought about it. 'A bit weak, and my hand hurts like fury, but otherwise fine.' He tried to sit up, but found he was more weak than just a bit. 'There are things to do. I'm on duty this morning!'

Gently, she pressed him back on his pillow. 'So am I. Or should be. But I phoned Cedric last night, told him what had happened. He says he doesn't expect to see either of us until we want to go back.'

'I want to go now,' John grumbled. 'I don't like hospitals from this point of view—they're full of sick people.' He was trying to be normal, to distance himself from what hadn't happened—but might have. Nick—Ellie—might have died.

He knew he would have to consider what had happened some time, but he was not going to do it yet.

'I've got a question for you,' she said. 'You risked your life to save Nick's. The fireman said that car could have caught fire at any minute, and yet you climbed inside it and stayed there. You saved Nick's life. I'm more grateful than you can tell for that.'

'I can tell,' he said. 'Ellie, whatever it was I did, I did it for Nick and then for me as much as for you.' He wondered if she was still suffering from after-effects of the blow to the head. Certainly she was usually calm—but this calmness seemed almost icy. Then he realised, that she was refusing to consider what might have happened. It was a technique he had seen before.

'I thought that's what you'd say. Now, here's a hard question. If it had been another child trapped in the car—a stranger—would you have done the same?'

It wasn't a question he wanted to answer. He didn't really want to think about it. But he had to be honest. 'Don't think I'm a hero, but I suppose so. I can't see myself leaving while I could still do some good.'

'I'm glad you said that. I'd better go, I promised the nurse I'd tell her when you woke.'

'Where's Nick? I want to see him.'

'He's not far away, he's sleeping. I'm by his bed. You can come when the doctor's seen you.'

His case didn't really merit it, but he was seen by the A and E consultant, a youngish man, Dr Ray Morton.

He shook hands. 'Dr Cord, I'll be your doctor for a minute and then we can be medical colleagues. I know you slept well.' He then did all the tests that John would have done— blood pressure, pulse, heart and so on. Then he said, 'You know what I'm going to say, don't you? Your fingers will take time to mend, and the worst thing possible is for you to try to hurry the process. We know you're an obs and gynae man, and you need the flexibility, the sensitivity, in your fingers. Well, we had quite a team working on you in Theatre yesterday, and I think we've done a reasonable job.'

'I'll be a good patient. I need my fingers,' John said quickly. 'Dr Morton, how is the boy going to be? The mother looks all right and she said that Nick... You can tell me, I suppose I'm his doctor too. I treated him.'

'You saved his life. That was a good bit of diagnosis by the way, under difficult circumstances, I gather. I would have told you anything you needed to know. When you were brought in together I thought he was your son.'

'No,' John said flatly.

Dr Morton's shrewd face surveyed him blandly. 'My mistake,' he said. 'It's just that I thought you looked alike. Silly of me. I hope I haven't embarrassed anyone.'

'How is Ellie?' John broke in hastily. 'I've just seen her and she seems to be OK.'

'No problem at all. Her injuries are really minor. If ever she wanted a change of scenery, I'd give her a job. She took what happened with tremendous toughness. Just kept calm and quiet.'

'That's her,' said John morosely. 'Now, can I get up and go to see Nick?'

'I don't see why not. The surgeon wants to keep you here for three days, just to make sure those fingers are knitting, and then you can go home. But no work for at least another week. I'll send a wheelchair round for you.'

'I don't want a wheelchair. I'll walk!'

'How many times have I heard that? Macho men. I expected a doctor to know better. Come on, there's a dressing-gown here. I'll help you there myself. It's not far.'

It was only a short walk but he appreciated the help. Ellie was by the side of a cot, holding Nick's hand. 'I'll send a porter for you in ten minutes,' Dr Morton said. 'Miss Roberts, you know you'll do nobody any good, overtiring yourself.'

Ellie smiled gently. 'I'm always being bullied by doctors,' she said. 'I'll rest in a moment.'

The consultant left. John sat on the other side of the cot and looked at the face of his sleeping son. He wasn't as pale as he had been yesterday, but the sight of him brought back the horror of what had happened, and he shuddered.

'Are you all right, John?' Ellie asked, concerned.

'Fine really. Just thinking about what could have happened. Most of yesterday I didn't think about it, I was too busy doing something. Now it's over.'

'It's over,' she agreed.

'Ellie, does this change things between us?'

'I've been thinking about that,' she said slowly. 'Do you want it to change things?'

'I want things to change. But not because of this.'

'You saved my son's life, and you can't imagine what that means to me. For five years he has been the centre of my life. You may think you love him—I'm sure you do. But without him I would be nothing.'

Her voice nearly broke while she was speaking, and clumsily he reached over and grasped her hand. 'I can imagine,' he said. 'You know I can.'

She went on more strongly. 'But being grateful is no reason for...'

'For getting married,' he suggested.

'Right. And what you did hasn't changed my view of you that much. I always knew that was the kind of man you were. You've always been brave, I've never doubted that you would risk your life for a patient. But I've spent too much time persuading myself that I don't need this kind of...of...'

'Love?' he asked hopefully.

'No, not love. Relationship was what I was going to say. I've worked hard at making myself immune to what love was supposed to bring. It's hard to risk myself again.'

She shook her head, as if in confusion. 'John, I'm sorry,

this isn't a good time to talk. I wish this hadn't happened. I was just getting things sorted out on my mind, trying to make decisions. Yesterday…yesterday for a while I thought that Nick might die and I…'

'I know,' John said, 'I know. We can talk some other time, when you're ready. Don't try to decide anything now. You know me, I'll—'

'Better come back to bed now, Dr Cord,' an amiable male voice said. 'Dr Morton says if you don't come at once he'll send a wheelchair.'

John looked up to see a cheerfully smiling porter. 'All right,' he said, 'I'll come quietly.' In fact, he needed a helping hand to stand again.

Ellie walked round the cot to kiss him quickly on the cheek. 'I'll be in to see you later,' she said. But it was only a brief visit. Dr Morton had decided to transfer Nick to another hospital—nothing much to worry about, he was just being careful. Ellie, of course, went with him.

John had never quite appreciated how much you needed two hands for so many seemingly simple tasks. He even had difficulty fastening his trousers. He also had never quite appreciated what being a patient in hospital was like. It wasn't that there was a lot of time on his own—there seemed to be an endless round of visits, cups of tea, meals. The reassuring hum he felt as a doctor on a ward had changed to an irritating background noise that stopped him doing anything constructive. He borrowed a couple of textbooks but couldn't study; he bought a set of paperbacks but couldn't relax by reading either. He didn't like the hospital radio. 'Doctors make lousy patients,' Dr Morton told him.

So he tried to think. What was he going to do about Ellie and Nick? For the first time in his life he was in a situation where the best course of action seemed to be to wait and see. He hated it. His own branch of medicine—obstetrics and gynaecology—was one in which there were often quick developments, a baby on the way. That suited him; he liked action. But with Ellie he had to wait, and he wasn't even sure that things were developing. And when he *had* tried to push her, the results had been disastrous. Angrily he grabbed a textbook and tried to force himself to read.

Two days later his brother walked into the ward. John had never been more pleased to see him.

'I've sorted things out with the police and the hospital,' said Christopher. 'I've got your luggage and so on. I've phoned those two walkers who helped you and thanked them. And I came by train and taxi so I get to drive that red thing of yours home. You're always in trouble, aren't you?'

'The British Navy to the rescue,' John said sourly. 'When in doubt send a gunboat.'

'Wish I had you on my crew, I'd sort you out. Now, is there anything from here we have to take?'

John was already dressed. He just wanted to say goodbye to Dr Morton and the nurses who had looked after him so well. They were soon on the road and he felt happier.

'Anna told me about Ellie and Nick and you,' Christopher said after a while. 'I hope you don't mind—but we are married and, with being apart so much, it's important that we don't have secrets.'

'I don't mind at all,' John said listlessly.

'You know, I've met Nick. I think he's a super little boy. And from what I've heard of Ellie, I'm sure I'd like her too. I know you're not feeling on top of the world, but d'you want to talk about it?'

'It's all sorted out in my mind,' John said after a pause, 'but what I've got to do is wait and see what Ellie wants. If I push her too hard she'll...she'll... You know there's this man who wants to marry her?'

'I know. You're just going to have to wait and hope, aren't you?'

CHAPTER NINE

THERE were three days left before John could go back to work. The temptation to phone or visit the hospital was almost too great to bear—he needed something to take his mind off things. But Cedric had been unusually firm.

'We don't need you till you're fully fit, John. We don't want to hear from you or see you. No doctor is indispensable, you know. That's a hard lesson but a valuable one. You'll be better when you've recuperated and you have some use of your hand.'

So he stayed at home. There was now enough furniture in the flat for him to be reasonably comfortable. Christopher had pushed very strongly for him to come and stay with them at Ruston, but John had refused. 'Thanks, but I've been with people for the past four days,' he said. 'Now I'm better on my own.' The real reason was that he thought Anna and Christopher should have as much time alone together as they could. They didn't see each other enough.

He mooched around the flat. Being an efficient naval type, Christopher had taken him to a supermarket on the way home, and he'd bought enough supplies for a prolonged stay. John slept, read, felt dissatisfied with life. He'd arranged with Ellie that she would page him once a day, and he looked forward to phoning her back, finding out how Nick was. But their conversations were always guarded. He couldn't tell what she was feeling over the phone.

Then there was a change. The news was good. Nick had made excellent progress and they were coming home at the weekend. However, Ellie didn't sound enthralled at the news. 'How are you yourself?' he asked.

'I don't feel too good at all, John. It's reaction, I guess. I've felt weepy all day. More so than when it happened, in fact.'

'It's not uncommon Ellie, you know that. It'll pass.'

He recognised the symptom. Many people only came to a full awareness of what had happened to them some days after it had happened. Real grief often only came two or three days after a bereavement. He wanted desperately to say something comforting, but knew better than to be loving. She didn't need more worries at present. He went on, 'Page me tomorrow when you have time, before if anything crops up. Christopher and Anna send their love and will help in any way if they can.'

'Everyone's been very kind.' She rang off, leaving him feeling frustrated.

He had visitors. The first one was Wendy, in the morning. He was pleased to see her. She was carrying a basket. 'Come in for coffee,' he said.

'No, thanks, you need your rest. I just brought these...'

He pulled her into the hall. 'I don't need rest. I need company, just for a couple of minutes. I'm having a coffee, there's time for you to have one too.'

'All right,' Wendy said hesitantly, 'if you're sure. Here.' She held out the basket. 'You didn't know what domestic skills I had. I can bake. I made these cakes for you. After all, you took me to dinner.'

'I took you to dinner because I wanted to! Besides, you helped with the decorating. There was no need to pay me back. I'll take you again when I'm recovered.'

'No,' said Wendy with a smile. 'We both know there's no future in it. But I'll stay for a quick drink.'

They sat, drinking coffee and talking. 'The story's all over the hospital about you and Ellie's kid,' Wendy said. 'You're a real hero, aren't you?'

'Not really. I was there. And I only did what any doctor or nurse would have done.'

'Don't count on it. D'you know, we had an interesting admission at half past two this morning? Second child—'

The doorbell rang again. 'I'm popular today,' he said, and walked downstairs to let in Marion.

Marion was a little surprised to see Wendy there, but when John had introduced them Wendy said, 'I'm a friend of Ellie's, Mrs Roberts. I work on the same ward. Just making sure that John's coming back.' Then she left.

'Don't worry about explaining about Wendy,' Marion said when she had gone. 'I know there isn't anything in it. In fact, Ellie told me what she'd done, trying to get the pair of you together.'

'I'll make more coffee,' said John, 'then we'll try these cakes she brought.' When he came back he went on curiously, 'So you and Ellie talk about me?'

'Yes. Quite a lot. For years you were the man without a name or face whom I hated. Then you came into my life and I was entitled to be curious, to talk about you.'

'I suppose so,' said John. 'You must have hated me.'

'I did at first. But after a doubtful start I decided to be on your side. And after this...when I nearly lost my grandson...' She gulped at her coffee which was very hot. She gasped and coughed, and had to borrow John's handkerchief.

'Hey, Marion, don't get all emotional on me,' John said, alarmed. 'I'm still feeling fragile.'

'I won't. Instead of getting emotional on you, I'll get two-faced on my daughter. I'll tell her secrets. I phoned Malcolm and told him about the accident. Perhaps Ellie isn't going to marry him, but he is fond of them both and I thought he was entitled to know. He flew up to see them and asked if he could do anything at all.'

'She didn't tell me that,' John said miserably.

'I'm not surprised. There was no need to worry you, was there? And Ellie knew it would worry you.'

'He sounds a very pleasant man,' John said. 'Ellie could do a lot worse.'

'Stop feeling sorry for yourself,' Marion snapped. 'She could do a lot better, too. There's no passion in Malcolm. There is in you...I think.'

For a moment they both thought, then decided that the conversation was getting nowhere.

'Have one of Wendy's cakes,' John offered. 'She's right, she can bake. What would you do if Ellie did go to London? Go with her?'

'No. I was born here, I've lived most of my life here, I don't want to move.'

'I guess we've got each other,' he said humourlessly. 'Marion, you know I'm concerned but there's nothing I can do till...till Nick's better and Ellie can think straight.'

'I suppose not. Don't leave things until it's too late, will you, John?' Above the fireplace was now stretched the Indian rug she had given him. She stretched up to caress it. 'It fits in well there,' she said. She left shortly afterwards. John wandered round his flat for the rest of the day and went to bed early. For the first time in his life he took a sleeping pill.

Next morning there were more visitors, Anna and Christopher. John was pleased to see them, and went to the kitchen to make the inevitable coffee. As he waited for the percolator to bubble he thought how Anna blossomed when she was with her husband, what an obviously happy, loving couple they were. He wished he could find that kind of contentment himself. He could tell that it was something that went far beyond simple sexual pleasure. It was genuine togetherness. He wanted it himself.

'I still don't know what you did,' Anna said. 'I know it was something heroic, but when I ask Christopher he goes all naval and stiff upper lip. You tell me what happened. I like Ellie and Nick.'

So he told her. He noticed how, unconsciously, she felt for her husband's hand when he told her how Nick had been trapped. He knew that even though she loved Nick, she was thinking of her own children. It was a natural reaction. He played down his own part; he didn't feel like being a hero.

'What a family I've married into,' she said shakily when he'd finished. 'Here are two cards for you.' They were get-well cards, carefully drawn and painted by Abbie and Beth. They went straight onto the rather bare mantelpiece.

Christopher went into the kitchen to fetch himself more coffee, and from out of her bag Anna took another letter. 'This is from me,' she said. 'Read it afterwards.' He took the letter and slid it into a drawer, noticing there was a bump in the middle of it.

Shortly afterwards the two said goodbye. John was glad that they had called—he liked being part of a family. Then, intrigued, he reached for the letter.

There was one sheet of paper and a small leather box. He opened the box. Inside was a worn ring, gold, with a little cluster of diamonds. He recognised it at once, though he'd not seen it for ten years. It had been his mother's.

This is your mother's engagement ring. I took it out of her jewellery box. Since she had no daughters I presume she would have wanted her jewels to be shared between the wives of her two sons. When you get a wife we can arrange it. But for now—perhaps you can find a use for this. Love, Anna.

He rolled the ring around the palm of his hand. His mother had been everything to him and his brother, a laughing woman who brought them both up to be confident and had died far far too early of a stroke. Of his father he had only the slightest memory. He had been killed in a pointless accident at work. His mother had been both mother and father to them, and they had been perfectly happy. But now, for the first time, he wondered if he had missed out on something. Would Nick miss out without a father? He didn't know.

He spent the afternoon doing nothing until his pager went off. It was Ellie, and he phoned back at once. Her voice seemed warmer. 'Here's somebody who wants to talk to you,' she said.

'Hello, John,' a small voice quavered. 'Can we go for a ride in your red car again?'

Somehow he managed to reply, though his voice was so thick he didn't know how he did it. They chatted for a minute, and then Ellie came back on the line. 'Ma told me she'd told you about Malcolm flying up,' she said. 'He's gone back now.'

John was feeling battered but he hung onto his self control. 'He's a thoughtful man. I like him.'

'I like him, too. But I'm still not going to marry him. He knew that when he came.'

'I suppose that's something,' he said.

'It is. John, d'you know I'm missing you?'

'I'm missing you too, Ellie. See you soon.' He didn't know whether to hope or despair.

John was getting stronger. He resisted the temptation to phone the hospital and went for a walk in the park instead. He called at Marion's house but she was out. For lunch he went to the pub and had a pint and a ploughman's. He bought more books. For the moment he wasn't reading Ellie's, having decided they were too close to home. As he walked he kept one hand in his jacket pocket and fingered the little leather case with the ring inside.

He worked in the afternoon. And in early evening the doorbell rang again. This time it was Ellie.

She wasn't as pale as the last time he had seen her. On her forehead was a thin strip of plaster, the bruising had gone down and the cut was healing fast. Once again she was dressed casually, all in black.

He had thought about her so much over the past few days. Now she was in front of him he felt unsure, not certain how to treat her. He invited her in. As they climbed the stairs he asked her, 'When did you get back?'

'This morning. Ma drove over to pick us up yesterday and stayed the night. Nick's a lot better, but he's going to need a lot of rest and physio. He should be all right. He asks if you'll you come and see him, he's a bit low. Anyway, how are you?'

How was he? He didn't know. He said, 'I'm getting bored now. Looking forward to starting work. Shall I make some coffee?'

They were now sitting side by side on his dark red, shabby-chic couch. Their conversation was stilted, like that between two strangers. 'This is silly,' John said. 'Give me a hug. The day before the last time we met we were in bed together.'

Ellie laughed and, after the tiniest of hesitations, hugged him. He kissed her, a loving kiss, resting his cheek against hers. He could feel her tension melting, her body softening against his. After a while she eased him away. 'Fetch me that coffee, then,' she said, 'and I'll relax here.'

She had taken her coat and her shoes off when he returned, and her feet were stretched out along the couch. He sat in the chair opposite her, trying to decide on her mood, work out what she wanted.

From her bag she took a photograph and skimmed it across to him. It was a picture of Nick, taken by someone on the writers' weekend—he recognised the building in the background. 'I thought you'd like that,' she said. 'It was taken when things were different. Simpler.'

He looked at the cheerfully grinning little boy. 'Nothing's different for me,' he said. 'I feel exactly the same.'

She shook her head. 'No, they're not. You saved Nick's life while risking your own and for that I owe you a debt nothing can repay. In a way that's stopped me thinking honestly about my feelings for you. I think I love you. But...' Her voice trailed away.

'I didn't save Nick just for you, you know,' he said cautiously. 'I did it for myself too. I don't think I could cope with losing him.'

'I know that.' She rallied a little. 'You know, you're bad for me. Until you came back into my life I knew where I was going, what I was doing, what was best for me and Nick. Now I'm confused. I just can't get rid of the past few years, and this week hasn't been any help.'

She put her feet back on the floor. 'Come and sit by me and hug me again. I think I need it.'

So he did. Once again he felt the tightness of her body relax as she folded her arms round him. He kissed her, and then she wriggled so that her head was on his lap, her legs stretched out along the couch. Resting his injured hand on her side, he stroked her golden hair, ran his fingertip down the line of her jaw and neck. Her eyes closed and she smiled at the tiny caress. 'That's nice,' she said. 'Don't stop.'

The nearness of her was exciting. After a while she rolled against him so that her breasts pushed against his waist and he could feel the warmth of her body as she pulled herself to him. He rested his hand on her neck, felt the throb of the pulse there.

'John, may we go to bed?' her muffled voice said. 'I want you to make love to me.'

He felt a surge of excitement and pulled her upright so he could hold her, kiss her, feel the softness of her mouth opening against his. It was what he wanted, what she wanted— they would go to bed. They could be together as they had been in the tiny room in Keston College, as they had been in Kingley, as they had been so often six years ago.

It was the thought of the six years that stopped him. He had enjoyed them, he had learned a lot, but he hadn't had Ellie or Nick and so in a sense they had been wasted. It was time to change, to make decisions.

Tenderly, like a lover, he put her from him. They sat on the couch side by side, and he held her hands in his. She looked at him questioningly.

'First,' he said, 'I want desperately to make love to you. But I must know why you want to. Is it gratitude for what I did for Nick, simple physical need or love?' There was no way he could hide the bluntness of the question. He wanted— he needed—an honest answer.

She looked puzzled, as if she didn't understand. 'Why must you know, John? Does it matter? Can't we just do it? I don't want to think now. I've had to think too much recently.'

He was relentless. 'What about afterwards? You won't want to think then.'

'Let afterwards take care of itself, forget the consequences. This is the way you used to be. Aren't I entitled to be like it now?'

'That was then, Ellie. Things are different now. You— we—have a child. He needs a certain future, so do we.' After a pause he said, 'Wait here a minute.'

He left her on the couch and fetched the little leather box. He took her left hand, opened it and dropped the ring on her open palm. 'I said I want desperately to go to bed with you, but I won't until I see that ring on your finger. That was my mother's. We could get another ring if you wanted, but I want you to wear one.'

Her head bent, she looked at the ring. With her other hand she rolled it in her palm. For a while she said nothing, then she replied, 'No, John, this is a lovely ring.' She looked at him with the smallest of smiles. 'I thought it was women who were supposed to say no to bed until they had a ring on their finger.'

'We're changing customs,' he said.

After another silence she went on, 'I think I love you, John, but I can't decide now. Will you hug me again and then I'll go? You don't mind if I don't make up my mind at once?'

'I want you to decide,' he said, 'but you must have all the time you need.'

He hugged her, and when his cheek touched hers he felt the wetness of tears. Then she put him from her. 'I'll go now,' she said.

At the door he hugged her again. 'I love you,' he said. 'Tell me soon.'

She slipped away, without replying. He went back to his room. Had he just made a complete fool of himself? He didn't know. He considered another sleeping pill.

It was good to be back in hospital. He felt fine and wondered why it had been necessary to stay away so long. With Cedric he agreed that there were certain things he shouldn't attempt until his fingers were fully better, but there was a lot he could do.

He started with an antenatal clinic. He liked dealing with the apprehension, the excitement, seeing the well-rounded mums-to-be look at him with that expression of anticipation and knowledge that no man could ever have.

The midwives dealt with most of the problems very successfully, but one or two were referred to him. He saw a case of mild anaemia, which was very common in pregnancy, and prescribed iron tablets. There was a case of oedema, or swelling, of the ankles. This again was very common in pregnancy but there was always the slight chance that the condition might be pre-eclampsia, or even deep-vein thrombosis. John excluded those, and prescribed support stockings and elevation of the legs as much as possible.

It was a pleasing clinic. All the problems were minor. He found no reason to admit anyone or ask for further detailed examinations. Cramps, backache, nausea—all were dealt with without too much fuss. He enjoyed being back in harness.

At lunchtime his pager buzzed. Frowning, he looked at the number. It was Anna's in Ruston. She didn't usually phone while he was at work. In fact, it was Christopher who had paged him.

'Bit of an emergency,' he said. 'I've been called back to the ship early, going this afternoon. We're not going to get together again for a week or two.'

'I'm sorry about that,' John said, concerned. 'How are Anna and the kids taking it?'

'We're a naval family, they know how things are. They'll survive.'

'I'll call round in a couple of nights. She's got the number, tell her to phone if I can do anything.'

'Will do. Bye, John. Good luck with everything.'

John sighed. It was hard on Anna, Abbie and Beth, but, as Christopher had said, they were a naval family. They knew how things were.

His flat was becoming more like a home. He wasn't hurrying, but buying things as he found he needed them, making sure they fitted in with what he had already. Now he looked forward to each evening, to the home he had created.

He'd just managed to buy a frame for the photograph of Nick which Ellie had given him. The mahogany frame matched the surround of his fireplace perfectly. But he sighed as he positioned the picture. This was a bachelor flat. And he didn't want to be a bachelor any more.

He wouldn't mope! He took some case notes from his briefcase and started to study them.

At eight o'clock the doorbell rang. It was Ellie. Silently he waved her in, not trusting himself to speak. Something told him that this visit would be momentous, that after it they would never be the same again. Partly it was his fault—he had given her an ultimatum. He experienced that sick feeling that gamblers got when they had staked all on a card, and that card was about to be turned.

Could he guess her feelings by her appearance? She looked as attractive as ever, wearing the casual black sweater and trousers that went so well with her complexion and her golden hair. Her face was serene. Whatever she had decided, she was happy with it. He hoped he would be. Be honest! 'I'm glad you've called,' he said. 'I've been feeling a bit—apprehensive.'

'I wanted to come,' she said. 'In fact, I think I had to.' She looked at him with the small smile he knew so well, the smile that suggested that perhaps he didn't know everything. 'Last time we met you were quite determined. It made me look at things in a new light.'

Well, that was a promising start—he hoped.

She sat on his couch and he sat opposite her in his easy chair. He found he had clasped his hands tightly together and made himself loosen them, relax.

'Anna phoned me early this evening,' Ellie said. 'She wants me to take Nick round soon to play with Abbie and Beth, they're a bit upset. She told me how Christopher had been called back to his ship early. I asked her how she coped with losing him like that. She said she loved all of Christopher, and part of that was him being a naval man.'

'Anna is a strong woman,' John said. 'Christopher is lucky to have her.'

'They're lucky to have each other,' Ellie said. 'And two lovely children. I think I'd like at least one more child. All this watching other people having babies at work. It makes me want one of my own. Doesn't it sometimes affect you that way, John?'

Was she teasing him? She couldn't just be cruel. Anyway, he'd answer her question. 'Yes,' he said, 'I would like to have a baby...of my own. I would like to guess at, remember, the moment it was conceived. I'd like to hear the good news after a few weeks, know how it was developing, listen to its tiny heartbeat, feel it kicking me in the back when I lay in bed with its mother. It would be so much to share.'

If he had started gambling, he might as well carry on. Gripping his palms, he said, 'You've no idea how much I regret missing it last time.'

'Perhaps I have.' She threw the little leather case across to him. Unthinking, he caught it. 'I've brought your ring back,' she said.

Horrified, he looked from it to her. She stretched out her left hand, opened the fingers. 'If it's the only way to get you into bed, you'd better put it on me.'

At first he didn't understand. He looked uncomprehendingly at the little box in his hand, then at her outstretched fingers. She said, 'I thought you had a proposal to make to me.'

He went to sit beside her, took her hand in his. He kissed her palm, the tips of the fingers. 'Will you marry me, Ellie?' There was wonder in his voice.

'I've wanted to for over six years, I know it now. Yes, I'll marry you, John. I love you.'

He slipped the ring on her finger. 'It fits,' he said happily.

She smiled demurely. 'Of course it fits. I've tried it on, you know. I didn't want any last minute hitches. Now you can kiss me. And these are modern times, we're an engaged couple so you can take me to bed.'

'Ellie, you know how much I love you, but do you know how happy you've made me?'

'Only as happy as I am,' she said simply.

Later they lay in bed, and Ellie stretched up a naked arm so they both could admire the ring on her finger. 'In a minute I'm going to start being a proper wife-to-be,' she said, 'I'm going to get out of bed and fetch you a cup of tea.'

'Forget the tea, let's celebrate. There's a bottle of champagne in the fridge.'

'Champagne! Were you expecting to have something to celebrate?'

'Well, I hoped,' he said smugly. Then, more seriously, he went on, 'In fact, when Christopher took me shopping he told me to buy it. He said he knew I was trying to come to a decision about something, and that whatever it was, I was to be positive. So I bought some champagne.'

She was curious. 'Did you talk to Christopher about me—about us?'

'Only very generally. Anna told him most of the story.'

Now it was her turn to be smug. 'I talked about you. I talked about you to Anna. You know I'm only marrying you so I can have her as a sister-in-law.'

He leaned over to kiss her. 'And I'm only marrying you so I can have Marion as a mother-in-law.'

'Both good reasons. And Marion wants you as a son-in-law so she can live in your flat. She's had her eye on it since you moved in.'

'She's very welcome.' He thought for a moment. 'Ellie, when we get married, am I to move into your house?'

Now she looked apprehensive. 'Would that worry you? We can always find somewhere completely new if you want. But it'll have to be somewhere round here because Nick's happy at school and—'

'Ellie! It doesn't matter. I don't care where I live so long as it's with you. Anyway, we've got bigger problems. Deciding when and what to tell Nick, that's probably the biggest. But we can work them all out. It will all be all right. That was the problem before. I didn't think, I didn't realise that if two people love each other then they can always sort things out.'

'I'm just coming to realise it, John. The mess we both got

in was as much my fault as yours. At least I should have talked to you.'

'No more talk of faults. I'm going to fetch the champagne. We'll start our new life as we mean to go on, celebrating the future.' He leaned over to kiss her again. 'I love you, Ellie.'

MILLS & BOON

MEDICAL ROMANCE™

A FAMILY TO CARE FOR by Judy Campbell

Dr Sally Jones isn't quite sure what she wants next, so the locum post at the general practice in the Scottish Highlands will give her time to decide. Finding widowed Dr Rob Mackay there is not altogether a pleasant surprise, because he'd walked out on her in the past. This Rob is more serious, and the father of toddler twin boys, yet he attracts her as strongly as ever...

POTENTIAL HUSBAND by Lucy Clark
A follow on to Potential Daddy

When rural GP Vicky Hansen first met orthopaedic surgeon Steven Pearce, she was deeply attracted, but resigned to him returning to the city—until she found he'd bought some of her family land to renovate the cottage there. Meanwhile, he says, he will be her lodger!

FOR JODIE'S SAKE by Maggie Kingsley

Widowed for two years, Kate Rendall wants to start afresh, and takes the job offered by widower Dr Ethan Flett to care for his fourteen year old daughter, Jodie. Kate is shocked by the instant attraction she feels for Ethan, which is mutual, but while Jodie might like Kate as a carer, would she accept her as a mother?

Available from 7th April 2000

MILLS & BOON
MEDICAL ROMANCE

DEFINITELY DADDY by Alison Roberts

Going back to work was exciting and hard for Harriet McKinlay. It meant putting her adored almost three year old, Freddie, in nursery. But why did the spinal unit boss, Patrick Miller, dislike her? She didn't know that Paddy had saved her life when she gave birth, or that he had the wrong idea about her morals!

TENDER LOVING CARE by Jennifer Taylor
Dalverston General Hospital

Midwife Sarah Harris had devoted herself to work, but the arrival of Dr Niall Gillespie, as new head of the department, changed all that. Except that Niall held everyone at bay—could she break down the barriers he had so carefully erected?

ONCE A WISH by Carol Wood
The first of two books

Dr Alissa Leigh, widowed with a small daughter, has been working at the health centre for a while when Dr Max Darvill and his son arrive. But Max's ex-wife is still very visible, and despite the friendship of the two children, Alissa isn't convinced that Max is really free to love her...

Available from 7th April 2000

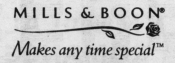

FREE
4 BOOKS
AND A SURPRISE GIFT!

We would like to take this opportunity to thank you for reading this Mills & Boon® book by offering you the chance to take FOUR more specially selected titles from the Medical Romance™ series absolutely FREE! We're also making this offer to introduce you to the benefits of the Reader Service™—

★ FREE home delivery   ★ FREE gifts and competitions
★ FREE monthly Newsletter   ★ Exclusive Reader Service discounts
★ Books available before they're in the shops

Accepting these FREE books and gift places you under no obligation to buy; you may cancel at any time, even after receiving your free shipment. Simply complete your details below and return the entire page to the address below. *You don't even need a stamp!*

YES! Please send me 4 free Medical Romance books and a surprise gift. I understand that unless you hear from me, I will receive 6 superb new titles every month for just £2.40 each, postage and packing free. I am under no obligation to purchase any books and may cancel my subscription at any time. The free books and gift will be mine to keep in any case.

MOEC

Ms/Mrs/Miss/Mr ....Initials ....
BLOCK CAPITALS PLEASE

Surname ....

Address ....

....

....Postcode ....

Send this whole page to:
UK: FREEPOST CN81, Croydon, CR9 3WZ
EIRE: PO Box 4546, Kilcock, County Kildare (stamp required)